TARA DUNCAN Le Sceptre Maudit

타라 덩컨

저주받은 왕홀

TARA DUNCAN, Le Sceptre Maudit
by Sophie Audouin-Mamikonian

TARA DUNCAN Le Sceptre Maudit

타라 덩컨

저주받은 황홀 상

펴 낸 날 | 2006년 8월 10일 초판 1쇄
          2013년 1월 25일 초판 21쇄

지 은 이 | 소피 오두인 마미코니안
옮 긴 이 | 이원희
펴 낸 이 | 이태권
펴 낸 곳 | (주)태일소담
          서울시 성북구 성북동 178-2 (우)136-020
          전화 | 745-8566~7 팩스 | 747-3235
          e-mail | sodam@dreamsodam.co.kr
          등록번호 | 제2-42호(1979년 11월 14일)

ISBN 978-89-7381-958-4 04860
     978-89-7381-857-0 (세트)

• 책 가격은 뒤표지에 있습니다.
• 잘못된 책은 구입하신 곳에서 교환해드립니다.

www.dreamsodam.co.kr

TARA DUNCAN Le Sceptre Maudit

타라 덩컨

저주받은 왕홀 3하

소피 오두인 마미코니안 지음 | 이원희 옮김

소담출판사

TARA DUNCAN Le Sceptre Maudit

타라 덩컨

저주받은 왕홀 하 | 차례

저주받은 왕홀 하

13
퇴행

*

 아기는 쪽빛 눈으로 로빈을 응시하다가 은발 한 가닥을 잡아당
겼다.

 기겁한 로빈은 머리가죽이 홀랑 벗겨지기 전에 간신히 피하면
서 버럭 소리를 질렀다.

 "타라! 이런 장난은 웃기지 않아! 너 어디 있어?"

 아기는 침을 뽀글뽀글하더니 로빈의 입에 발을 집어넣으려고
애를 썼다. 그 순간 로빈은 가슴이 철렁했다. 이 귀걸이? 어제 타
라에게 생일선물로 주었던 귀걸이가 아닌가!

 로빈은 자신의 클릭을 손에 쥐고 작동했다. 아기의 귀에 달린
귀걸이는 분명히 타라의 클릭이었다. 앙증맞은 손에 맞게 자동

으로 축소된 황실의 반지도 보였다. 옆에 놓인 살아있는 돌은 이상하게도 빛이 사라지고 없었다.

새파랗게 질린 로빈은 아기에게 몸을 숙였다.

"타라?" 도저히 믿기지 않는 얼굴로 중얼거리던 로빈은 다리에 힘이 빠져서 뒤쪽 소파에 털썩 주저앉았다. "오, 조상들이시여! 타라가 아기로 변하다니, 웬 날벼락인가!"

재미있는 놀이였는데 로빈의 얼굴이 없어져서 싫은지 아기가 옹알이를 했다.

문득 생각이 난 로빈이 벌떡 일어나서 외쳤다.

"스스세트! 나타나, 당장!"

독 이빨을 드러낸 도마뱀이 너무 가까이에서 유형화되는 바람에 로빈이 움찔했다.

"스스세트, 네가 보고들은 것을 죄다 말해!"

살아있는 녹음기가 끄덕였다.

"밖에서 광선이 날아옴. 스스세트 타라 바로 옆에 있다 광선 맞고 까무러쳤음. 스스세트 그 다음부터는 아무것도 모름! 스스세트 앞으로는 타라에게서 멀리 떨어져 있겠음!"

뚱보 도마뱀은 그렇게 저 나름의 분통을 터뜨리고 나서 사라졌다.

로빈은 고개를 설레설레 저었다. 비밀병기라고 하더니 별것도 아니군.

"어쩌지? 넌 여기 있어, 가서 친구들을 데려올게."

정신 없이 문 쪽으로 뛰어가던 로빈은 다시 홱 돌아왔다.

"아무래도 안 되겠어, 나랑 같이 가자! 소파에서 굴러 떨어질지도 모르겠고, 또 누가 답삭 안아갈지도 모르고."

아기는 순하게 두 팔을 내밀었다. 로빈은 타라의 긴 치마를 배내옷과 아기포대기로 바꿨다. 갑자기 무슨 소리가 나서 로빈은 머리털이 곤두섰다. 갈랑이 깨어나서 머리를 흔들고 있었다. 갈랑은 마치 사용할 줄 모르는 듯 날개를 파닥이더니 다리들이 서로 꼬이자 조그맣게 울음소리를 내다가 양탄자 바닥에 코방아를 찧고 말았다. 갈랑은 로빈이 도와줄 때까지 그 상태로 일어나지 못했다. 어떻게 이럴 수가! 로빈은 그제야 깨달았다. 갈랑도 마법의 광선을 맞고 새끼로 퇴행해 있다는 것을.

로빈은 아기를 안고 포대기 안에 타라의 돌을 집어넣은 다음 다른 한 팔로 갈랑을 안고 셀레나의 방을 나갔다. 로빈은 빨리 가기 위해 정원을 가로질렀다. 하프엘프가 로켓처럼 코앞을 획 하고 지나갈 때만 해도 와, 뭔데 저렇게 빨라? 하는 얼굴이던 보초 둘은 소년의 어깨 너머로 아기가 방긋 미소를 보내고, 새끼 페가수스까지 메롱, 혀를 쪽 내밀자 저걸, 잡아? 말아? 하는 표정으로 싹 바뀌었다.

그러나 그들이 반응할 사이도 없이 로빈은 이미 멀리 가 있었다. 거처에 후닥닥 뛰어든 로빈은 숨을 헉헉, 몰아쉬면서 어린 페가수스를 내려놓았다. 페가수스가 휘청휘청거리며 방을 돌아다니는 사이에 로빈은 타라의 옷으로 만든 싸개를 풀어헤치고 아기를 가리켰다.

"어머, 귀여워라. 로빈, 웬 아기야?"

파프니르는 잠자코 아기와 로빈을 번갈아 쳐다봤다.

계속 우울했는데 마침 잘됐다는 듯이 칼이 다가섰다.

"어디서 낳아온 아기인지 설명하시지. 네 아이 맞지?"

"칼!" 무아노가 신경질적으로 소리쳤다.

"내가 뭐? 로빈, 누구 앤지 얼른 불어!"

로빈은 속에서 불이 나는 것 같았다.

"타라!"

"뭐?" 파브리스는 눈이 뒤집어질 뻔했다. "타라의 아기라고? 너 완전 돌았구나!"

로빈은 머리를 세차게 흔들었다.

"아기가 타라라고!"

"그게 무슨 소리야?" 이번에는 칼이 소리쳤다. "차근차근 말해 봐. 좀 알아들을 수 있게!"

"누군가가 타라에게 주문을 걸었어. 어려지는 주문! 갈랑도 몇

년을 퇴행했고, 돌도 빛이 사라졌어!'

뒷발을 세우고 유심히 살피던 마니투는 주둥이를 찡그렸다.

"오, 데미데루스여!' 마니투는 뒷발을 내리고 한숨을 내쉬었다. "맞아. 아기 때의 타라가 틀림없구나. 이는 다 났나?'

로빈은 답답해 죽겠다는 얼굴로 쳐다봤다. 이 와중에 치아가 뭐가 중요하다고?

"이가 나는 동안 내내 말썽을 피웠거든." 타라의 증조할아버지가 설명했다.

이번에는 파브리스가 못 말리겠다는 듯 하늘을 쳐다봤다.

"우리는 타라의 이빨에 대해 전혀 관심 없거든요?' 침울한 얼굴로 언성을 높였다. "타라를 지키는 것은 그렇다 쳐도 아기를 돌보는 것은 훨씬 까다롭다고요. 로빈, 마법 능력도 없겠지?'

로빈이 아기를 뚫어져라 바라보자 아기는 초롱초롱한 눈길을 돌려버렸다.

"글쎄, 전혀 모르겠어. 마법 능력은 나중에 나타나는 것이 정상인데."

"하지만 타라는 평범한 아이가 아냐." 칼이 지켜보고 있다가 끼어들었다. "타라의 그 엄청난 능력을 이 아기가 지니고 있다고 생각해봐, 어떤 일이 벌어지겠냐?'

칼이 하는 말에 모두 할 말을 잃은 듯 조용해졌다.

"두고봐야지." 로빈은 딱 잘라 말했다. "우선 체인지라인이 작동하는지 아니면, 주인처럼 퇴행했는지 보자고. 체인지라인! 타라를 위한 기저귀, 옷, 신발을 주겠니?"

다행히 체인지라인은 전혀 손상을 입지 않았다. 아기를 다치게 할까 봐 귀걸이는 로빈이 이미 빼놓은 상태였고, 그 나머지 장신구들과 옷은 하얀 멜빵 달린 장밋빛 조끼와 아기 옷 한 벌, 귀여운 신발, 기저귀로 바뀌었다.

무아노는 로빈에게 감탄했다.

"어머! 꼭 필요한 것들이잖아! 너 어쩌면 그렇게 아기에 대해 잘 알아?"

로빈은 겸연쩍은 얼굴로 설명했다.

"엘프에게는 육아낭이 있어. 아기를 낳는 건 여자 엘프지만 아기가 태어나는 즉시 그 특수주머니에 넣어 데리고 다니는 건 아빠야. 아내가 임신하면 아빠에게 육아낭이 생기고, 젖가슴도 나와서 모유를 보충해주지. 물론 아기가 젖을 뗄 때쯤 둘 다 없어져. 셀렌다에 정착하기 이전에는 유목 생활을 했기 때문에 우리는 이 시스템을 발전시켜왔어. 그래서 남자 엘프는 어린 아기를 돌볼 줄 알아. 내가 하프엘프라고 해서 예외는 아냐."

"다행이다!" 친구가 젖가슴을 가질 수 있다는 걸 알고 맙소사, 하는 표정을 짓고 있던 칼이 외쳤다. "나는 절대 아기를 돌볼 수 없는데 네가 아빠 노릇을 훌륭ᄒ-게 해낼 거니까."

"타라를 이대로 내버려두면 안 되지!" 정말 유감이라는 얼굴로 로빈이 언성을 높였다. "셈 선생님이 묵고 계신 방이 어디지?"

"에프리트에게 물어보면 돼." 파브리스가 대답했다.

에프리트에게 알아본 결과 용 마법사는 온천장에 가 있었다. 샤름과 함께.

"당장 가자." 로빈이 제안했다.

"셈 선생님이 마음에 드는 여자를 만난 것 같아!" 무아노가 말했다.

"얘들아, 둘이 같이 목욕하고 있는 거 아닐까?" 장난기가 발동한 칼의 눈이 반짝거렸다.

"셈 선생님을 방해하기 전에 우리가 한번 해보자." 파브리스는 진지한 얼굴이었다.

"우리도 목욕하자고?" 칼이 낄낄거렸다.

"지금 농담하고 싶냐, 너는? 타라를 정상으로 되돌려놔야 할 것 아냐? 우리 모두 힘을 합해서 타라에게 걸린 주문을 풀어보자고."

"어쭈구리, 근데 너 그게 위험하다는 생각 안 드냐?" 하고 칼이 응수했지만, 평소에는 조심스럽게 마법을 사용하는 친구가 갑자기 용감하게 나오는 것에 놀란 얼굴이었다.

"칼의 말이 맞아." 무아노는 한술 더 떴다. "우리 다섯 명의 능력을 합한 것보다 셈 선생님이 더 강력해. 무엇보다도 셈 선생님은 악마의 마법에 대해 훤히 알잖아!"

"파브리스, 용 마법사가 없다면 선택의 여지가 없겠지. 하지만 이 아기는 제국에서 가장 소중한 존재야. 위험한 짓은 하지 말자." 곰곰이 생각하다가 로빈이 말했다.

분노로 눈빛이 이글거렸지만 파브리스는 이내 고개를 돌려버렸다. 로빈은 자꾸 머리칼을 잡아당기는 타라에게 신경을 쓰느라고 알아차리지 못했다. 그러나 무아노는 입술을 질끈 깨무는 파브리스를 보면서 싸움이라도 할까 봐, 좀 떨리지만 파브리스 옷깃을 여며 주면서 다정한 눈짓을 보냈다.

"여기 있어, 너는!" 파프니르가 갑자기 소리쳤다. 페가수스가 정원 쪽으로 열린 유리창으로 나가려 하고 있었다. "너 왜 이렇게 극성이야? 가만히 있지 못해?"

날개를 어떻게 사용하는지 마침내 알아차린 페가수스가 날아보려고 애쓰고 있었다. 페가수스가 창문을 통과하기 직전 블롱딘이 달려들어 페가수스의 말총을 물고 늘어졌다. 어린 페가수스는 화가 나서 여우를 깨물려고 했지만 가만히 당하고 있을 블롱딘이 아니었다. 두 동물이 팽팽한 신경전을 벌이는 사이에 파프니르는 얼른 고삐를 단단히 죄었다. 어린 페가수스는 성난 소리를 내지르다 파프니르의 머리 위로 똥을 갈겼고, 화가 머리끝까지 난 파프니르는 여지없이 도끼를 휘둘렀다. 그들은 가까스로 페가수스를 피신시켰다.

아기는 그 광경을 아주 재미있어했다. 까르르, 까르르 웃으면서 아기가 귀여운 손을 흔들었다. 그런데…… 맙소사! 그 손가락들이 파란 빛을 번쩍이더니 마법의 광선이 난쟁이 코 앞을 휙 지나가는 것이 아닌가. 잠시 후 아기는 표적으로 삼을 대상이 없었다. 모두 바닥에 납작 엎드린 채 아기를 살피고 있었던 것이다. 여전히 밖으로 나가려고 안간힘을 쓰는 페가수스를 제외하고는.

"오, 조상들이시여!" 로빈이 말했다. "마법을 사용하고 있어! 이건 있을 수 없는 일이야!"

"천만에!" 칼이 응수했다. "타라잖아! 지금까지 타라에게는 정상적인 일이란 없다는 것을 그렇게 경험하고서도 그런 말이 나오냐, 너는? 패밀리어는 또 어떻고? 페가수스를 패밀리어로 삼은 마법사는 이제껏 한 명도 없었어."

두 발로 머리를 감싸면서 마니투는 딸꾹질을 했다.

"타라가 아기였을 때는 마법 능력이 없었는데! 뭐가 뭔지 모르겠구나."

로빈과 무아노는 아기가 또 광선을 발사할까 봐 불안한 눈길을 주고받으면서 아주 조심스럽게 일어났다. 다행히 아기는 제 발을 잡으려고 애쓰는 중이라서 두 손은 원래의 색깔로 돌아가 있었다.

"로빈의 말이 맞아." 무아노는 타라에게서 눈길을 떼지 않은 채 말했다. "어떤 인간도, 어떤 엘프도, 어떤 난쟁이도 이렇게 아기 때부터 마법을 사용한 적이 없어."

마니투는 검은 머리를 흔들었다.

"두 가지로밖에 정리가 안 되는구나. 첫째, 타라가 광선을 맞고 아기로 퇴행했는데 마법 능력은 사라지지 않았다는 것. 둘째는 아주 끔찍한 건데……."

거기까지 말하고 나서 마니투는 그들을 쳐다봤다.

"유전인자를 조작한 것인가요?" 마니투의 생각을 간파한 무아노가 말했다.

"바로 그거야. 의식을 가진 존재들에게는 엄격하게 금지된 것이지만."

파브리스는 조롱 섞인 탄성을 내지르지 않을 수 없었다.

"아하! 타라가 왜 그렇게 능력이 많은가 했더니! 그게 인위적인 것이었다?"

로빈이 입을 열었는데 그 목소리에서 충격이 느껴졌다.

"더 강력해지기 위해 타라가 유전적으로 조작되었다는 뜻이에요? 하지만 타라의 부모님은 알았을 거 아녜요?"

"그 능력을 은폐했다면 몰랐을 수도 있지!"

아이들과 개는 체인지라인이 못마땅해하거나 말거나 예쁜 멜빵 위로 침을 질질 흘리는 아기를 쳐다봤다.

"셈 선생님을 만나러 가자." 토빈이 아기와 살아있는 돌을 조심스럽게 안으면서 말했다. "셈 선생님은 타라에게 나이도 돌려주고 모습도 돌려주실 거야."

칼이 찬성했다.

"파프니르, 마침 잘됐는데 너도 같이 가서 페가수스의 응가를 씻어내는 게 어때? 네 머리털에서 나는 그 대단한 향기, 장난이 아니거든!"

파프니르가 내뱉는 대답에 무아노는 귀가 화끈거렸지만, 칼은 말장난을 하면서 속에 뭉친 긴장이 좀 풀리는 것 같았다. 스트레스를 푸는 데 유머보다 더 좋은 하 결책이 있을까.

오무아의 군주들은 취향이 별나서인지 온천장을 높은 곳에다 개발해 놓았기 때문에 그들은 거의 등산하는 수준으로 기어올라가야 했다. 무아노, 파브리스, 마니투, 파프니르, 칼, 로빈은 호기심이 가득해서 열기가 훅 끼쳐오는 커다란 동굴로 들어갔다. 새, 식물, 물이 환상적인 분위기를 연출하고 있었다. 어찌나 넓은지 수면 위에 떠도는 자욱한 수증기에 잠겨 어디가 끝인지 보이지 않았다.

"오무아에는 수석조수가 더 필요하지 않나? 이곳으로 옮기는 것이 나을 것 같네.”

“아, 그러면 넌 안 될 텐데, 토토가 너무 보고 싶어서!” 무아노
가 놀렸다.

흉측하게 생긴 동물에게 그처럼 귀여운 이름이 가당키나 하냐
는 이유로 친구들은 기회만 있으면 칼을 놀려먹었다. 칼은 입술
을 삐쭉 내밀었다. 부모님 집을 지키는 머리가 일곱 달린 히드라
에게 그 이름을 지어준 것이 겨우 네 살 때였는데 뭘 알겠어.

그때 뿌연 수증기 속에서 달콤한 목소리가 들렸다.

“샤름, 지구의 시인 샤를 보들레르가 미를 예찬한 구절을 내가
암송할 테니 들어봐요. 에헴.”

깊은 하늘에서 내려왔나, 깊은 못에서 솟아났나.

오, 미인이여, 지옥과도 같고 천국과도 같은 그대의 눈빛

선과 악을 어지럽게 뿌리네

그런 의미에서 그대는 술과 닮았구나.

그대의 눈빛에 담긴 노을과 여명

그대는 소나기 머금은 저녁 향기를 풍기네.

그대의 입맞춤은 미약, 그대의 입은 항아리

영웅을 무력하게 만들고, 아이를…… 음, 아이를…….

목소리가 기어들 정도로 작아지는 것을 보면 용의 기억에 구멍이 난 것이 틀림없었다.

"침 흘리게 만들고?" 칼이 메아리가 울릴 만큼 큰 소리로 셈 선생님이 기억하려고 애쓰는 말을 톡톡 내뱉었다. "겁나게 만들고? 파랗게 질리게?"

잠시 침묵…… 드디어 저쪽 끝에서 불쑥 나타나는 비늘 덮인 머리가 콧구멍으로 물을 내뿜으면서 다가왔다. 셈 선생님은 어린 마법사들과 패밀리어들, 사냥개를 알아보고 눈살을 찌푸렸다. 미녀의 마음을 사로잡으려고 한창 열을 올리는 중에 방해를 받았으니 기분 좋을 리 있을까. 성난 용을 보면서 그들은 슬금슬금 뒷걸음쳤다.

"영웅을 무력하게 만들고, 아이를 용감하게 만드는" 하고 마침내 셈 선생님이 끝맺었다. "오, 테미데루스여, 이 궁전에서는 한순간도 조용히 보낼 수 없는 겁니까?"

옆에 샤름이 나타났는데 빨간 비늘이 반짝였다. 갸름한 얼굴에 번지는 미소로 보아 즐거운 모양이었다.

"저기…… 문제가 좀 생겼어요." 로빈은 여자 용 앞에서 선뜻 말하기를 꺼리고 있었다.

로빈이 조심스럽게 말하거나 말거나 아랑곳하지 않고 셈 선생님은 그 행복한 순간을 무참히 깨트린 아이들이 미워 죽겠다는 투로 내뱉었다.

"어련하겠냐, 무슨 일인지 말해!"

로빈은 궁인들의 눈길을 끌지 않으려고 포대기로 감싸고 있던 타라를 보였다. 셈 선생님은 물에 젖은 눈썹을 치켜올렸다.

"이 아기가 뭐 어쨌다고?" 그는 퉁명스럽게 말했다.

도저히 참을 수가 없는 칼이 나섰다.

"지금 장난치는 게 아니라고요! 그래도 선생님은 아기를 보고 대번에 알아맞힐 줄 알았더니 그것도 아니네요, 뭐. 용들이 강력하다는 것은 두말할 필요가 없다고 정평이 나 있기에……."

방정맞게 입을 놀리던 칼은 하마터면 잘 익은 꼬치구이 신세가 될 뻔했다. 성난 선생님이 콧김을 내뿜는 걸 보면서 눈치 빠른 무아노가 얼른 설명했다.

"그 문제라는 것이 바로 이 아기예요. 얘가 타라거든요!"

물에서 나오던 용은 계단에서 발을 헛디디는 바람에 첨벙 넘어지다 물을 잘못 삼켜 사리가 들렸다. 샤름이 번개처럼 빠르게 달려가서 기침을 해대는 셈의 등줄기를 탁탁 쳐 주었다. 셈의 콧구멍에서 구름 같은 수증기가 풀풀 새나왔다

"뭐, 뭐라고?" 숨을 돌린 셈 선생님이 외쳤다. "타라? 하지만……."

"제가 발견했을 때 아기가 되어 있었어요." 로빈이 설명했다.

"갈랑도 어린 새끼로 퇴행했고, 살아있는 돌은 죽은 것처럼 빛이 꺼져 있고요."

너무 어이가 없어서 턱이 빠져라 입을 벌리던 셈 선생님이 얼른 정신을 차렸다. 그는 타라에게는 어쩌면 이렇게 기상천외한 일이 끊이질 않을까 하는 얼굴로 로빈에게 말했다.

"바닥에 내려놓고 그 옷도 벗겨. 어떤 주문이 걸려 있는지 살펴 봐야겠다."

로빈은 체인지라인에게 요와 싸개만 두고 나머지 옷은 사라지게 하라고 지시했고, 살아있는 돌을 타라 옆에 놓았다.

용 마법사가 어찌나 가까이 몸을 숙였는지 수염이 닿자 아기가 얼른 손가락들을 그 콧구멍에 집어넣었다. 이러다 재채기라도 하면 큰일이다 싶은 용 마법사는 꾹꾹 참으면서 손가락을 빠지게 하려고 머리를 흔들었다.

"에헴, 별것은 아닌데 악마의 마법인 것은 확실하군. 의심의 여지 없이 상그라브의 소행인데…… 거 이상하군. 마지스터는 없어졌는데 상그라브가 왜 타라를 공격하지?"

"여제께서 아무 말씀도 하지 않으셨어요?" 칼이 끼어들었다. "마지스터는 돌아왔는데요!"

"뭐라?"

용의 고함소리에 물가에 둥지를 튼 화려한 보벨* 몇 마리가 파드득 날아갔다. 질겁한 사이렌들도 물 속으로 쏙 들어갔고, 아기도 놀라서 딸꾹질을 했다.

"죄송해요." 칼이 한숨을 내쉬었다. "알려드리려고 했지만 선생님이 옥시아 부인과 궁인들을 상대로 싸움을 벌였잖아요. 또 타라의 생일파티가 끝나고 여제와 군대가 출발한 뒤에 선생님을 찾아다녔는데 어디에도 안 계시더라고요."

용 마법사가 목청을 가다듬었다.

"에헴, 샤름에게 멋진 곳을 구경시켜 주고 싶어서 산책하러 나와 있었지. 어떻게 된 건지 자세히 설명해봐. 여제에게서는 아무 얘기도 듣지 못했으니까."

칼은 스너피를 통해 들은 사냥꾼과 마지스터에 대해 빠짐없이 말했다. 얘기가 끝났을 때, 셈선생님은 생각에 잠겼고, 샤름은 불안한 얼굴을 했다.

"나는 이 행성을 조사하라는 임무를 받고 드란부글리스펜쉬르에서 파견되었단다." 샤름은 깜짝 놀라는 아이들을 보면서 침착하게 말했다. "그런데 우리가 예상하고 있던 것보다 훨씬 상황이 나쁘구나. 아더월드에 대한 감시를 너무 젊은 용에게 맡기는 것이 계속 마음에 걸리더니, 결국!"

파브리스는 숨이 막힐 뻔했다.

"젊어요? 선생님이요? 그럼 용들에게는 몇 살이 늙은 건데요?"

대답은 명료했다.

"10만 년 이하는 아직 젊은 거지."

아이들은 전과 다른 눈으로 용을 쳐다봤다.

"그런데 왜 그렇게 늙은 마법사 행세를 하셨어요?" 영리한 무아노가 물었다.

"인간들과 아더월드의 종족들은 일반적으로 경륜을 높이 평가하지." 셈 선생님이 설명했다. '인간의 사이클에 맞추면 내 나이는 삼십대에 해당해. 그래서 나는 존경받을 수 있는 늙은이의 모습을 택했던 거란다." 그는 샤름을 째려보면서 덧붙였다. "이 비밀을 아무에게도 발설하지 않을 것으로 믿었는데 당신이 이럴 수 있소?"

실수를 인정하는 샤름은 면목이 없다는 듯 눈을 내리깔았다.

"그런 깊은 뜻이? 미안해요, 드란부글리스펜쉬르의 정책 수행을 위한 것인지는 정말 몰랐어요. 용서하시지요." 샤름은 사죄하는 뜻으로 긴 목이 다 드러날 정도로 몸을 뒤로 젖혔다.

셈 선생님은 내키지는 않지만 용서한다는 뜻으로 머리를 끄덕이면서 아이들에게 돌아섰다.

칼의 대답은 아주 당돌했다.

"입을 다무는 데 대한 대가는 있는 거겠죠?" 약아빠진 칼이 빙긋이 웃었다.

"결정적인 순간에 네 목숨을 살려주지, 됐니?" 용 마법사는 우거지상으로 말했다.

칼의 미소가 흔들렸다. "예, 알겠습니다. 우리는 아무것도 못들은 거예요. 계속해서 존경하는 늙은 마법사로 대할게요."

머리를 절레절레 흔드는 용 마법사의 입에서 악마들이 할 법한 푸념이 흘러나왔다. 오, 벤드루크의 창자여! 샤름은 어쩌자고 나를 이런 궁지에 빠트린단 말인가. 어린 도둑이 언젠가는 이 중요한 정보를 써먹고도 남을 아이라는 것을 너무 잘 알고 있는 셈은 한숨을 푹 내쉬었다.

"그럼 아기 문제로 돌아가자. 모두 멀리 떨어져 있어, 이 아기를 변형시킬 거니까."

용 마법사가 주문을 읊으려고 할 때 갑자기 트럼펫이 쩌렁쩌렁 울렸다. 전원 풍경을 투영하고 있던 전광판이 번쩍거리더니 빨간 띠가 나타났다.

긴급 뉴스를 전해드리니 주목하시기 바랍니다!

타트리스족 크리스털리스트가 화면에 나타났는데 헝클어진 머리에 당혹한 표정으로 보아 분위기가 심상치 않았다.

"믿을 수 없는 일이, 끔찍한 일이 일어났습니다, 짐! 방금 녹화된 크리스털 볼을 받았는데요." 첫째 머리가 말했다.

"네, 그렇습니다, 좀." 둘째 머리가 말을 이어받았다. "이 끔찍한 소식은 우리 AM채널1이 단독으로 방송하고 있습니다!"

크리스털리스트가 손짓을 하자 나타나는 상그라브를 보고 모두 기절할 뻔했다. 악마들에게 에워싸인 상그라브는 반사경 마스크를 쓴 채 아주 불편해 보이는 검은빛과 금빛의 돌 옥좌에 앉아 있었다. 그 옆에 있는 사람은 오무아의 여제? 그런데 여제가 양손을 묶인 채 입에 재갈이 물려 있다니! 눈을 내리깔고 있는 여제는 단순히 포로로 붙잡혀 있는 것이 아니라 모든 것을 포기하고 완전 항복한 모습이었다.

그 뒤쪽으로 수를 헤아릴 수 없이 많은 악마로 구성된 군대가 시커먼 벌레처럼 꿈틀거리고 있었다. 마법사 한 명이 그렇게 많은 악마를? 용 두 마리가 으르렁거리는 소리 때문에 상그라브가 선언하는 서두는 거의 들리지 않았다.

안녕! 나는 상그라브들의 보스, 마지스터다. 나는 오무아에 전쟁을 선포한다!

19
선전 포고

*

화면에서 마지스터는 단호하게 외치고 있었다.

"여제는 나의 포로가 되었고, 후계자는 겨우 열네 살이라서 나에게 맞설 수 없다. 내가 얼마나 쉽게 너희들의 여제 후계자에게 접근할 수 있는지 지금부터 내 힘을 보여주겠다."

금발에 섞인 흰 머리털과 쪽빛 눈, 누군지 대번에 알아볼 수 있는 아기의 모습이 나타났다. 용들과 아이들은 심각한 눈길을 주고받았다. 그러니까 타라를 그렇게 만든 범인이 바로 마지스터였던 것이다!

"옛날에 찍은 비디오라고? 천만에! 1시간 전에 촬영한 것이다.

후계자는 이제 너희들을 보호해줄 수 없다. 물론 아기로 둔갑시킨 퇴행 주문을 깨트릴 수는 있다. 그러나 그게 치명적이 된다면? 재미있지 않은가?" 하고 비웃음을 흘리던 마지스터는 돌연 위협적인 말투로 덧붙였다. "앞으로 4일을 줄 것이니 항복하라. 그 기한이 지나면 내 군대가 오무아를 침략할 것이다. 정부가 항복하면 나는 관용을 베풀 것이다. 요컨대 나는 인간들과 싸우는 것이 아니라 용들과 싸우는 것이다. 나에게 덤벼보아라……."

마지스터는 녹화하는 크리스털 볼에 입술이 닿을 정도로 가깝게 대고 독설을 내뱉었다.

"벌레처럼 몰살할 테니!"

우두둑, 마지스터가 손가락 꺾는 소리를 내자 화면이 꺼지고 크리스털리스트가 땀을 닦으면서 나타났다. 둘째 머리 좀이 먼저 말했다.

"마지스터가 우리의 여제를 사로잡은 데 이어서 후계자를 아기로 둔갑시킨 방식에 대해서는 여러 가지 추측이 가능합니다. 우리가 방금 보았던 아기가 정말 후계자라면 말입니다. 한 가지 확실한 것은 8시간 전부터 궁전의 통신국과 여제의 군대는 연락이 두절되어 있다는 사실입니다."

"그 원정은 마지스터를 잡아오기 위한 비밀작전이었던 것으로 알고 있는데요." 짐이 말을 이었다. "그 반대 결과가 일어난 것 같습니다. 적군이 이미 아더월드에 들어왔는지조차 모르고 있는 데다 국경 내 군대의 움직임에 대해서도 전혀 파악되지 않고 있습니다. 현재 우리는 특파원들과 합류하여 여제 후계자 타라틸랑넴의 선언을 기다리고 있습니다. 그 비디오가 속임수였을 뿐, 우리의 여제와 후계자는 잘 지내고 있기를 간절히 바라면서 말입니다!"

그들은 공포에 사로잡혔다.

"이런 상황에서는 후계자를 빨리 정상적인 모습으로 돌려놓는 것이 상책이겠어요!" 칼이 한마디했다.

"무엇보다도" 샤름이 개입했다. "군대를 구성할 정도로 많은 악마들이 어떻게 아더월드에 들어왔는지 알아야 합니다. 만약 마지스터가 데미데루스의 봉인을 뜯고 악마들이 우리 세계로 들어올 수 있는 지각단층의 문을 여는 데 성공했다면? 그 경우라면 정말 엄청난 재앙입니다!"

무아노는 입술을 깨물었다. 무엇인가 수상한 것이 있는데……, 뭔가 언뜻 본 것을 확인하려면 마지스터가 녹화해서 텔레크리스털 채널에 보낸 크리스털 볼을 요청해야 했다.

셈은 터부룩한 눈썹을 찌푸렸다.

"맞는 말씀이오, 샤름. 지구 수문장들에게 지각단층을 둘러싸고 무슨 음모가 꾸며지고 있는 것이 아닌지 확인하라고 지시해야겠소. 우선 이 아기부터……."

셈은 주문을 읊었다. "레파트란스포르무스의 이름으로 타라와 갈랑은 즉시 이전의 몸과 정신을 되찾을지어다! 살아있는 돌도!"

주문이 듣지 않을 것이란 불안 속에서 별의별 상상을 다 하고 있는지 그들의 얼굴 표정이 가지각색이었다. 이윽고 타라와 갈랑의 몸이 커지기 시작하자 그들은 안도의 한숨을 내쉬었다.

눈을 번쩍 뜬 타라는 자신을 들여다보는 친구들 때문에 오히려 더 놀라는 얼굴이었다.

"왜? 나한테 무슨 일 있었어? 근데 머리가 왜 이렇게 아프지?"

"우리도 같은 질문을 할게." 불쑥 말해서 타라를 놀래키고 싶지 않은 칼이 대답했다. "뭐 기억나는 거 없어?"

"엄마를 찾으러 갔고, 음…… 그리고는 생각나지 않아."

"너를 공격한 사람은?"

타라는 어리둥절한 얼굴로 쳐다봤다.

"내가 공격받았어?"

"응. 기억 안 나? 선생님이 너에게 걸린 마법을 방금 풀었어."

타라는 기억을 더듬기 위해 눈을 감았다. 어찌할 바를 모르는 갈랑이 다가와서 쓰다듬어 달라고 겨드랑이 밑으로 주둥이를 들이밀었다.

"어휴, 딱따구리가 들어앉아서 뇌에다 구멍을 뚫어놨나 봐, 기

억나는 것이 하나도 없네." 상황을 전혀 모르는 타라는 천연덕스
럽게 말했다.

사태가 심각한데도 로빈은 안도의 숨을 내쉬었다. 자신의 열렬
한 고백을 타라가 전혀 모르는 것이 틀림없었다. 용기를 내어 다
음에 다시 한번 멋지게 하면 되는 것이 아닌가!

다시 빛을 번쩍이는 살아있는 돌이 타라와 정신적 교감을 시작
했다.

"후유, 기분이 나빠. 힘이 안 나, 생각도 안 나. 이상해!"

"셈 선생님이 우리를 구해주셨대." 타라가 머릿속으로 다정하
게 말했다. "네가 회복해서 정말 기뻐."

"하지만 그 주문을 날린 자는 대가를 치른다! 결단코!"

살아있는 돌의 앙심 품은 말투에 타라는 웃음이 나왔다.

로빈이 클릭을 타라에게 돌려주었다.

"나쁜 소식이 있어, 타라. 네가 아기로 둔갑한 뒤에……."

비틀거리면서 일어나던 타라는 흘러내리는 포대기를 얼떨결
에 부여잡긴 했는데 기저귀를 차고 있는 자신의 모습에 기절할
뻔했다.

"뭐, 아기? 엄마 방에 있다가…… 아기로 둔갑해? 그리고 기저
귀를 찬 이 꼴로 온천장까지 왔고? 그럼 엄마는? 엄마는 어디 계
신대? 마리안나는?"

친구들은 서로의 얼굴만 쳐다봤다. 타라를 너무 걱정하느라고 어른들을 까맣게 잊고 있었던 것이다. 게다가 마지스터가 전쟁 선포까지 하지 않았던가.

"내가 말할게." 로빈이 단호하게 말했다. "어떻게 된 것인지는 모르지만 너를 아기로 둔갑시킨 것은 마지스터였고, 여제와 황제 그리고 군대도 포로로 붙잡혀 있어."

타라는 가슴이 철렁하면서 등골이 서늘해졌다.

"말도 안 돼!"

"물론 말도 안 되지. 우리의 예상대로 그자에게 다른 동맹군은 없었어. 소수의 상그라브를 제외하고는. 그가 구성한 군대는 모두 악마들이야. 그래서 여제에게 연락이 안 되었던 거야. 이 모든 것이 네 고모를 납치하고 너에게 전쟁을 선포하기 위한 함정이었어."

타라는 다리가 후들거려서 땅바닥에 털썩 주저앉았다.

"나에게 전쟁을 선포해? 하지만 그는 그러지 못해!"

"그런데 했어. 증거가 있어!" 칼이 대답했다.

칼은 마지스터의 연설을 재방송하는 크리스털 전광판을 가리 켰다. 타라는 그 장면을 유심히 살폈다. 카메라가 마지스터의 악마 군단을 집중적으로 비출 때마다 타라는 소스라쳤다. 아더월 드의 운명이 자신의 결정에 달려 있었다. 어떤 전략으로 싸우지?

34

황제의 군대와 싸웠던 기억이 떠올랐다.

타라가 다시 일어나자 체인지라인이 순식간에 청바지, 티셔츠, 농구화 그리고 마법복 차림으로 만들어주었다. 친구들을 향해 돌아서는 타라의 눈빛이 이글거리고 있었다.

"질문이 있는데 두 분 용 마법사들께서 대답해 주세요. 우리가 싸우면 이길 가능성이 있나요?"

용 마법사들은 불안한 눈길을 주고받았고, 셈이 말했다.

"솔직하게 말하겠다, 타라. 우리가 악마들과 맞서 싸웠을 때 우리는 패배할 뻔했었다. 참패하지 않았던 것은 오로지 데미데루스를 비롯한 최고 마구스 5인의 힘 덕분이었지. 따라서 그 시절이라면 우리가 승리할 가능성은 없다고 말해야겠지. 그러나 5천 년 동안 상황이 바뀌었으니 단정적으로 승리하기가 더 어렵다고 말할 수는 없다. 너는 네 조상의 힘 못지않게 강력한 힘을 지니고 있고, 또 최고 마구스들도 상당히 진보했다. 우리 세계의 인구도 훨씬 증가했고, 오무아는 단결이 잘 된 제국이 되었다. 따라서 나는 승리할 확률을 반반이라고 본다."

타라는 잠시 생각에 잠겼다가 심호흡을 했다. 그들은 잔뜩 긴장해서 타라의 결정을 기다렸다.

"나도 알아요, 애초에 이 행성에 발을 들여놓지 말았어야 했다는 것을." 타라는 여유 만만했다. "하지만 내가 여기 와 있는 이상 선택의 여지가 없어요. 마지스터와 그 무리를 무찌릅시다. 드란부글리스페쉬르에도 연락해 주세요. 용들의 도움을 요청합니다. 용들이 없으면 우리는 버틸 수 없어요."

셈이 승낙했다.

"약속할게, 타라. 우리 병사들에게 알리겠다. 공간이동의 문을 이용하면 이틀에서 나흘 안에 병력을 지원 받을 수 있을 것이다."

"타라, 너 자신 있는 거니? 마지스터가 이끄는 악마 군단과 싸우는 것은 보통 일이 아냐."

전쟁을 한다는 생각만 해도 덜덜 떨리는 마니투는 개들도 근심이 많으면 털이 하얗게 쇠는 것이 아닐까 은근히 걱정하는 얼굴이었다.

타라는 사냥개로 둔갑해 있는 증조할아버지 앞에 섰다.

"1년 동안 여제께서 나에게 되풀이했던 말이 뭔지 아세요?"

"글쎄다." 마니투는 타라의 결연한 태도에 덩달아 숙연한 표정을 지었다.

"최고 권력자는 고독하다고 말씀하셨어요. 고문관들, 친구들, 친척들, 장관들…… 의견을 물을 만한 사람들은 많아도 최종 결정은 늘 혼자 내려야 하는 것이라고. 아니면 제국을 다스릴 수 없다면서 결단력이 없으면 차라리 크라살비 동부지역에 가서 당근 농사나 짓는 게 낫다고 했어요. 자신 있냐고요? 네, 있어요. 마지스터가 강탈이나 유괴로 원하는 것을 훔쳐가게 가만히 구경만 하고 있지는 않겠어요. 그리고 그자는 크게 실수하는 거예요. 나는 황제에게 1년 동안 꽤 많은 전투교육을 받았고, 또 현장에서 다양한 군대와 시뮬레이션 실험도 마쳤거든요. 그래서 이제 나는 어떤 위협에도 대처할 자신이 있어요. 그리고 마지막 전투에서는 내가 이겼거든요. 이번에도 나는……."

"타라!" 무아노가 외쳤는데 목소리가 격양되어 있었다.

"괜찮아, 나한테는 선언할 권한이 있으니까! 상황이 이러니까 나도 어쩔 수 없어!"

"너의 선언을 참견하는 게 아냐." 무아노는 화를 냈다. "네가 또 '나'라고 했는데 제발 '우리'라고 말해 줘, 부탁이야. 우리는 너를 떠나지 않아!"

"하지만 너희들은 떠나야 해." 타라는 친구의 말에 감동했지만 정치적 문제를 고려해서 대꾸했다. "너희들은 오무아 시민이 아냐! 너희들은 각각 랑코비트, 셀렌다, 히플리아로 돌아가야 해. 그리고 나는 그 작자와 결판을 내야 하고!"

"싸울 기회를 놓치라고?" 분개한 파프니르는 못 박힌 단단한 손가락으로 도끼를 빙빙 돌리고 있었다. "농담하냐? 난쟁이 국가는 회피하지 않아. 만약 난쟁이들이 오지 않겠다고 하면 그들을 대표해서 나 혼자라도 싸우겠어!"

"엘프들도 네 편이야, 하프엘프 한 명도 포함해서!" 로빈이 맞장구쳤다.

"나는 랑코비트의 이름으로 말할 수는 없지만 너와 같이 있겠어." 무아노도 똑부러지게 말했다.

"나도." 칼은 아주 간단하게 말했다.

"나, 나는 지구인들을 대표하는 것은 아니지만 이 전투에서 너에게 꼭 필요한 사람이 되겠어." 파브리스는 용사 같은 표정을 지었다.

여제와의 모의전쟁에서 친구들이 죽었을 때 느꼈던 고통이 기억난 타라는 친구들을 차례로 쳐다보다가 결국 항복했다. 가능한 한 모든 도움이 필요했고, 또 친구들 없이는 이길 수 없을 것 같았다.

"뒤마의 삼총사가 따로 없네. 일곱 명이라는 것만 빼놓고. 우린 일심동체야. 고마워, 너희들은 진정한 친구들이야."

타라는 그들을 얼싸안았다.

지구 소년 파브리스, 지구 영화를 훤히 아는 칼, 지구에서 살았던 마니투를 제외한 나머지 친구들은 타라가 무슨 말을 하는지 이해하지 못했다. 그러나 타라의 표정이 어찌나 만족스러운지 그들은 설명은 나중에 듣기로 하고 그냥 넘어갔다. 삼총사가 무엇이든 간에.

타라는 황실의 반지를 세 번 돌렸고, 멜루덴리파쉬랄리반디르가 나타났다.

멜은 무슨 심각한 문제가 있는 듯 표정이 좋지 않았다. 아니, 뭔가 자기가 예상했던 대로 풀리지 않는 모양이었다. 눈치 빠른 멜은 주인의 기분을 바로 알아채고 우렁차고 정중하게 말했다.

"네, 주인님. 무엇을 도와드릴까요?"

"원정대에 참여한 장관들과 장군들을 제외한 수뇌부를 모두 소환해." 타라는 인사말도 없이 대뜸 반말로 지시를 내렸다. "그리고 궁전에 있는 최고 마구스들과 마법사들에게 정부의 각 부처, 각 부대, 각 부서 책임자들을 철저히 단속하라고 전해. 1차 전은 적이 이겼고, 2차 전 승리는 우리 것이다. 그리고 나의 어머니와 마리안나……, 그리고 메델루스도 찾아봐!"

위압적인 모습의 에프리트는 레몬빛 눈썹을 치켜 떴다.

"소환, 안전조치, 위치추적. 알겠습니다, 명을 따르겠습니다."

에프리트는 넙죽 절하고 나서 사라졌다.

"응, 알았다. 마지스터가 행정기구를 마비시키지 못하게 미리 국가기관을 보호하고, 군대를 결성해두려는 거구나. 정말 잘했어." 로빈이 타라의 의중을 꿰뚫었다.

타라는 로빈에게 눈을 흘기면서 말했다.

"난 선택의 여지가 없어. 마지스터의 선포가 허풍이기를 바랄

뿐이야. 아니면 사람들이 죽으니까."

타라는 입을 다물고 흰 머리틀을 질겅질겅 씹기 시작했다. 그러다가 생각에 잠긴 얼굴로 의문을 제기했다.

"근데 왜 곧바로 공격하지 않을까? 이해가 안 돼. 마지스터는 여제, 특히 이 제국의 군 통수권자인 황제와 그 수하의 명장들, 엘프 군단을 생포했어. 나라면 적에게 준비할 시간을 주지 않고 공격했을 거야. 왜 나에게 나흘이란 시간을 줬을까?"

로빈은 고양이 눈을 찡그렸다.

"타라, 황제의 교육을 받은 효과가 대단하다. 아주 예리했어. 그래. 그건 진짜 이상하긴 하다!"

셈은 고개를 끄덕였다.

"기다리고 있거나…… 뭔가 수작을 꾸미고 있는 것이겠지. 따라서 타라, 그리고 타라가 무력해질 경우에 역시 여제 후계자들인 옥시아 부인과 그녀의 형제자매들을 보호해야 해."

타라는 얼굴을 찌푸렸다. 무력해질 경우라고? 기분이 좀 상하기는 했지만 타라만 표적이 아니라는 것은 맞는 말이기 때문에 불쾌하게 생각할 일이 아니었다.

이왕 온 김에 목욕이라도 하겠다는 파프니르를 온천장에 두고 그들은 여제의 거처로 돌아갔다. 거처 앞에서 보초를 서는 병사 둘은 작은 무리를 거느리고 결연한 걸음으로 다가오는 후계자를 보고 안심한 얼굴로 차려 자세를 취했다. 셈 선생님이 보초병들을 심문했지만 그들은 아기를 안고 나가는 소년말고는 아무도 보지도 듣지도 못했다고 대답했다. 셈 선생님이 일어난 사건들을 시각화할 수 있는 메모루스 주문에 이어 템푸스 주문을 시도했지만 타라를 공격한 자는 주도면밀했다. 당시의 장면을 지워버리는 주문이 걸려 있어서 아무것도 알 수가 없었다. 용 마법사는 입에 담지 못할 욕지기를 퍼붓기 시작했다. 따발총 쏘아대듯 터져 나오는 욕설을 유일하게 알아듣는 칼만 와, 저런 욕이? 나도 언제 써먹어야지, 하는 얼굴로 쳐다봤다.

한편 샤름은 용들의 조국에 연락했다. 용들의 왕은 가능한 한 빨리 지원군을 파견하겠다고 약속했다. 그러나 셈은 느긋한 태도를 보이고 있었다. 최후통첩이 만료되는 나흘째 날까지만 오면 된다면서.

무아노는 텔레크리스털에 연락해서 마지스터의 메시지가 담긴 크리스털 볼 비디오를 넘겨받았다. 무아노는 비디오를 보고 또 보면서 악마들을 유심히 살피고 있었다. 악마의 수가 엄청났기 때문에 용들은 불안에 빠졌다. 데미데루스는 마법사가 불러낼 경우에만 악마가 아더월드나 지구로 들어올 수 있는 주문을 걸어놓았다. 그 후 5천 년이 흐르는 사이에 인간은 악마를 불러내는 또 다른 방법을 찾아내긴 했지만 대신에 수명이 몇 년 짧아지는 것을 감수해야 했다. 도움을 주는 대신에 악마가 생명을 유지하는 데 필요한 물질을 빨아먹기 때문이었다. 그래서 악마와 결속되어 있는 마법사들이 있었다. 그러나 악마는 일생 동안 단 한 명의 마법사하고만 결속할 수 있었다. 그런데 지각단층을 열지 않고서야 마지스터가 어떻게 그 많은 악마를 집합시킬 수 있었을까? 그것은 도저히 있을 수 없는 일이었다.

팅가푸르는 술렁이고 있었다. 마지스터가 선전 포고를 하고 나서 얼마 후, 수많은 비마가 항복을 요구하는 시위를 벌였다. 그들은 악마를 두려워하고 있었다. 티라니크 하원의장은 군대를 투입해서 시위대를 해산하기로 결정했다. 타라는 참사가 일어나기 직전에 그 명령을 취소했다. 시위자들을 진압할 수 없게 되자 화가 난 실라르는 항의하면서 티라니크의 결단을 촉구했다. 타라는 명령에 불복하는 실라르를 해임하려다가 생각을 바꾸었다. 그리하여 타라와 하원의장의 만남은 시작부터 삐걱거렸다. 어리다고 얕보는 태도로 밀어붙이려는 하원의장과 절대 지지 않고 주장을 굽히지 않는 타라는 팽팽히 맞섰다. 마침내 티라니크가 후계자에게 굴복하는 것으로 결론이 났지만 타라는 본의 아니게 적을 만든 셈이었다.

비마들의 시위는 정부에 혼란을 줄 목적이라고 보기에는 놀라울 정도로 조직적이었다. 크리스털리스트들이 비마에 대해 많은 정보를 전해주고 있지만 타라는 신경 쓰지 않는 체했다. 또다시 누군가가 마법사들과 비마들의 분열을 조장하고 있었다. 타라는 잘못 말려들어서 위험한 게임을 하고 싶지 않았다.

여제의 원정대에 참여하지 않은 장관과 장군이 속속 도착했다. 그들은 열네 살 소녀에게 나라의 운명을 맡기는 것이 떨떠름하다는 얼굴이었고, 타라가 항복할 것이라고 예상하고 있었다.

샤름의 충고대로 타라는 청바지 대신에 우아한 드레스를 입었고, 굽 높이가 10센티미터쯤 되는 구두를 신어 키가 커 보이게 했다. 체인지라인의 도움을 받아 나이가 들어 보이는 화장도 했다. 그르룰은 뒤에서 팔짱을 낀 채 주의 깊게 살피고 있었다. 타라는 어린애로 보이지 않으려고 거울 앞에서 황제의 무표정한 얼굴을 수없이 연습하면서 표정관리에 신경을 썼다.

타라가 결연하게 싸우겠다고 선언하자 가장 놀란 사람은 티라니크였다. 그는 타라를 대신하여 오무아를 통치할 것이라고 확신했는지 자신만만한 얼굴로 번지르르하게 말문을 열었다.

"우리의 후계자는 아직 어리고, 진짜 군대와 대적한 적이 없었습니다. 마지스터가 우리에게 보낸 악마들은 물론 불사신 같은 존재들이지요. 그러나 마지스터는 오무아 국민에게 원한을 품은 것이 아니라 단지 우리를 용들에게서 해방시키려는 것이오. 마지스터에게 복종하고 난관에서 벗어납시다."

회의에 참석해 있는 샤름과 셈은 속이 부글부글 끓었지만 입을 꾹 다물고 있었다. 타라는 심장이 오그라드는 것 같은 느낌으로 국가 수뇌부들을 둘러봤다. 남자, 여자, 인간이 아닌 존재들, 모두 당황하는 것 같았다. 타라는 심호흡을 하면서 일어났다.

"티라니크 선생님이 생각하는 것과는 달리 나는 마지스터와 싸운 적이 있습니다. 그것도 두 번이나. 첫 번째는 용과 엘프 군단과 함께 마지스터의 잿빛 요새를 정복하여 내 어머니를 구해냈지요. 두 번째는 마지스터와 단둘이서 대적했습니다. 나는 그자의 능력을 알고 있습니다. 마지스터가 우리와 동맹을 맺은 용들을 몰아내는 것으로 만족할 것이라고 생각하는 사람은 꿈을 깨십시오. 그자는 이 나라를 점령하여 아더월드의 다른 나라들을 정복하기 위한 교두보를 만들려는 겁니다. 우리 동족들이 그자의 총알받이가 되는 것입니다. 여러분의 자식들이 그자의 병사가 되는 것입니다. 그자는 아주 많은 피를 흘리게 할 것입니다. 그리고 그것은 그자의 피가 아니라 우리의 피라는 걸 아서야 합니다. 우리가 지금 그자를 막지 않으면 이 행성을 죽음으로 몰아넣는 것입니다. 이 행성 다음으로는 지구를 침략할 것이고, 이어서 드란부글리스펜쉬르를 공격할 겁니다. 마지스터는 용들에게 전쟁을 선포할 겁니다. 여러분이 원하는 것이 그것입니까?'

그 지적에 장관들이 술렁거렸다. 용들의 막강한 힘을 누군들

무시할 수 있을까. 그리고 타라의 말도 옳았다. 피를 흘릴 사람은 그들이지 마지스터가 아니었다. 투표 결과, 만장일치는 아니었지만 대다수가 적과 싸우겠다는 결정을 내림으로써 항복하자던 티라니크의 주장은 묵살되었다.

하원의장은 마지막 술책을 시도했다. 그는 후계자가 복잡한 행정기구에 적응할 수 있도록 타라의 후견인이 되겠다고 제안했다. 그러나 여제의 사촌 옥시아 부인이 그 제안에 반대했다. 티라니크를 좋아하지 않는 것이 분명했다.

"지금까지 보여준 명석함과 총명함에 비추어 우리의 후계자가 이 나라를 다스리는 데 있어 왜 당신을 거쳐야 한다는 것인지 도무지 모르겠군요!"

타라는 고갯짓으로 고마움을 표시했다. 물론 장관들은 타라가 회의를 시작하기 전에 셈, 샤름, 로빈, 특히 아더월드 전쟁사의 걸어다니는 사전 파프니르에게 특별 교육을 받았다는 사실을 모르고 있었다. 그들의 조언에 따라 타라는 바다로 둘러싸인 오무아의 해상 국경에 대한 경비를 강화하고 예비군을 소집했다. 그리고 행성 전체를 불바다로 만들 필요는 없으니 처음부터 전쟁에 개입하지 말고 사태를 예의 주시해 달라는 입장을 동맹국들에 전달했다. 그러면서도 타라는 공개 회의를 열어 다른 국가들도 원한다면 동참할 수 있게 했다. 찬성, 찬성, 찬성! 그리하여 오무아는 도와달라고 애걸하지 않고서도 우아하게 여러 국가의 원조를 받게 되었다. 용 마법사들과 친구들의 도움으로 이렇듯 발빠르게 대처한 덕분에 타라는 정국을 안정시킬 수 있었다.

각료들은 더 이상 트집을 잡을 수 없게 되자 타라에게 전권을 주었고, 오무아의 운명이 열네 살 소녀의 손에 놓이게 되었다. 타라는 가슴이 떨리고 무릎이 후들거렸지만 루이 14세도 비슷한 나이에 전쟁을 지휘했고, 잔다르크는 열일곱 살 나이에 오를레앙을 탈환했던 것을 떠올리면서 용기를 냈다. 그런다고 위안이 되는 것은 아니었다. 어느 순간부턴가 갑자기 장관들이 처음으로 "폐하"라고 호칭했을 때 타라는 가슴이 메였다. 평소에 사용하던 '마마' 대신에 '폐하'라는 칭호를 쓴다는 것은 장관들이 은연중에 타라를 여제로 인정한다는 뜻이었다. 타라는 그 마음이 일시적인 것이 아니기를 바랐다.

타라는 사악한 주문에 걸려 아기로 둔갑해 있었음을 밝혔다. 그리고 궁전에 침투해 있는 적을 추적하고 있다는 사실도 밝혔다. 또 마지스터에 대해서는 주눅든 적이 없었으며, 국민과 자신은 악마들과 동맹을 맺을 정도로 비열한 인간과 싸울 만반의 준비가 되어 있다고 천명했다.

각 책임자들은 타라에게 경의를 표하는 뜻에서 확실하고 구체적인 전술을 계획했고, 국방장관 발렌드라를 비롯한 장군들도 서로 질세라 다양한 전략을 세우는 열의를 보였다.

타라는 하품을 하는데 눈이 너무 따가워서 비비려다가 순간적으로 멈췄기에 망정이지 하마터면 검정눈물을 흘릴 뻔했다(눈에 마스카라 화장을 했던 걸 깜빡 잊고 있었던 것이다). 타라는 예상했던 것보다 위기상황을 잘 넘기고 두려움을 극복했다는 생각에 안도의 한숨을 쉬었다. 얼마나 긴장했으면…… 시간을 확인하던 타라는 마지스터의 선전 포고가 있은 지 3시간밖에 흐르지 않았다는 걸 알고 놀랐다.

갑자기 멜이 나타났다. 갈랑이 딸꾹질을 해서 칼이 황급히 비켜섰지만 다행히 콧구멍에서 파란 방울은 나오지 않았다. 주홍빛 에프리트가 넙죽 절했다.

"여제의 시녀장 마리안나와 메델루스 선생님은 행방불명이지만 셀레나 부인은 찾았습니다. 부인은 여제의 거처로 오기 전에 기거하던 방에 있었지요. 주인님이 찾고 있다는 말을 전했습니다."

"거기서 뭘 하고 계셨……?"

숨을 헐떡이며 뛰어들어오는 어머니 때문에 타라는 말을 중단했다. 셀레나가 에프리트를 따라잡을 생각으로 엄청나게 뛰어온 모양이었다.

"어머, 다들 모여 있네. 무슨 일이 생겼니, 타라? 그리고 메델루스 본 사람이 있니? 아침식사를 같이 하기로 했는데 보이질 않는

구나!"

그들은 몹시 놀라는 눈길을 교환했다. 이윽고 선생님이 입을 열었다.

"셀레나 부인, 마지스터의 선전 포고를 모릅니까?"

타라의 어머니는 새파래졌다.

"누가 뭘 했다고요?"

"마지스터가 선전 포고를 했어요. 지금 여제가 붙잡혀 있어요, 엄마. 누군가가 엄마에게 기억상실 주문 민투스를 걸은 것 같아요."

타라가 그 동안 있었던 일을 자세히 알려 주자, 셀레나는 완전히 혼란에 빠지는 얼굴이었다.

"믿을 수 없어! 오, 맙소사, 놈이 죽은 게 아니었어? 게다가 여제를 붙잡고 있다니! 세상에 이걸 어떡하면 좋아?"

"싸워야지요!" 타라는 딱 잘라 말했다.

유심히 살피고 있던 마니투가 갑자기 셀레나에게 다가서더니 좀 심하게 냄새를 맡았다.

"할아버지, 왜 그러세요?" 셀레나가 물었다.

"킁킁, 킁킁, 냄새가 나. 킁킁. 너 오늘 아침에 어디 다쳤니?"

"모르겠어요, 전혀 기억이 없는데…… 왜 그러세요?" 셀레나는 콧등을 찡그리면서 물었다.

"네게서 피 냄새가 나!"

셀레나는 흠칫 놀랐다.

"피 냄새요? 저한테서요?"

"그래, 네 머리에 피가 묻어 있는 것 같구나. 머리를 건드리니까 냄새가 더 심해. 구두에서도 냄새가 나. 옷에서는 냄새가 안 난다는 건 갈아입었다는 것이고!"

"즉시 확인해봅시다." 셈 선생님이 말했다. "플루이도레벨루스의 이름으로 피는 정체를 드러낼지어다!"

샤름이 셈을 쳐다보는데 이건 또 무슨 희한한 주문이람? 하는 얼굴이었다.

어쨌든 주문은 효과적이었다. 마법의 기운이 셀레나의 온몸을 휘돌다 머리털과 구두에서 머무는가 싶더니 이미지가 형성되었다. 타라가 휘청거리는 어머니를 얼른 부축했다. 피를 흘리는 메델루스가 나타났던 것이다. 그 뒤로 언뜻 자르와 마라의 실루엣이 보였다. 아이들의 얼굴 역시 피투성이였다.

2)
뱀파이어의 이빨자국

*

"오, 조상들이시여!" 피 묻은 이미지를 보고 마니투가 외쳤다.

"어머나, 맙소사! 이제 기억나요!" 셀레나의 얼굴이 창백해졌다. "아침에 메델루스를 만나러 갔는데 피투성이로 방바닥에 쓰러져 있었어요. 레파루스 주문을 써봤지만 피를 너무 많이 흘렸는지 깨어나지 않았고…… 그리고 욕실에서 옷을 갈아입은 것 같은데…… 그 다음은 전혀 기억이 안 나요."

타라의 얼굴이 새파래졌다. 맹랑한 아이들이라는 것은 알았지만 살인을? 그 정도까지는 아닌 것 같은데……!?

"메델루스는 아직 궁전 안에 있는 것 같아……." 마니투가 콩콩 냄새를 맡으면서 말했다. "콩콩, 콩콩! 무아노, 나를 도와다오!

블롱딘과 쉬바, 너희들도!"

은빛 표범 쉬바는 시력이 뛰어나지만 후각은 그리 예민한 편이 아니어서 주둥이를 찡그리더니 알았다는 뜻으로 신음소리를 냈다.

야수로 변신한 무아노는 수색을 시작한 지 거의 1분도 되지 않아 메델루스의 방에서 가까운 벽장 앞에서 멈춰 섰다. 이상한 냄새가 진동했다. 벽장을 여는 순간 무엇인가가 굴러 떨어지려 했고 얼떨결에 떠받치던 무아노는 비명을 질렀다. 피가 엉겨붙은 메델루스? 비명소리에 모두 달려왔고, 부상자를 덥석 끌어안는 셀레나의 드레스가 붉게 물들었다. 에프리트는 눈썹 하나 까딱하지 않고 쳐다보고 있다가 사라지기에 앞서 구시렁거렸다.

"에이 씨! 기껏 위험을 무릅쓰고 찾아다녔더니 하필 벽장 안에 있어 가지고! 진짜 체면이 말이 아니군!"

자존심이 상했다는 듯 씩씩거리는 에프리트를 보면서 칼은 웃음을 참을 수 없었다. 그만한 일에 너무 오버하는 것 아냐?

메델루스는 눈뜨고 볼 수 없는 몰골이었다. 아직도 상처에서 피가 나는 것을 보면 셀레나의 레파루스 주문이 전혀 듣지 않은 것 같았다.

"으윽, 어떤 동물이 와작와작 씹어먹다가 뱉어버린 것 같군." 칼이 중얼거렸다.

그러나 로빈은 고개를 흔들면서 복합 주문의 결과로 목에서 서서히 사라지는 핏자국을 가리켰다.

"이건 뱀파이어의 이빨 자국이야! 메델루스는 사냥꾼의 공격을 받은 거였어!"

일순간 모두 표정이 싹 달라졌다. 그렇다면 드라고쉬 선생님의 옛 약혼녀가 궁전에 침투했단 말인가! 최근에 일어난 일련의 사건들, 살인사건까지도 평범한 상그라브의 짓이겠거니 생각하고 있었건만…… 마지스터가 보낸 자객이 여자 뱀파이어 셀렌바라면 문제가 달랐다.

벽장 안쪽에서 신음소리가 들렸다. 또 한 사람이 어둠 속에 쓰러져 있었다. 반쯤 의식을 잃은 마리안나의 몸에도 깊게 할퀸 상처가 있었고, 목에 사냥꾼의 사인이 찍혀 있었다.

레파루스 주문으로 치료를 받자마자 그녀는 정신이 돌아왔다.

"내가 왜……?"

"뱀파이어의 공격을 받았어요." 무아노는 그녀의 목에 발을 올려놓은 채 설명했다.

"배가 고파서 맛 좀 봤나 봐요." 이런 상황에도 농담이 나오는지 칼이 덧붙였다.

마리안나는 부르르 떨었다.

"여자 뱀파이어가 우리 피를 빨아먹었다는 뜻이에요?"

"그렇소." 마니투가 대답했다.

"제가 이해할 수 없는 것은 두 사람 다 아직 살아있다는 거예요." 로빈이 의문을 제기했다.

"의식이 돌아오지 않아!"

셀레나의 목소리는 떨리고 있었다. 메델루스는 그녀의 품에 축 늘어져 있었다. 상처는 아물었지만 어찌나 창백한지 최고 마구스는 송장 같았다. 깨어나기만 했지 마리안나도 상태가 좋은 것은 아니었다.

"너의 주문으로 우리의 피를 수혈하는 게 어떨까?" 타라가 로빈에게 제안했다.

"안 돼." 로빈이 대답했다. "그런 위험을 무릅쓰고 싶지는 않아. 우리가 약해질 수도 있거든. 샤먼에게 치료할 방법이 있을 거야."

"내가 샤먼을 부르지." 하고 말하면서 셈 선생님이 투덜거렸다. "맙소사, 대체 그 여자가 무슨 생각을 했기에!"

"누구요? 샤먼이요?" 파브리스가 어리둥절한 얼굴로 물었다. "'멀리 보는 눈' 샤먼은 남잔데요, 여자가 아니라……."

"샤먼말고 여제 말이다!" 셈은 퉁명스럽게 대꾸했다. "엘프 군단과 최고 마구스 몇 명 정도로 마지스터와 맞설 생각을 하다니 자만했어. 스스로 무덤을 판 거지. 이사벨라 부인에게 지구의 지각단층을 조사해 달라고 했는데 아무 이상이 없다는 거야. 그런데 마지스터가 어떻게 그 많은 악마를 들어오게 했는지 알 수가 없어.”

여제를 비판하는 소리가 듣기 싫은 듯 마리안나가 말을 끊었다.

“나는 걱정이 돼서 죽겠어요. 우리가 맞서면 마지스터가 무슨 짓을 저지를지 모른단 말입니다!”

“아무 짓도 못해요.” 타라는 뚝 잘라 말했다. “마지스터에게는 여제가 필요하니까. 악마의 힘을 지닌 사물에 이르려면 데미데루스의 직계 혈통이 필요하기 때문에 인질로 붙잡아두고 있는 거예요. 따라서 여제는 위험하지 않아요.”

무거운 침묵이 흘렀다. 잠시 후 칼이 휘파람을 불었다.

“마지스터가 호시탐탐 너를 납치할 거란 생각만 하다 보니 너의 고모도 악마의 힘을 지닌 사물에 접근할 수 있다는 걸 잊고 있었어. 그럼 이거 장난이 아닌데!”

“지금으로서는 그 사물보다 마지스터의 악마 군단이 더 걱정이다.” 셈 선생님이 말했다. “드란부글리스페쉬르에서 원군이 올 때까지는 아더월드에 와 있는 용들이 힘이 되어 줄 수는 있겠지. 정찰을 나가야겠다. 마지스터가 군대를 이미 대륙에 침투했다면 어딘가에 숨어 있겠지. 그 소굴을 찾아내야 해!”

“쌍둥이들도 찾아야 해요.” 셀레나가 잠시 메델루스에게서 눈을 떼고 부드럽게 말했다. “그 아이들은 뭔가 알고 있을 거예요.”

연락을 받고 달려온 샤먼은 메델루스를 응급 처치한 뒤에 의무실로 옮겼다. 또 부상이 심하지 않은 마리안나에게는 약을 먹였다. 아직 몸이 성치 않은 마리안나가 파브리스에게 부축해달라고 부탁했다. 매력적인 시녀가 파브리스에게 몸을 너무 바짝 기대는 것 같아서 무아노는 코를 찡그렸다. 파브리스가 세심하게 배려해 주면서 무슨 말인가 건넬 때마다 마리안나는 감탄하는 듯 눈을 크게 뜨면서 그 하얀 목을 흐느적거렸다. 무아노는 씁쓸한 미소를 지었다. 지구소년의 비밀을 안다면 몸을 기대는 게 다 뭐야, 뒤도 안 돌아보고 도망칠걸!

　　쌍둥이 남매는 자기들의 방에 있었다. 어이없는 얼굴로 들어오는 타라를 보고 자르는 도전적 표정으로 맞는 데 반해 마라는 창백해졌다.

　　"레벨루스 주문을 걸어 보니 최고 마구스 메델루스가 공격받았을 때 너희들이 같이 있었고, 또 너희들에게도 피가 묻어 있었다. 무슨 일이 있었는지 말하라." 셈 선생님이 다그쳤다.

　　쌍둥이들이 불안한 눈길을 주고받더니 마라가 입을 열었다.

　　"오늘 아침에 지시를 받기 위해 선생님 방에 갔어요. 우리가 들어갔을 때 선생님은 이미 피를 흘리면서 쓰러져 있었어요. 돌아가셨는 줄 알고 너무 무서워서 우리는 도망쳤어요."

　　"근데 나는 너희들이 사고가 난 뒤에 왔다는 생각이 안 드는데 어떡하지?" 타라가 일침을 가했다. "너희들을 보호하는 사람이 누구지? 그리고 이유는?"

자르의 눈빛이 이상할 정도로 생기가 없었다.

"마음대로 생각하고, 하고 싶은 대로 해. 우리를 감옥에 집어넣든지 말든지. 그런다고 달라질 건 없으니까."

쌍둥이들은 마치 생명 유지에 필요한 중요한 것을 빼앗긴 듯 기운이 하나도 없어 보였다. 타라는 마음이 내키지는 않았지만 목소리를 부드럽게 바꿨다.

"너희들의 장난으로 파티가 엉망이 된 후에 나의 에프리트 멜에게 너희들을 찾으라고 했는데 어디 있는지 위치를 알 수 없었어. 왜 그랬을까?"

쌍둥이들이 또 불안한 눈길을 주고받았다. 타라는 속으로 말했다. 애들 좀 보게, 설마 그 정도도 모르고 있었다고 생각하는 것은 아니겠지.

"이 드라크 때문에." 마라가 중얼거리면서 가슴에 늘어진 가문의 메달을 가리켰다.

"그게 뭔데?"

"드라크는 감쪽같이 숨겨 주는 기능이 있지. 남작령의 자식들은 누구나 이 메달을 가지고 있고. 이걸 작동하면 빛이 회절하기 때문에 우리가 보이지 않아. 그래서 특히 쫓기고 있을 때는 꼭꼭 숨을 수 있어. 이건 우리의 마법능력이 아니라 주위에 있는 마법을 이용하는 것이라서 주문보다 훨씬 효과적이야."

타라는 드라크 두 개를 받아 실라르 수하의 친위대원에게 넘겼다. 쌍둥이 남매에게서 더 이상의 정보는 얻을 수 없었다. 풀죽은 얼굴로 동문서답하는 쌍둥이들을 상대하던 타라는 어찌나 약이 오르는지 아이들을 죽이고 싶은 충동이 일어서 심문을 중단했다. 타라는 그 방 앞에 보초 두 명을 세우고 아이들을 철저히 감시하라는 지시를 내렸다.

그들은 회의실로 돌아가서 다양한 대책을 세웠다. 수수께끼는 쌓여만 가고, 또 수많은 목숨이 희생될 것이라는 생각에 타라는 두려움이 엄습하면서 위가 뒤틀렸다. 점심시간이 훌쩍 지났지만 뭔가가 목구멍에 걸려 있는 것처럼 아무것도 넘길 수 없을 것 같았다. 그런데다 음식 생각만 해도 속이 울렁거렸다. 그러나 셈 선생님이 설득했다. 궁인들과 마법사들에게 의연한 모습을 보여줘야 한다면서.

타라가 식당에 들어서자 웅성거림이 커졌다. 걱정이 가득한 얼굴들인데 세 부류로 나뉘었다. 마지스터에게 항복하여 이번 기회에 용들의 콧대를 꺾고 싶은 자들(소수라서 다행이었다), 악마들과 싸우고 싶은 자들, 오무아는 다른 종족들과 동맹을 맺어야 한다고 주장하는 자들. 타라는 혼자서라도 황궁 군대를 이끌고

나가 마지스터와 싸우겠다고 선언했다. 찬성을 얻지 못한 타라
는 속으로 한숨을 쉬면서 내색을 하지 않으려고 노력했다. 셈 선
생님은 성공을 거둘 것이라며 거듭 용기를 주었다. 선생님이 전
에 없이 용기를 북돋아준다 싶더니 타라는 그제야 이것을 예상한
것이었음을 깨달았다.

　타라와 친구들은 드라고쉬 션생님, 칼리브리스 부인, 칼리 부
인, 옥시아 부인과 티라니크 하원의장이 이미 자리를 잡고 있는
식탁에 둘러앉았다. 궁인들이 불안해하지 않게 용 마법사 샤름
과 셈은 식탁 양쪽 끝에 자리를 잡았다. 갑자기 칼이 반가워했
다. 아는 얼굴을 보았던 것이다.

　"여러분, 잠깐만 주목해주세요. 엘레아노라를 소개할게요!"

　"누군데그래?" 파브리스가 호기심이 가득한 얼굴로 물었다.

　"소용돌이에 휩쓸려갔던 소년의 사촌이야." 타라가 차분하게
설명했다. "그저께 궁전에서 만났는데 칼을 굉장히 원망하고 있
는 것 같았어."

　칼이 타라 앞으로 소녀를 데리고 와서 소개했다.

　"여긴 엘레아노라. 아들을 잃은 충격을 조금이나마 잊을 수 있
도록 브란디스의 부모님 집에서 살고 있어. 파시 가문인데 브란
디스와 서로 아주 절친한 사이였대."

　타라는 파시 가문의 사람들이 오무아에서 유행하는 마법 결투

를 없애기 위해 노력하는 평화주의자라는 것을 알고 있었다. 엘레아노라는 시선을 마주치지 않으려고 하면서 타라, 옥시아 부인, 티라니크 선생님 앞에서 아주 뻣뻣하게 허리를 굽히고 나서 한마디도 하지 않고 멀어져갔다.

"행성의 모든 종족을 사랑한다는 파시 가문의 사람치고는 우리를 그리 좋아하지 않는 것 같네." 파브리스도 한마디했다.

"응, 재는 우리를 전혀 좋아하지 않아. 하지만 아주 멋진 아이라고 생각해."

칼은 자신이 그렇게 반가워한 이유를 설명할 겨를이 없었다. 옥시아 부인이 식사를 시작하라는 신호를 보내는 순간 식당이 어둠 속에 잠기는 충격적인 일이 일어났던 것이다.

21
뱀파이어의 약혼녀

*

잠시 후, 전기가 들어오자 모두 불안한 눈길로 주위를 둘러봤다. 사람들은 특별히 이상한 점이 보이지 않았기 때문에 단순한 정전사고라고 생각했다. 뱀파이어를 어떻게 대적해야 할지 모르기 때문에 타라는 드라고쉬 선생님 쪽으로 몸을 숙이고 물었다.

"메델루스 선생님이 갈가리 찢기는 중상을 입은 채로 발견되었어요. 마리안나도 공격을 받았고, 두 사람 다 피를 많이 잃었어요."

드라고쉬 선생님은 움찔했다. 아더월드에서 살아있는 존재의 피를 즐기는 것은 한 종족밖에 없었다. 누가 그런 끔찍한 짓을 저질렀는지 그는 알고 있었다. 쾌락 때문에 인간을 갈가리 찢어놓을 수 있는 것은 배신한 뱀파이어밖에 없었다. 자신의 약혼녀. 자신의 인생에서 유일한 사랑, 영원한 저주를 받은 뱀파이어 셀렌바가 바로 그 악명 높은 사냥꾼이라는 것을 알고 있기에 드라고쉬는 괴로웠다.

의혹이 가득한 참석자들의 눈길이 드라고쉬에게 쏠려 있었다. 옥시아 부인은 파랗게 질려서 다그치듯 말문을 열었다.

"드라고쉬 선생님, 여기 뱀파이어라고는 선생님 한 분밖에 없습니다. 뭐라고 말씀을 해보시죠?"

"네, 맞습니다. 내가 아는 한 다른 뱀파이어는 없습니다." 드라고쉬는 노골적인 비난을 받아들이면서 목멘 소리로 대답했다.

"그렇지 않아요." 칼리 부인이 이의를 제기하고 나섰다. "인간의 피 맛을 보게 되면 뱀파이어는 급격한 변화를 감수해야 하지요. 침에 독이 퍼지는 데다 환한 대낮을 견딜 수 없게 되지요. 그런데 이 방은 햇빛이 가득한데 선생님은 전혀 괴로워하지 않고 있어요. 따라서 드라고쉬 선생님은 범인이 아닙니다."

그녀는 몸을 숙이고 혐오감을 흘리는 말투로 계속했다.

"따라서 우리들 중에 피를 빨아먹는 또 다른 뱀파이어가 있는 겁니다. 인간의 피를 먹은 뱀파이어 말입니다!"

궁인들은 대체 누구를 믿어야 하냐는 얼굴로 서로를 쳐다봤다.

상황 판단이 빠른 옥시아 부인이 깔끔하게 사건을 정리했다.

"그러니까 그 흉악한 괴물을 보낸 것이 마지스터란 말이죠? '나에게 저항하지 말라, 아니면 너희들을 죽인다.', 뭐 그런 협박이란 말이죠? 수법이 아주 혐오스럽군요. 그런 식으로 우리에게서 항복을 받아내려 하다니!'"

그녀는 그 말을 마치 마지스터에게 전달하라는 듯이 드라고쉬를 쳐다보면서 말했다. 창백해진 뱀파이어는 자신의 입장을 설명하기 위해서라도 무슨 말이든 할 필요가 있었다.

"나는 배신자가 아닙니다, 부인." 드라고쉬는 침을 삼켰다. "나는 여러분 편입니다. 마지스터는 아주 오래 전부터 싸우고 있는 나의 원수입니다. 그리고 부인의 말이 옳습니다. 그 뱀파이어가 우리의 적이자 나의 적을 위해 일하고 있는 것도 맞습니다. 이 문제는 내가 해결하겠습니다."

다른 사람들은 이 선언의 의미를 이해하지 못했지만 타라와 친구들은 걱정스런 눈길을 주고받았다. 드라고쉬의 약혼녀가 마지스터의 유혹에 넘어가서 인간의 피를 먹고 미치광이가 되었다는 것을 알기 때문이었다. 사피르 드라고쉬는 죄를 저질렀는데도 오랜 세월 동안 약혼녀를 변호하면서 몹쓸 병을 낫게 할 방법을 연구하고 있었다. 그러나 또다시 도저히 용서할 수 없는 끔찍한 죄를 저지른 이상 이제 그는 더 이상 그녀의 죄를 눈감아 줄 수 없었다.

고개 숙인 뱀파이어의 창백한 뺨을 타고 피눈물이 흘러내렸다. 사랑하는 여자를 죽여야 하는 일이었다. 그녀와 나눴던 달콤한 순간들, 함께 거닐던 꽃향기 그윽한 들판, 아들딸 낳아 행복하게 살고 싶었던 꿈을 이제는 정말 머릿속에서 지워버려야 했다. 유혈이 낭자한 메델루스와 마리안나의 이미지를 모두 보았으니 이제 더는 그녀를 감싸 줄 수도, 그 죄를 덮어 줄 수도 없었다.

오무아 궁전의 감독관 칼리 부인은 팔 여섯 개를 비비 틀면서 드라고쉬를 쳐다보고 있었다. 부인이 어떻게 해결할 것인지 구체적인 설명을 독촉하려는 순간, 드라고쉬의 얼굴 윤곽이 흐릿해지더니 점점 길어지는 입에서 송곳니가 쑥 튀어나왔다. 궁인들은 후닥닥 뒷걸음쳤다. 그들이 숨을 돌릴 사이도 없이 플록! 하는 소리와 함께 드라고쉬 대신에 검은 늑대가 나타났다. 마니투는 딱한 생각에 털이라도 쓰다듬어 주려다가 위협적으로 입술을 젖히면서 슬그머니 비켜섰다. 이왕이면 나도 저런 늑대나 사자로 둔갑할 것이지, 휴! 사냥개 모습을 하고 있는 자신이 새삼 한심하게 느껴졌던 것이다.

늑대는 주둥이를 치켜들고 괴로운 울음소리를 내고는 껑충껑충 층계로 사라졌다.

"세상에, 얼마나 가슴이 찢어질까! 저렇게 멋진데!" 금발 궁녀가 홀딱 반한 것 같은 뉘앙스로 중얼거렸다.

여자의 애인인 듯한 남자가 못마땅한 눈길을 던졌다.

"뭐가 멋지다고 야단이오? 나도 털을 뒤집어쓰고 희한한 소리를 지를 수 있어요. 그게 뭐 그렇게 어려운 일이라고! 어떤 걸로 해줄까요? 표범? 호랑이?"

입맛이 뚝 떨어진 무아노는 드라고쉬 선생님을 뒤따라갈 생각으로 야수로 변신했다.

어떨 때는 인정머리라고는 없어 보이는 셈 선생님이 배가 고픈지 모오오오우우우 살코기 한 점에 대고 주문을 읊었다.

"*두블루스의 이름으로 이 한 조각의 고기는 내 배를 채워 줄 수 있게 될지어다!*"

원하는 양의 스테이크가 나타나기는커녕 접시는 꿈쩍도 하지 않았다. 용 마법사는 눈살을 찌푸리면서 다시 주문을 읊었지만 성과가 없었다. 뒤에서도 불평하는 소리가 났다. 한 최고 마구스가 맥주를 원한다는 주문을 읊었는데 그것도 헛일이었다. 가슴이 철렁! 모두의 머릿속에 의혹이 스쳤다. 하나둘 각자 마법을 시험해보던 최고 마구스들은 아연실색했다. 마법 능력이 없어진 것이었다.

궁전이나 마법의 사물은 이상이 없었다. 최고 마구스들만 그 능력의 원천이 차단되어 있는 것이었다. 뱀파이어와는 달리 셈 선생님은 인간의 모습으로 변신할 수 없었다. 용의 몸이라 섣불리 돌아다닐 수가 없게 되어 오도가도 못하는 신세가 되었다. 샤름도 마찬가지였다.

그 자리에서 긴급회의가 열렸고, 장군들, 최고 마구스들, 장관들이 흥분하고 있었다. 타라가 옥좌에 앉자마자 아더월드의 수상 격인 하원의장 티라니크는 마법 능력이 없어지는 전대미문의 사건이 일어난 것에 힘을 얻었는지 목소리를 높였다.

"마법을 쓸 수 없으니 선택의 여지가 없소. 마지스터에게 항복해야 합니다! 이제 우리는 방어할 능력이 없소이다!"

타라는 분개했다.

"우리는 싸울 수 있습니다! 우리에게는 오무아 군대가 있고, 엘프들은 마법이 아니라 페가수스들과 힘을 합해 싸우면 됩니다."

"그러나 마지스터는 마법을 이용할 것인데 우리는 대응할 수 없으니 모두 죽게 될 것이오! 나는 악마에게 잡혀서 생을 마치고 싶지 않소이다. 항복해야 합니다!"

갑자기 타라의 분노가 폭발했다. 마지스터는 아버지를 죽였고, 어머니를 납치해서 10년 동안 억류했던 인간이었다. 그리고 지금은 오무아 사람들을 노예로 만들려 하는데 그자의 속셈을 알아채지 못하는 티라니크를 보면서 타라는 어찌나 속이 부글부글 끓는지 도저히 참을 수가 없었다. 그 순간 타라의 마법이 폭발했다.

티라니크는 두 손에서 발사된 파란 광선을 맞고 그대로 떠밀리다 벽에 쾅! 부딪혔다. 회의실엔 찬물은 끼얹은 듯 무거운 침묵이 내려앉았다. 타라가 손을 내려다볼 때 모두 일제히 뒷걸음쳤다.

"우와, 타라? 너는 마법을 할 수 있다!" 칼이 외쳤다.

어린 도둑이 주문을 읊었다. 레파루스 주문의 기운이 기절한 티라니크를 휘감자 축 늘어진 하원의장의 팔이 꿈틀꿈틀 움직이더니 차츰 의식이 돌아왔다.

"나도 되네!" 칼이 마법을 시험해보고 기뻐했다.

어른들만 마법 능력을 잃었다는 것을 깨닫기까지는 오래 걸리지 않았다. 어린 마법사들만 능력을 보존하고 있으니 또 아이들만 악마와 맞서야 한다는 것이 아닌가. 타라는 아더월드가 정말 싫어지려고 했다.

그 소식은 엄청난 속도로 퍼져나갔다. 과연 마지스터가 곧바로 크리스털 전광판으로 메시지를 보냈다.

마법도 안 되고 힘도 없는데 너무 힘들지 않은가? 저주받은 왕홀이 그런 효력을 지니고 있을 줄이야! 5000년이 지났는데도 완벽하게 작동했으니 악마들의 능력은 얼마나 대단한가! 이번에는 어린 마법사 한두 명이 무력해질 것이다. 이제 너희들은 항복하는 일밖에 남지 않았다!

얼굴은 볼 수 없지만 마스크 색깔이 파란색인 것을 보면 마지스터는 쾌재를 부르고 있었다.

　때맞춰 복원된 도서관에서 자료조사를 한 결과 저주받은 왕홀은 지각단층 쟁탈 전쟁이 일어났을 때 데미데루스가 악마들에게서 압수한 불길한 물건들 중 하나였다. 왕홀은 악마들이 인간과 용의 마법을 막기 위해 만든 것이지만 미처 사용해보지도 못한 채 데미데루스에게 빼앗긴 것이었다.

　마지스터가 그 왕홀을 손에 넣었다는 것은 여제를 왕홀이 있는 곳으로 강제로 끌고 가서 지킴이들과 심판관들을 속이는 데 성공했음을 의미하는 것이었다. 시간이 흐를수록 나라는 점점 공포의 도가니에 빠지면서 파국으로 치닫고 있기 때문에 타라는 장관들이 등을 돌리고 항복을 요구할 것이라고 생각하고 있었다. 공명정대함을 잃지 않고 장관들에게 내 뜻을 따르라고 강요할 수 있을까? 성군과 폭군은 어떤 차이가 있는 것일까?

　이런 생각을 하면서 혼자 회의실을 나온 타라는 자연환경 조성을 위해 만든 인공 얼음사막을 가로지르고 있었다. 그 뒤를 따라오다 얼음판에서 그만 꽈당, 미끄러진 그르룰은 허리춤에 늘 차고 다니는 곤봉으로 얼음에 분풀이를 했다. 그런데 얼음이 깨지면서 솟구치던 물이 거의 순식간에 얼음으로 변하는 것이 아닌가. 그 순간 머릿속에서 찰칵! 타라는 깨달았다. 바로 그거였어! 이제 타라는 좀비를 어떻게 죽였는지 알았다. 상황이 상황이니

만큼 지금은 그 사건에 신경 쓸 때가 아니지만 타라는 찜찜하던 수수께끼가 풀린 것으로 일단 만족했다.

녹초가 된 타라는 황금빛 규방에서 잠시 쉴 테니 혼자 있게 해 달라고 부탁했다. 물론 방 밖에서 트롤이 지키고 있었다. 타라는 그 방에 있으면 마음이 차분하지 가라앉아서 좋았다. 유기광물 호박으로 이루어진 벽에 엘프들이 조각해 놓은 꽃, 나비, 새들이 살아 움직이는 듯했다. 도저히 참을 수 없는 울음이 터져 나오고 있었다. 그때 산디아르가 면담을 청했다. 얼른 눈물을 닦으면서 타라는 체인지라인에게 빨개진 코와 눈을 가려달라고 지시했다. 전 친위대장은 들어오자마자 무릎을 꿇었다. 그는 타라를 올려 다봤다. 호박에 반사되는 빛 때문일까 타라의 얼굴이 햇빛을 머금은 복숭아 같았다. 산디아르는 타라가 울었다는 것을 알아챘 지만 모른 척했다. 그는 타라에 대해 어떤 태도를 취해야 할지 갈 피를 잡지 못하고 있었다. 증오심과 존경심 사이?

"수사를 계속하고 있었습니다, 폐하. 그리고 범인이 좀비를 어 떻게 죽였는지 알아냈습니다. 무엇이냐 하면……."

"얼음이죠." 타라가 말을 이었다.

"아니, 그걸 언제 어떻게 아셨습니까?" 산디아르는 기절초풍하 는 얼굴이었다.

"뻔한 거니까요(타라는 바로 조금 전에 알았다는 것을 밝히지 않았다). 범인은 책장을 고정하는 강철 꺾쇠를 얼음 꺾쇠로 바꿔 놓은 거예요. 그리고 꺾쇠들이 녹아 없어지게 실내공기조절기를 꺼놓았던 것이고요. 물론 그 얼음이 녹는 데 걸리는 시간을 정확하게 계산했고, 그 예정 시간에 좀비를 불러들여서 박살을 냈던 거죠. 사체가 더 늦게 발견되었더라면 물의 흔적마저 완전히 증발했겠지요. 그랬으면 우린 어떻게 된 일인지 추측조차 하지 못했을 겁니다. 불행한 일이지만 황제의 예측이 입증된 셈이죠. 범인은 비마가 틀림없어요. 마법을 사용한 것이 아니니까요."

"꼭 그런 것만은 아닙니다, 폐하. 평범한 얼음이 아니거든요." 산디아르는 예리했다. "우리가 마법 능력을 잃기 전에 시험해 봤는데 그 얼음은 탄성력이 아주 약했습니다. 수거한 꺾쇠를 박아 봤는데 힘없이 부서졌지요. 도서관 안에서는 마법을 사용할 수 없기 때문에 우리는 밖에서 열기가 아니라 충격에 견딜 수 있도록 꺾쇠를 마법으로 강화한 뒤에 다시 시험해 보니 꺾쇠가 녹으면서 책장이 넘어졌습니다. 그렇다면 '안티매직'이라는 조직의 비마들이 마법을 사용한 것이 되므로 폐하의 생각대로 배후에 마법사가 있는 것이 틀림없습니다. 몇 가지 음모가 얽혀 있는 것으로 드러난 이상 수사를 다시 시작해야 합니다. 궁전에 있는 비마 궁인들이 아니라 마법사들을 대상으로!"

타라가 규방을 어쩌나 왔다갔다하는지 사그락사그락 주홍빛 드레스자락 스치는 소리가 요란했다. 대형 퍼즐의 새로운 조각이 눈앞에 나타났던 것이다.

"젠릴 장군이 우연히 희생된 것으로 생각하도록 연막작전을 써서 우리를 속이려고 했던 거예요. 흥, 그렇게 호락호락 넘어갈 줄 알고! 산디아르, 아주 중요한 정보를 알려줘서 고맙습니다. 그리고 새로운 임무를 맡기고 싶은데 들어주시겠어요?"

"영광입니다, 폐하!" 갑자기 희망에 부푼 산디아르는 가슴이 두근거렸다.

타라는 그를 찬찬히 살펴봤다. 여제의 총애를 잃게 된 데에는 타라에게도 일말의 책임이 있기 때문에 산디아르가 불만을 품고 있다는 것을 알고 있었다. 그러나 지금은 거대한 궁전 내부에 신뢰할 만한 사람이 절실히 필요한 때였다.

"젠릴의 주변인물을 조사해 주세요. 특히 그에게 원한을 품을 만한 사람이 있는지 알아보세요. 지금으로서는 그대를 친위대에서 빼낼 수 없으니까 근무 외 시간에 조사해야 합니다. 비밀리에 아주 신중하게 움직여야 해요. 그대가 음모를 밝혀냈다는 걸 알면 '안티매직' 측에서 가만있지 않을 거예요. 망설이지 않고 죽일 겁니다."

고마워서 어쩔 줄 모르는 산디아르는 가슴을 팍팍 치면서 벌떡 일어났다.

그가 방을 나가자마자 노크 소리가 들렸다. 타라는 한숨을 내쉬었다. 칼이 메델루스의 의식이 돌아왔다는 것을 알려 주었다.

어쨌든 셀레나에게는 좋은 소식이 아닌가. 셀레나는 시들시들한 것이 꼭 좀비 같은 메델루스를 부축하고 모두 모여 있는 회의실로 들어왔다.

셈 선생님이 달려가려고 하다 용의 큰 키 때문에 충동을 억누르면서 메델루스가 절뚝거리며 걸어오기를 기다렸다.

"좀 어떻소?" 셈 선생님이 버럭 소리를 질렀다.

움찔한 메델루스는 양손으로 자기 얼굴을 찰싹찰싹 때렸다.

"아이고 놀래라! 선생, 아프지 않은 데라고는 귀밖에 없는데 꼭 이래야 되겠소?"

"아, 미안하오." 셈이 목소리를 낮추면서 대답했다. "최고 마구스 메델루스, 당신이 하도 걱정돼서 그만. 어찌된 일인지 말해 주겠소?"

"기억나는 것이 전혀 없어요." 메델루스가 조심스럽게 의자에 앉으면서 말했다. "머리에 충격이 있었고 굉장히 추웠다는 것말고는. 얼어죽을 것 같은 냉기라고 할까, 하여튼 그것밖에는 생각이 안 납니다. 깨어나 보니 셀레나가 나를 들여다보고 있더군요. 그래서 내가 사고를 당했다는 걸 알았소. 대체 내가 어떻게 된 건지 누가 좀 알려주시오!"

"뱀파이어에게 좀 물리셨어요." 나서기 좋아하는 칼이 설명했다. "뱀파이어가 끝장을 내지 않았으니 선생님은 정말 운이 좋았죠."

타라는 얼굴을 찌푸렸다. 생각만 해도 올라오는 구역질을 간신히 억누르면서 타라는 대화에 집중하려고 애썼지만 머리가 뱅글뱅글 돌면서 어지러웠다. 뭔가를 놓친 것 같은 느낌이 들었다. 뭘까, 뭐지?…… 잡힐 듯 잡힐 듯하면서 잡히지 않았다.

"셀레나와 샤먼도 그렇게 말하던데…… 대체 뱀파이어가 왜 나를 공격한 거지?"

"아마 배가 고팠겠죠." 칼이 말했다. "선생님의 향수냄새가 싫었을지도 모르고요."

셀레나가 매섭게 노려보자 칼은 천진한 미소를 보냈다.

"뱀파이어가 선생님만 공격한 건 아니에요. 마리안나도 죽을 뻔했거든요." 하고 말하면서 타라는 메델루스를 유심히 관찰했다.

메델루스의 반응은 평범했다. 그는 몸을 부르르 떨면서 괴로운 얼굴로 뒷걸음쳤다. 타라는 연기가 아니라는 것을 느꼈다. 메델루스가 다 죽어가는 소리로 어지러움을 호소하자 셀레나는 딸을 흘겨보면서 그를 다시 의무실로 데리고 나갔다.

메델루스가 공격을 받은 것은 쇼라고 생각하는 타라는 물론 엄살은 아니겠지만 아무래도 그에 대한 의혹을 떨치려야 떨칠 수가 없었다.

그때 얼굴이 일그러져서 뛰어들어온 실라르가 티라니크와 타라 앞에서 주저앉을 듯이 머리를 조아렸다.

"잘못을 저질렀으니 책임을 지고 사임하겠습니다." 그는 네 개의 장검을 내밀면서 말했다. "젠칠라를 각오하고 있으니 뜻대로 처분하십시오."

타라는 한숨을 내쉬었다. 젠…… 뭐라고? 이건 또 무슨 소리야? 타라는 하원의장의 대답을 들으면서 대충 짐작할 수 있었다.

"관례적인 자살을 하겠다는 것이오? 하지만 이유가 뭐요? 무슨 죽을 죄를 지었기에?"

"쌍둥이들에게서 압수한 두 개의 드라크 중 하나가 사라졌습니다. 메델루스 선생님을 공격한 뱀파이어가 훔쳐간 것 같습니다. 샅샅이 뒤졌는데 발견되지 않는다는 것은 드라크 때문임이 틀림없습니다. 그런 물건을 도난 당했으니 처벌을 받겠습니다. 게다가 우리가 보관하는 물건들 중에서 지구의 권총도 없어졌는데 뱀파이어가 왜 그걸 훔쳐갔는지 도무지 모르겠습니다. 어쨌든 저는 후계자에게 테러를 가했던 범인을 찾는 데 실패한 것입니다."

"어쩔 수 없으니 내가 허락하겠소." 티라니크가 선언했다.

타라가 일어났다. 휴, 번번이 하원의장을 반대하게 되다니! 정말 이러고 싶진 않은데…….

"그건 안 됩니다." 타라는 냉랭한 목소리로 끼어들었다. "지금 우리는 나의 고…… 여제와 황제를 잃었고, 또 최고 마구스들은 마법 능력을 잃었습니다. 따라서 한 목숨이라도 헛되이 버릴 때가 아니죠. 나는 당신에게서 친위대 대장의 지휘권을 박탈하고 산디아르를 대장으로 재임명합니다. 당신은 친위대에 남아 있어요. 그것이 잘못을 저지른 데 대한 죗값을 치르는 길입니다. 그리고 죽는 문제에 대해서는 서두를 필요 없습니다. 곧 그럴 기회가 있을 거니까요!"

채찍처럼 날아온 그 마지막 말에 실라르는 침울한 얼굴로 일어났다. 그는 담담하게 고개를 끄덕이면서 장검을 칼집에 넣었고, 절도 있게 돌아서서 무거운 발걸음으로 방을 나갔다. 그 방에 참석해 있던 산디아르가 앞으로 나와서 이 고마움을 어떻게 표현할지 모르겠다는 눈길을 보내며 허리를 굽혔다. 방금 무슨 짓을 했는지 알고 있는 타라는 속으로 통탄하고 있었다. 실라르는 티라니크의 사람, 산디아르는 타라의 사람으로 갈라놓았으니! 두 사람에게 각각 맹목적인 충성심으로 주인을 섬기는 충견이 되라고 강요하는 것이나 다름없지 않은가! 대체 언제부터 이런 모사꾼이 된 거지? 아, 그래, 세상의 미래를 내 어깨에 짊어진 때부터지. 나는 어서 빨리 커야 해.

"권총 얘기는 좀 이상합니다." 마리안나가 조심스럽게 입을 열었다.

"뱀파이어는 무기란 것이 필요 없는데 말입니다. 어딘가에 숨어 있을 것이라고는 생각하지 않아요. 우리들 중의 누군가로 변신하고 있을지도 모르겠어요."

마리안나가 부축해 달라는 몸짓으로 파브리스에게 다가섰는데 꼭 교태를 부리는 것 같았다. 무아노의 눈에서 불이 번쩍했다. 타라도 매력적인 마리안나를 주시하고 있었다. 그녀는 너무 자주 파브리스에게 몸을 기댔고, 파브리스는 예쁜 여자가 자기에게 관심을 보이는 것이 좋아 죽겠다는 듯이 싱글벙글했다. 사실 마리안나는 모든 남자, 특히 티라니크에게도 그런 선정적인 몸짓을 하고 있었다. 타라는 회의실을 나오다 두 사람이 얘기하는 모습을 봤는데 그때 마리안나는 나른한 몸짓으로 티라니크의 소매를 만지작거리고 있었다. 타라는 파브리스가 걱정되는 얼굴로 눈살을 찌푸렸다. 그런데 왜 이렇게 불쾌하게 느껴지지?

드라고쉬 선생님은 기진맥진해서 두 시간 후에 회의실에 돌아왔는데 낙심한 얼굴이었다.

"못 찾았습니다."

타라는 모든 결정을 다음 날 내리기로 결정했다. 산디아르는 대원들을 2교대로 나눠 야간경비를 서게 했고, 모두들 자기 방으로 돌아갔다.

타라는 친구들 없이 혼자서 밤을 보내겠다고 주장했다. 조그만 소리에도, 아주 작은 숨소리에도 잠을 이루지 못할 것이 뻔하기 때문에 타라는 절대적으로 휴식이 필요했다. 셀레나가 같이 있겠다고 했지만 타라는 딸에 대한 사랑과 메델루스에 대한 걱정 사이에서 어쩌할 바를 모르는 어머니를 보고 싶지 않았다. 타라는 의무실에 가서 부상당한 메델루스를 지켜 주라고 어머니를 설득했고, 셀레나는 정말 고마워하는 얼굴로 받아들였다. 마리안나가 순진한 건지, 눈치가 없는 건지, 속셈이 따로 있는 건지 같이 밤샘을 하겠다고 제안했다. 셀레나는 조금도 고맙지 않다는 말을 하고 싶었지만 차마 하진 못했다.

칼은 아무리 싫다고 해도 한사코 따라나서는 로빈과 함께 엘레아노라를 찾아다녔지만 잿빛 눈의 소녀는 어디에도 없었다. 아니, 어딘가에 꼭꼭 숨어 있는 것인가? 칼은 마침내 뭐라고 형언할 수 없는 허탈감을 느끼면서 엘레아노라 찾기를 단념했다.

침대에 누운 무아노는 베개에 얼굴을 묻고 끙끙 속앓이를 하고 있었다. 파브리스에 대해서는 도무지 감정 절제가 안 되기 때문에 당혹스러운 상황에서는 어떻게 처신해야 할지 알 수가 없었다. 그렇지 않아도 잘 자라는 말을 하러 갔을 때 더운 날씨에도 깃이 목까지 올라오는 잠옷 차림을 한 무아노를 타라가 이상한 눈으로 보지 않았던가. 레파루스 주문에도 상처가 낫지 않아서 목을 가려야 하는 무아노는 정말이지 조마조마했다. 과연 언제까지 속일 수 있을까?

로빈은 잠을 이루지 못하고 있었다. 랑코비트로 급히 돌아오라는 아버지 망질의 부름을 받았던 것이다. 칼과 무아노도 부모님에게서 똑같은 연락을 받았다. 그러나 그들은 거부하면서 만약 악마들이 팅가푸르를 침략하면 싸움을 피해 공간이동의 문으로 도망치겠다고 약속했다. 물론 로빈도 이 전쟁이 얼마나 위험한지 모르지 않았다. 언제 죽을지 알 수 없는 상황이라서 타라에게 고백을 해야 했다. 속으로 고백할 말을 되뇌고 되뇌면서 로빈은 이번에는 절대 웃음거리가 되지 않겠다고 다짐했다. 솔직하고 직설적으로 표현하면 되는 거야! 하고 싶은 말은 간단했다. 로빈은 그 표현을 백세 번째로 중얼중얼하다 잠이 들었다.

오랜만에 쥐 죽은 듯이 조용한 데다 피곤에 지친 터라 타라는 쉽게 잠들었다. 그러나 아침에 타라의 눈 밑에 진 다크서클은 숙면을 취하지 못했다는 증거였다.

아침식사 후 타라는 긴급회의를 주재했다. 최고 마구스들은 모두 와 있었다. 의무실에 있는 셀레나, 메델루스, 마니투, 샤먼, 그리고 타라의 심부름을 간 마리안나만 빠져 있었다. 수완 좋은 시녀장이 궁전을 돌아다니면서 사람들을 회유하는 능력이 있다는 것을 확인하고 타라는 아침 일찍 크리스털 볼로 연락했었다. 타라는 그녀에게 자르와 마라를 설득해서 실토하게 만들라는 임무를 주었다. 아울러 마리안나 때문에 무아노의 신경이 날카로워져 있다는 것을 알기 때문에 파브리스에게서 떨어뜨려 놓으려는 목적도 깔려 있었다. 그런데 쌍둥이 남매를 설득하는 것이 어떻겠냐고 넌지시 말했던 사람이 마리안나였다는 것을 생각해보면 누가 누구를 회유한 거지?

모두의 관심을 끌려는 듯 셈 선생님이 갈퀴발톱으로 바닥을 찌익, 찌익 긁고 다니자, 화들짝 놀란 옥시아 부인이 눈을 부라리면서 애지중지하는 대리석 모자이크 바닥을 살폈다.

"지금부터 내가 선언을 하겠소."

찬물을 끼얹은 듯 조용해지면서 모든 시선이 일제히 파란 용에게 쏠렸다.

"악마의 왕홀에 대해 깊이 연구한 결과 좋지 않은 정보를 알았습니다. 마지스터가 왕홀을 계속 사용하면 그 빛이 우리 대륙의 초석이 되는 마법의 수정층에 닿을 위험이 있어요. 그렇게 되면 그 충격으로 이 행성이 산산조각날 수도 있습니다!"

모두 간이 콩알만해진 얼굴로 그의 말을 듣고 있었다.

"게다가 우리는 악마 군단이 오무아 대륙으로 들이닥치는 걸 막을 시간이 사흘밖에 없습니다. 그래서 여러분 중에서 세상의 종말이 오기 전에 그 왕홀을 무력화할 수 있는 기발한 아이디어

를 가진 분이 있다면 지금 기탄 없이 발표하시오!'

침묵……, 아무도 발언하지 않았다.

"뱀파이어는 변신할 수 있는데 선생님은 왜 안 됩니까?" 한 궁인이 뜬금없이 셈 선생님에게 물었다.

예리한 지적에 다시 조용해졌다.

"좋은 질문이오." 셈이 발언했다. "사피르, 그것은 당신이 설명해야겠소."

뱀파이어는 고개를 설레설레 저었다.

"여러분과 마찬가지로 나도 마법을 할 수가 없어요. 변신하는 것만 제외하고. 변신이 되는 이유는 나도 모릅니다."

그들은 머리를 쥐어짰고, 사방에서 추측이 쏟아졌지만 불행히도 모두 설득력이 없었다. 이윽고 파브리스가 목청을 가다듬으면서 말했다.

"어떤 주문에 대해 들었는데요. 악마의 마법을 퇴치할 수 있는 주문인데 뭐라고 부르는지 그 명칭을 모르겠어요."

"어떤 효과가 있는지 말해봐라." 선생님이 말했다.

"거센 물결 같은 것으로 마법을 무력화해서 파괴하는 것인데……."

혹시나 하는 희망으로 쳐다보는 시선들을 느끼면서 셈 선생님은 잠시 생각에 잠겼다. 잠시 후, 뭔지 알았다는 듯이 비늘 덮인 손가락들로 딱딱 소리를 냈다.

"안니힐루스 주문을 말하는 거 아니니? 5000년 전에 데미데루스가 악마의 마법 공격을 무력화하려고 만든 주문 중 하나인데 내가 그걸 잊고 있었다니, 이렇게 멍청할 수가! 그런데 네가 어떻게 그걸 알고 있는지 놀랍구나."

"1년 전부터 시간이 날 때마다 마법서들을 읽었어요." 파브리스는 자조적인 어조로 덧붙였다. "내 친구들의 마법이 내 마법보다 더 강하기 때문에 책이라도 읽어서 보충하려고요!"

셈 선생님은 파브리스를 유심히 쳐다보다가 말했다.

"즉시 실행에 옮깁시다."

"하지만 셀레나 부인과 메델루스 선생님이 의무실에 계세요. 알려드려야 하지 않을까요?" 로빈이 끼어들었다.

"한시가 급하니까 없는 사람은 나중에 하자. 자, 최고 마구스들은 모두 샤름과 나를 에워싸 주시오. 우리가 마법을 걸어서 여러분을 보호할 겁니다. 그리고 수석조수들의 능력이 필요하다. 타라, 네가 읊어야 하는 주문을 잘 들거라. '안니힐루스의 이름으로 악마의 마법은 사라지고 최고 마구스들의 능력이 돌아올지어다.' 그리고 너희들이 읊어야 할 주문은 다음과 같아. '트란스페루스의 이름으로 내 능력이 타라의 능력에 더해질지어다.' 내가 신호를 보내면 먼저 수석조수들이 타라에게, 그 다음에 타라가 우리들에게 주문을 읊는 것이다."

셈 선생님은 그들에게 생각할 시간을 주지 않았다. 그러나 샤름의 얼굴을 보면서 타라는 굉장히 위험한 주문이라는 것을 느꼈다. 그들은 재빨리 셈 선생님이 말한 대로 자리를 잡았다. 수석조수들은 타라를 에워쌌고, 용들은 타라 앞에, 최고 마구스들은 그들 뒤에서 반원을 이루었다. 주문이 몸에 닿는 순간 타라는 수천 개의 반짝이는 점들이 살을 갉아먹는 것 같은 느낌이 들었다. 살이 스펀지처럼 주변의 마법 능력을 빨아들이고 있었다. 이윽고 눈이 새파래진 타라가 붕 떠올랐고, 두 손에서 물줄기 같은 마법이 용 두 마리를 향해 급류처럼 쏟아졌다.

용들이 한목소리로 고함을 질렀다. 타라가 멈칫하자 마법의 흐름이 약해졌다. 그 순간 용들이 번쩍거리더니 그 몸에서 발사되는 광선들이 최고 마구스들을 후려쳤다. 마치 시간과 공간이 뒤틀어지듯 그들은 온몸이 비틀리는 느낌이 들었다. 그리고는 도저히 있을 수 없는 끔찍한 일이 일어났다.

거대한 파충류 두 마리와 최고 마구스들이 모두 사라지고 만 것이다.

22
색깔들

＊

타라와 친구들은 몇 초 전만 해도 용들과 최고 마구스들이 서 있던 텅 빈 공간을 멍하니 바라봤다. 타라는 그들의 체온이 남은 대리석 바닥을 만져보고 나서 파브리스에게 말했다.

"맙소사! 네 생각에는 그들이……?"

"죽었냐고? 아니!" 파브리스는 태연한 얼굴로 대꾸했다. "그 주문의 목적은 그들을 없애는 것이 아니라 마법을 사라지게 하는 거야. 그리고 그렇게 많은 사람들을 한꺼번에 사라지게 한다는 것은 쉬운 일이 아니지. 그들이 몰살되었다면 잔재가 남아 있어야 하고……."

너무 놀라서 혀를 깨문 무아노는 입 안이 온통 피 맛으로 비릿

했다. 오, 맙소사! 파브리스가 일부러 그런 것이라면? 얼마든지 그럴 수도 있어!

문이 열리고 아연실색한 궁인들이 몰려들었다. 소식을 듣고 달려온 메델루스, 마니투, 셀레나, 샤먼이 그들 속에 끼여있었다. 타라는 일어난 일을 설명했다.

샤먼이 최고 마구스들이 서 있던 자리에 손바닥을 댔다.

"나도 능력이 없어졌지만 아직은 용의 존재와 힘이 느껴져. 그는 죽지 않았어."

모두의 입술에서 안도하는 탄성이 새나왔다.

"어쨌든 아직은 아냐." 샤먼은 냉정했다.

"그럼 모두 어디에 있는 겁니까?" 한 궁인이 물었다.

"요컨대 왕홀이 지닌 힘의 영역을 파괴하려다 실패했다는 것인데……." 생각에 잠긴 메델루스는 혼잣말처럼 중얼거렸다. "그리고 마치 무슨 부작용이 일어난 것처럼 우리 동료들이 어디인가로 감쪽같이 사라졌다? 그렇다면 지금 그들이 어디 있는지 아는 것이 핵심이군. 안니힐루스 주문을 실행하다 행방불명되었다는 얘기를 어디서 들었더라…… 음, 그게…… 아, 맞아! 엘프들의 나라에서 일어난 일이었지. 최고 마구스들과 용들은 잿빛 시간에 갇혀 있는 것이 틀림없군. "

타라는 눈을 똥그랗게 떴다.

"뭐, 뭐라고요?"

"아, 미안하다. 네가 아더월드에 대해 아직은 모르는 것이 많다는 것을 또 잊었구나. 시간이 정지되어 있는 차원의 공간이라고 해야겠지. 살아있는 피조물은 잿빛 시간 속으로 갈 수 없어. 포로로 붙잡혀 있는 것이 아닌 한. 생명이 느껴지는 즉시 침입자로 간주되어 영원히 갇히게 되며, 잿빛 시간 속에 붙잡힌 포로는 구해낼 수가 없어!"

무아노는 진지한 얼굴로 말했다.

"그래도 최고 마구스들이 그곳으로 날아갔는지, 떨어졌는지 아무튼 들어가는 문이 있다는 뜻이잖아요!"

"그들을 거기서 구출해낸들 무슨 소용 있겠어!" 메델루스가 대꾸했다.

타라는 흰 머리털을 움켜잡고 질겅질겅 씹기 시작했다. 잿빛? 그 말에 뭔가가 생각나는 듯 갸우뚱하던 타라의 눈이 반짝거렸다.

"색깔들! 잿빛 벌판, 악마들, 색깔들!"

모두들 눈썹을 치켜올리면서 타라를 쳐다보는데 제발 문제를 일으키지 말기를 간절히 바라는 얼굴이었다.

칼은 아주 직설적이었다.

"그럼 그렇지, 네가 언제 발동이 걸리나 했다!"

타라는 기뻐하는 얼굴로 칼을 쳐다봤다.

"바로 그거였어! 색깔들 기억나지? 살아있지만 살아있는 게 아니었던 것, 우리를 붙잡아두려고 했던 그 위험한 색깔들…… 내 마음대로 불러낼 수 있다고 한 것 같은데……?"

눈치 빠른 무아노의 눈이 커졌다.

"그래, 맞다! 근데 그게 사실일까?"

"동작 그만!" 파브리스는 조바심이 나 다그쳤다. "두 사람의 텔레파시는 그쯤으로 끝내고 우리도 좀 알게 해주지?"

"백 번 설명하는 것보다 한 번 보여 주는 편이 낫겠지." 타라는 짓궂은 표정으로 속삭였다. 타라는 드레스 깃을 풀어헤치고 맨살에 박힌 보석을 만지면서 소리쳤다.

"색깔들아! 내가 해방시켜 주었던 색깔들아, 나타나라!"

타라의 목에서 에메랄드, 흑단, 사파이어, 다이아몬드, 금, 루비가 꿈틀꿈틀하다 슛슛 소리를 내며 떨어져 나왔다. 잠시 후…… 아니, 저건? 두꺼워지는 건가? 맙소사! 초록, 검정, 파랑, 하양, 노랑, 빨강의 큰 뱀 6마리가 타라에게 절을 하는 것이 아닌가. 그것도 아주 정중하게.

"이럴 수가!" 어리둥절해 있던 파브리스는 그제야 알아차리고 탄성을 내질렀다. "악마의 성에서 우리를 공격하면서 붙잡아두려고 했는데도 네가 해방시켜줬던 색깔들이잖아! 네 목에 보석으로 박혀 있었고, 그치? 네가 그걸 이런 식으로 불러낼 수 있는지

몰랐어!'

"솔직히 말하면 나도 몰랐어." 타라가 고백했다. "얘들이 우리를 도와줄 수 있을지 그것은 모르지만 잿빛 시간 속에 갇히지는 않을 거야. 진짜 살아있는 것이 아니니까."

"너희들이 제발 잿빛 시간으로 들어가는 문을 열어주기 바란다!' 색깔들이 얼마나 머물러 있을지 모르기 때문에 무아노는 재빨리 불러낸 용건을 말했다.

어린 마법사들은 혹시라도 실패할 경우를 대비하여 체육관에서 주문을 시험하기로 했다. 뱀의 형상을 한 색깔들이 구불구불 미끄러지듯 뒤따랐고, 어떤 색깔에 스쳤다가 한 궁인이 온몸이 빨갛게 변한 뒤로 모두들 가능한 한 멀찍이 떨어지려고 애를 썼다. 게다가 색깔-뱀이 지나간 자리가 무지갯빛으로 변하고 있으니 아무리 예쁜 색이라도 조심하지 않을 수 없었다.

거대한 경기장에 들어서자마자 그들은 투명하고 유연한 힘의 장막을 불러내어 관람석과 격리했다. 이어서 메델루스가 모래 위에 주문을 이미지로 그렸다. 이번에도 타라가 중개역할을 했다. 어린 마법사들이 타라를 에워쌌고 마법을 작동했다. 그림에 정신을 집중하는 타라의 두 손에서 파란 빛이 번쩍였다. 마법 능력이 더해져서 한층 강화되었는데도 뭔가가 폭발하거나 누군가가 동물로 둔갑하는 일은 일어나지 않아서 다행이었다.

잠시 후, 오팔빛 사각형이 희미하게 나타나더니 뒤이어 안개 속 같은 허공이 보였다. 그 잿빛 공간에 생기를 불어넣을 것이란 생각에 흥분한 색깔들은 타라가 지시를 내리기도 전에 그 문으로 뛰어들었다.

그 순간부터는 상황이 정말 이상하게 돌아갔다. 꿀룩, 꿀룩…… 중앙에 난 구멍을 통해 몸뚱이가 둘인 초록 토끼 한 마리와 보랏빛 뱀이 내쫓기듯 떠밀려나왔다. 뒤를 이어 빨간색 디노사우르가 나왔다. 어린 마법사들은 즉시 키가 천장에 닿을 정도의 거인으로 변신해서 만일의 사태를 대비했다.

이어서 나타난 존재는 아더월드 최초의 인간일까……? 아니면 원시인이라고 해야 하나? 어쨌든 세상의 모든 면도칼이 첫눈에 질려버릴 정도로 털이 엄청난 인간이 경호원들의 부축을 받으면서 꽤나 시끄럽게 떠들었다. 그러다 원시인은 눈알이 튀어나올 것처럼 뚫어지게 쳐다보는 마법사들을 발견하고 흠칫 놀랐다.

"아니…… 이게 다 무슨 일이야?" 파브리스는 당황했다.

메델루스는 황당한 얼굴로 그 인간을 뚫어져라 바라보면서 대꾸했다.

"맙소사, 믿을 수 없어!"

"당연하죠. 난생 처음 보는 인종인데요!" 칼이 빈정거렸다.

"믿기지 않는다는 뜻으로 한 말이다. 우리의 선사시대에 존재했던 호모 안테 마지쿠스라는 인류거든." 메델루스가 덧붙였다. "인간이라기보다는 동물에 더 가까운 유인원이랄까, 어쨌든 수천 년 전에 멸종된 것으로 알았는데!"

모래사장 주변이 술렁거렸다. 몇 년 동안 타라의 목에 박혀서 지내온 색깔들이 너무 기쁜 나머지 빛깔이며 형태, 심지어는 냄새까지…… 아주 기발한 동물 변신술로 좌중을 열광시키고 있었다. 어린 마법사들은 재빨리 우리를 만들어서 공격적인 동물들을 가둬야 했다.

흰색 토가를 걸친 키 작은 남자가 그 문을 통해 내동댕이쳐졌을 때, 타라는 사람들의 반응에 더 놀랐다. 넋 나간 표정으로 모든 사람이 일제히 무릎을 꿇지를 않나, 평소에 버릇이 좀 없는 칼조차 무릎을 굽혀 경의를 표했기 때문에 타라는 누군지 정말 궁금했다. 금발에 어우러진 흰 머리 타래? 어? 저 머리는……?!

무아노는 팔꿈치로 옆구리를 쿡쿡 찔러 타라에게 허리를 굽히라는 신호를 보냈다. 그러면서 넌지시 알려주는 이름에 타라는 주저앉을 뻔했다.

"데미데루스! 데미데루스야!"

그 전설적인 최고 마구스는 얼떨떨한 표정으로 주위를 둘러보면서 걸쭉한 목소리로 뭐라고 말했는데 수천 년 동안 언어가 변하고 변했기 때문에 아무도 그 말을 알아듣지 못했다. 타라가 나서서 궁전의 통역 주문을 작동했다.

"세텐리코르와 갈라진 쌍발굽의 이름으로 말하는데 여기가 어디인가?"

셀레나가 일어나서 말했다.

"오무아에 오신 걸 환영합니다, 위대한 최고 마구스여. 5000년 만에 오신 걸 환영합니다!"

"좋아요, 좋아." 데미데루스는 턱을 쓰다듬으면서 말했다. "따라서 모든 것이 예상대로 전개되었다는 것이로다. 그대들이 예정보다 좀 일찍 나를 구출하긴 했지만 위기상황이 발생한 것으로 알겠소. 혈액순환이 정지되어 있었는데 내게 혈색을 돌려준 유색물질이 뭔지 전혀 모르겠소. 공식의례에 따른 것이오?"

셀레나는 데미데루스의 얼굴을 뚫어지게 쳐다봤다.

"어떤 공식의례를 말씀하시는 것입니까? 우리는 갑자기 사라진 최고 마구스들을 찾는 중이었습니다."

데미데루스는 눈을 깜박였다.

"아하? 그렇다면 아주 이상한 일이오. 내가 지금 여기 있는 것이 우연이고, 아더월드는 아무 일 없이 순조롭다는 것이오?"

살아있는 전설을 눈앞에 두고 있다는 사실이 아직 믿기지 않는 셀레나는 마법복을 매만지면서 정신을 바짝 차렸다. 그러고는 파르르 떨리는 손으로 갈색머리를 쓸어넘기면서 심호흡을 했다.

"아니, 우리는 지금 위기에 처해 있습니다. 도움이 절실한 때입니다. 그렇지만 한 가지 설명해 주십시오. 예정보다 일찍 구출되었다고 말씀하셨는데 그럼 의도적으로 붙잡혀 있었다는 뜻입니까?"

셀레나의 어조에서 놀라움이 여실히 느껴졌다.

"그렇소." 어리둥절해하는 여자를 보면서 데미데루스는 빙긋이 웃었다. "내가 분명히 지침서를 남겨놓았는데 읽지 않은 모양이오. 갖은 수를 다 써봤지만 지각단층이 닫히지 않았기 때문에 우리는 우선 악마들을 추방하여 우리 세계에 들어오는 것을 영원히 금지하는 조치를 취하였소. 그리고 추후에 일어날 일을 계속 주시하고 있기로 결정했지요. 영생할 수 있는 가장 확실한 방법은 개로 둔갑하는 것밖에 없는데 나는 평생을 네 발 달린 동물로 살아갈 자신이 없었소. 그래서 잿빛 시간 속으로 침투했다가 다시 나올 수 있는 문을 만들어놓았던 것이오."

그 순간 마니투가 딸꾹질을 했다.

"오, 맙소사! 그러니까 해결책기 없다는 말씀입니까?"

데미데루스는 말하는 사냥개를 내려다보다 흥미롭다는 듯 쪽빛 눈을 반짝였다.

"오! 그럼 그대는……."

"영생을 얻긴 했는데 주문이 듣질 않아서 그만 개……."

"그래서 사냥개가 되었군요. 안됐지만 인간으로 돌아오는 방

90

법은 그대가 찾기 바라오."

마니투는 위대한 최고 마구스 데미데루스를 올려다보면서 고개를 끄덕였다.

"그렇게 되길 간절히 바라고 있습니다."

"그건 그렇고, 위기상황이라니 어떻게 된 건지 설명해주겠소?"

"마지스터라는 인간이 마왕과 동맹을 맺었습니다. 악마의 힘을 지닌 사물을 이용하여 초강력 마법을 차지하려는 속셈이지요. 그 때문에 오무아의 여제가 그자에게 붙잡혀 있는 것입니다. 그자는 배신자들로 이뤄진 인간들을 모아놓고 악마의 마법을 연마시켰고, 아더월드를 침략하기 위해 창설한 악마 군단도 이미 들어와 있는 것 같습니다. 지구와 림보 사이의 지각단층은 그대로 밀폐되어 있는데도 불구하고……."

데미데루스가 소스라치듯 놀라 휘청거리자 경호원들이 얼른 부축했다.

"오, 젤리소르의 제물이여! 인간들이 우리 종족을 배신해? 미치지 않고서야 어떻게 그럴 수가! 지구의 지각단층을 통과하지 않고 어떻게 악마 무리를 아더월드에 들여놨단 말이오? 그리고 그자가 내 직계후손을 이용하여 지킴이들과 심판관들을 속였다고 하였소? 그럼 체포해야지요. 지금 당장!'

"말이야 쉽지요." 도저히 입다물고 있을 수가 없는 칼이 끼어들었다. "마지스터는 악마의 사물에 접근할 수 있는 열쇠, 여제와 타라를 이용하고 있단 말입니다. 악마의 힘을 지닌 사물을 감춘 것은 그리 좋은 생각이 아니었어요. 그런 것들은 아주 없애버리는 것이 훨씬 좋았다고요!"

칼의 비난성 발언을 들으면서 데미데루스는 도대체 무슨 말을 하는 건지 영문을 모르겠다는 듯 칼을 쳐다봤다.

"타라? 타라가 누구지?"

타라는 얼굴을 들고 데미데루스를 빤히 쳐다봤다. 아더월드에서 오래 살지 않았기 때문에 타라는 다른 사람들처럼 그에게 경외하는 마음이 느껴지지 않았다.

"저예요." 타라는 한 걸음 앞으로 나오면서 차분하게 대답했다. "여제가 저의 고모가 되시니까 저는 분명히 직계 혈통이 맞습니다. 그리고 직계 혈통은 현재 고모와 저, 우리 두 사람밖에 없습니다. 저를 낳아주신 어머니 셀레나는 이사벨라 덩컨의 딸이자 마니투 덩컨의 손녀이십니다."

데미데루스는 옛날 방식으로 인사하면서 손뼉을 쳤다.

"후계자의 어머니여, 그대의 마법이 빛나기를!"

"제국의 아버지시여, 마법으로 세상을 보호해 주시기를!" 셀레나도 데미데루스의 인사법을 흉내내어 우아하게 화답했다.

매료되었다는 뜻인가, 데미데루스의 눈썹이 묘하게 올라갔다.

그 순간 셀레나를 바라보는 데미데루스의 눈길이 예사롭지 않다는 것을 눈치챘는지 메델루스가 예민해졌다.

"나의 후예를 만나게 되어 기쁘구나." 데미데루스는 타라를 머리끝에서 발끝까지 찬찬히 뜯어보면서 말했다. "그런데 놀랍구나, 나의 직계가 두 사람밖에 남지 않았다고 했느냐?"

"악마의 힘을 지닌 사물들을 감췄던 최고 마구스 5인의 후예들은 아주 이상한 사고로 모두 사망했습니다." 오무아 역사에 관심이 많은 무아노가 말했다.

"제 말부터 먼저 들으세요." 셀레나는 무아노의 말을 끊었다. "우리를 도와주십시오. 아더월드의 국민, 모든 종족이 마법 능력을 잃었습니다. 아이들만 마법 능력을 잃지 않았어요. '행성은 왕홀의 힘을 감당하지 못할 날이 오리라.'는 전설이 있긴 하지만…… 혹시 재앙의 날이 온 것이라면!"

데미데루스의 이마에 근심 어린 주름이 잡혔다.

"불행히도 그건 전설이 아니라 실제로 일어날 수 있는 일이오. 엔디게를 회수해놓지 않았단 말이오?"

"뭐라고 하셨습니까?"

"아하! 그렇다면 가지고 있지 않은 것이로다." 데미데루스는 실망한 어조였다. "악마의 마법을 막을 수 있는 사물이오. 악마의 힘을 지닌 사물을 모두 합하면 감당할 능력이 없지만 일 대 일로 겨루면 해볼 만한데……. 그 배신자들이 왕홀 외의 다른 사물도 가지고 있소? 예를 들어 실투르의 옥좌, 크라에토르비르의 반지, 드레쿠스의 왕관이라든가?"

"아닙니다." 셀레나는 타라를 쳐다보면서 대답했다. "실투르의 옥좌는 마지스터가 접근했을 때 내 딸이 파괴했고……, 방금 말씀하신 다른 사물들은 처음 듣는 말입니다."

옥좌가 없어졌다는 말에 움찔하던 데미데루스는 뜻밖이라는 듯 타라를 다시 쳐다봤다.

"악마의 힘을 상징하는 사물을 파괴했다니 능력이 대단한 것이 틀림없구나."

"혼자서 해낸 일이 아닙니다." 타라는 겸연쩍어하면서 대답했다. "어머니가 도와주셨어요."

"당시 우리는 그것을 파괴할 수가 없었다. 그래서 그 사물들을 감추기로 했던 것인데!"

칼이 처음에 비난했던 것처럼 최고 마구스들이 왜 그 위험한 사물들을 없애지 않고 감춰놓았는지 이해할 수가 없던 타라는 이제야 이유를 알게 되었다. 5인의 최고 마구스는 파괴할 수가 없었던 것이다!

로빈은 불안한 얼굴로 타라를 응시했다. 데미데루스가 방금 한 말에서 그는 두려움을 느끼고 있었다. 아기로 둔갑해 있으면서

도 타라가 상식적으로 도저히 이해할 수 없는 마법 능력을 보여
준 이후로 로빈은 타라의 능력이 조작된 것이 아닐까 의심하고
있었다. 타라의 무한한 잠재력은 정상이라고 볼 수 없는데……
누군가가 타라의 유전자에 장난을 친 것이라면? 대체 누가? 용이
그랬을까? 이따금 셈 선생님이 타라에게 보이는 이상한 태도는
그래서일까? 아니면, 인간이 그랬을까? 이사벨라는 내로라하는
마법사였다. 자신에게 맡겨진 아기를 키우면서 무슨 짓을 했는
지 누가 안단 말인가? 로빈은 소리나게 숨을 들이쉬었다. 결론은
철저하게 조사한 뒤에 내릴 일이었다. 일단은 마지스터의 음모
에서 살아남는 것이 우선이었다. 한편 오만상을 찌푸리면서 데
미데루스의 말을 듣고 있던 타라는 갑자기 머릿속이 번쩍했다.
아, 그래, 옥좌!

"마지스터가 지구의 지각단층을 통과하지 않고 어떻게 악마들
을 우리 세계로 들여보냈는지 궁금하실 거예요." 타라는 차분하
게 말했다. "내가 정답을 말씀드릴게요."

데미데루스의 눈썹이 치켜올라갔다. 다른 사람들도 모두 긴장
해서 타라를 쳐다보고 있었다. 타라는 좀 더 일찍 이런 결론을 끌
어내지 못한 것이 짜증난다는 얼굴이었다.

"나를 중개로 옥좌에 접근했을 때 마지스터는 악마의 에너지를
가지려고 했어요. 마지스터는 옥좌와 힘을 주고받았고, 그 결합

된 힘으로 문 같은 걸 만들었어요. 그때 문 너머에서 악마 수천 명이 넘어오려고 난리를 치고 있었어요. 지금까지는 한 번도 깊이 생각해보지 않았는데요. 만약 악마의 힘을 지닌 사물들이 림보와 우리 세계를 연결해 주는 공간이동의 문보다 더 강력하면 어떻게 되는 거죠?"

백묵가루라도 뿌린 듯 데미데루스의 낯빛이 창백해졌다.

"오, 수많은 촉수가 달린 데크라투스여! 이런 끔찍한 일이!" 데미데루스가 중얼거렸다. "그 사물들을 빼앗았을 때 그 힘이 어찌나 무시무시하게 느껴지는지 우리는 감히 어떻게 해볼 생각도 못하고 여러 곳에 감추는 데만 급급했다. 물의 원소를 위한 아틀란티드, 흙의 원소를 위한 올림프, 공기의 원소를 위한 월할라에 감추었지. 이어서 지구에 있는 몇몇 지각단층도 봉쇄했고. 그러나 만약 네 말대로 그 사물들이 림보와 우리 세계 사이의 촉매 역할을 한다면 더 이상 림보를 보호해 줄 필요가 없다!"

그 말에 무거운 침묵이 흘렀다. 잠시 후, 메델루스가 목청을 가다듬었다.

"현재 마지스터가 손에 넣은 사물은 저주받은 왕홀 하나뿐입니다. 가장 위험한 것이 무엇입니까?"

데미데루스는 잠시 생각에 잠겨서 기억을 더듬었다.

"굳이 순위를 매기자면 실루르의 옥좌가 가장 위험하고, 그루

이그의 검, 드레쿠스의 왕관, 크라에토르비르의 반지 순이오. 그대들이 저주받은 왕홀이라고 하는 브뢱스의 왕홀은 그 다음이고, 크뢰의 이중도끼, 브롱스의 갑옷, 즈셀의 방패, 라오르의 창 순이라고 할 수 있소. 그밖에도 센티르의 피리, 멘타르의 볼 등은 그 중 힘이 떨어진다고 볼 수 있소."

"마지스터는 브…… 뭐라는 왕홀을 가지고 우리 행성을 폭파시키겠다고 위협하고 있는데 데미데루스는 그게 강력한 것이 아니라네." 칼이 무아노의 귀에 대고 쫑알거렸다. "그럼 대체 데미데루스는 어떤 걸 강력하다고 하는지 무지 궁금하다."

"그러니까 그 말씀은 마지스터가 악마를 들여놓을 수 있는 방법이 아주 많다는 뜻이네요!" 타라가 탄식조로 말했다.

"꼭 그렇지는 않아. 옥좌, 검, 왕관, 반지라면 몰라도 가지고 있는 것이 왕홀이라면 그리 쉽지는 않다고 봐야지. 그대들이 마법 능력을 잃은 것을 보면 왕홀이 작동하고 있긴 한데 두 세계 사이의 문을 열 수 있을 정도는 아니야. 악마들이 림보를 떠날 수 없도록 내가 장치해 놓은 것들과 싸워야 하니까. 내 생각에 마지스터는 다른 것을 이용한 것 같은데……."

점점 더 호기심이 일기 시작한 칼의 눈이 반짝거렸다. 결과가 불 보듯 뻔하다고 해도 칼은 포기할 수 없었다.

"아무래도 네가 나서야 할 것 같아. 일단 엔디게를 회수해서 마지스터를 쓰러뜨리고, 그 다음에 악마의 힘을 지닌 사물들을 모두 파괴해버리면 돼. 그렇게만 되면 위험이 없잖아!"

타라의 얼굴이 일그러졌다. 심판관들과의 첫 만남에 대해 정말 안 좋은 추억이 있었다. 그러나 칼의 말이 옳았다. 다른 해결책은 없었다.

그들이 위험한 정도를 예상하는 사이에 색깔들은 잿빛 시간에 포로로 잡힌 존재와 동물을 하나씩 풀어주고 있었다. 그 문으로 샤름이 내던져졌다. 색깔들은 용들과 최고 마구스를 하나둘 구하기 시작했다.

"오, 제발, 살살 좀 해!" 샤름이 외쳤다.

모르긴 몰라도 문틀에 달라붙어 있던 색깔이 장난을 친 모양이었다. 색깔에 입이 있는 것도, 얼굴이 있는 것도 아닌데 그것을 어떻게 아는지 뭐라고 설명할 수는 없지만 타라는 그런 확신이 들었다.

그 바로 다음으로 셈 선생님이 내동댕이쳐지자, 모두들 안도의 숨을 내쉬었다. 다음 차례는 최고 마구스들이었다. 모두 나오자 색깔들이 다시 합체해서 희한한 모양의 보석으로 타라의 목에 박혔고, 잿빛 시간의 문도 닫혔다.

셈 선생님과 샤름은 앞에 서 있는 키 작은 남자를 알아보고 심장마비를 일으킬 뻔했다. 그들은 공손하게 인사했다.

"아, 선생! 우리가 다시 만날 거라고 하지 않았소!"

"이런 기회가 오다니, 오, 신들이시여! 감사합니다. 아울러 약속을 지켜주셔서 몹시 기쁩니다." 데미데루스 편에 서서 악마들과 싸웠던 용이 말했다.

셈 선생님과 최고 마구스들은 데미데루스를 돌아오게 할 수 있는 양피지 문서, 아주 없어진 것으로 알고 있던 양피지가 어딘가에 존재하고 있었다는 사실에 깜짝 놀랐다.

"그 엔디게라는 것에 대해 자세히 말씀해 주세요." 옥시아 부인이 말했다. 감금되었던 충격에서 아직 벗어나지 않은 얼굴이었다. "그것이 어디에 있습니까?"

"살테렌스 사막 한복판에 있는 붉은 산에 있소." 데미데루스는 친절하게 알려주었다. "트실이라는 벌레는 침입자들을 물리치는 훌륭한 수단인 데다 당시 살테렌스 종족은 누구를 막론하고 영토에 침투하는 것을 용납하지 않는 사나운 전사들이었기 때문에……."

타라의 심장이 콩닥콩닥 뛰기 시작했다. 지난번 살테렌스에 갔을 때 그곳의 재상과 험악한 언쟁이 오갔던 터라 사이가 좋지 않은데 하필 엔디게라는 것이 그 사막 한가운데에 있을 게 뭐람!

"트실의 공격을 피하는 방법은 있습니까?" 옥시아 부인이 데미데루스에게 물었다.

"5인의 최고 마구스들은 힘을 합해서 만든 방패로 사막에서 버텨냈습니다." 데미데루스를 대신해서 무아노가 거의 책을 읽듯 읊었다. "5인의 최고 마구스들이 붉은 산으로 올라갔지만 그들이 거기서 무엇을 했는지 아무도 몰랐습니다. 용기를 내어 그 산에 접근한 이들도 간혹 있었으나 모조리 살테렌스들에게 붙잡혀서 소금광산의 노예가 되었거나 트실에게 쏘여 사망했습니다. 그리고 그 사막에서는 날아다니는 것이 불가능합니다. 살테렌스 샤먼들이 아주 강력한 주문을 걸어놓았기 때문입니다. 열효율을 빼앗아서 마법을 사용할 수 없게 만든 것입니다. 밤에는 주문이 약해져서 날 수 있지만 아침에는 트실이 공격하기 때문에 조심해야 합니다. 거의 완벽한 함정입니다."

"붉은 산 얘기도 전설이 되었단 말인가? 믿을 수 없는 일이군. 붉은 산은 마법을 사용할 수 없는 곳이기 때문에 지침서에 주의 사항을 기록해 두었건만! 엔디게를 찾으려면 그 산에 가야 하는데…… 내 후계자만큼 강력한 마법사는 또 없습니까? 내 말은 그러니까 아직 마법을 사용할 수 있는 사람들 중에서 말이오."

데미데루스의 목소리에서 약간 뿌듯해하는 기색이 느껴졌다.

"아니, 없습니다." 옥시아 부인이 대답했다. "어린 마법사들 중에서는 우리의 타라가 가장 강력합니다. 왜 그러십니까?"

"그 임무를 해낼 수 있는 적임자로 타라가 지목될 것이라고 예상했지요. 다른 사람은 죽어도 타라는 성공할 수 있을 것이오."

여러 가지 뉘앙스의 탄성이 흘러나왔다.

"그건 어림없습니다!" 얼마 전부터 이런 순간이 올 것 같아서 내심 불안해하던 셀레나가 부르짖었다. 그녀는 숨이 막힐 정도로 타라를 꼭 끌어안았다.

"그건 안 됩니다. 후계자는 남아서 오무아를 다스려야 합니다." 이번에는 옥시아 부인이 반대했다. "지금은 전시 상황이라는 것을 다시 한 번 말씀드리는 바입니다!"

"내가 같이 가겠어요!"

동시에 울리는 목소리……, 파프니르, 파브리스, 무아노, 로빈, 칼이 활짝 웃고 있었다.

타라는 어머니와 생각이 같았다. 왜 항상 위험한 일은 나에게 떨어지냐 말야? 타라는 숨을 쉬기 위해 어머니에게서 몸을 빼면서 약간 공격적으로 대꾸했다.

"그러는 조상님은 왜 가지 않으시는데요? 어쨌거나 엔디게를 직접 감추셨고, 작동하는 방법도 아시잖아요!"

"악마의 힘을 지닌 사물 앞에다 엔디게를 놓기만 하면 무력해질 것이다. 최고 마구스들이 마법 능력을 잃었기 때문에 나는 갈 수가 없어. 내가 잿빛 시간 속에 들어가 있을 때 일어난 일이긴 해도 밖으로 나온 이상 나라고 예외는 아니란다. 나는 도움이 되지 못할 거야."

"알겠어요. 그럼 엔디게를 어떻게 알아보죠?" 타라는 체념한
듯 물었다.

"그것이 뭔지 악마들이 낌새도 채지 못하기를 바랐기 때문에
감춰놓았지." 데미데루스는 교활한 목소리로 대답했다. "목걸이
모양인데 한가운데에 빨간 소포르가 있어."

소포르가 뭔지 전혀 모르는 타라는 재차 물었다.

"그건 어떻게 생겼는데요?"

"체면작용을 하는 꽃인데 가운데가 짙은 주홍빛이 도는 빨간
꽃이란다."

"그럼 엔디게에 대한 안전장치는 뭐예요? 암호를 대지 않으면
만지는 자가 즉사한다던가 뭐 그런 주의사항 같은 것이 있을 법
한데요?"

데미데루스는 미소를 지었다.

"아니, 특별한 것은 없다. 산허리에서 정상 가까운 쪽에 동굴이
있는데 엔디게는 그 안에 있어. 일단 그걸 발견하면 목에 걸어서
갖고 나오면 돼."

눈물이 글썽글썽해서 한숨을 내쉬는 셀레나는 체념하는 몸짓
을 했다. 딸을 사지로 보내야 하는 어머니는 심장이 얼어붙고 있
었다. 정말 입에 담기도 싫은 말이지만 그녀는 차라리 마지스터

에게 항복하자고 말하고 싶은 심정이었다.

"잘 알겠어요." 타라는 어머니의 절망에 신경 쓰지 않고 결론을 내렸다. "그럼 이제 내가 붉은 산으로 가는 일만 남았네요. 내가 돌아올 때까지 옥시아 부인에게 권한을 위임하겠습니다(티라니크에게는 절대 안 되지!)."

여제의 사촌 옥시아 부인은 타라 앞에서 정중하게 허리를 굽혔지만 너무 불안해서 한마디도 할 수 없었다. 그녀는 후계자가 빨리 돌아온다면 몰라도 악마 군단이 나라를 공격하고 있는 이런 전시 상황에 군주가 되고 싶은 마음이 전혀 없다는 얼굴을 하고 있었다.

"너 혼자서는 안 돼." 칼이 끼어들었다. "내가 같이 갈게."

모두 칼을 쳐다봤다. 칼은 로빈과 파브리스가 흘겨보거나 말거나 자신 있게 말했다.

"나는 위험하지 않아. 내가 금빛 트실에게 쏘인 적이 있다는 걸 너희들도 알잖아?"

"그런데 죽지 않았느냐?" 데미데루스가 깜짝 놀라서 물었다. "해독제라도 발견했단 말인가? 그렇다면 나도……."

"그게 아닙니다." 칼이 그의 말을 끊었다. "몇 분 동안 저는 숨이 끊어져 있었기 때문에 트실의 알이 죽었던 겁니다. 따라서 해독제라고 할 수는 없지요. 금빛 트실에게 쏘인 흉터가 아직 남아 있어서 다른 놈들이 나를 공격하지 않는다는 말입니다."

"그럼 됐다. 내 후계자를 수행하거라. 쉽지 않은 임무라서 혼자 보내기가 망설여지던 참인데 그나마 마음이 놓이는구나."

어른들이 해야 할 일을 아이들에게 맡기는 것이 못마땅한 샤먼이 나섰다.

"하지만 붉은 산 때문에 마법 능력을 사용할 수 없을 때에 트실이 공격하면 어떻게 합니까? 칼은 위험하지 않다고 해도 타라는……."

"그 산자락의 반경 100미터 지점부터는 주문이 걸려 있어서 마법을 사용할 수 없어. 그러니까 반경 200미터 지점에 안티 트란스미투스 주문을 걸어놓은 다음, 100미터와 300미터 사이로 트실을 유인해서 싸워야 한다. 일단 마법이 통하지 않는 지역으로 들어가면 트실은 절대로 그 경계를 넘어오지 않으니까 그때부터는 위험하지 않아."

타라는 데미데루스를 유심히 관찰했다. 엄청 복잡하게 느껴지는데 어쩌면 그렇게 간단하게 말할까? 옛날 마구스들에게 이런 정도는 식은 죽 먹기였다는 것인가?

"방패가 있으면 위험하지 않을 것 같군요." 로빈이 건방지게 말했다. "아주 먼 곳도 아닌데 제가 타라를 수행하겠습니다."

데미데루스는 로빈을 뚫어져라 쳐다봤다.

"트실은 떼거리로 공격한다. 놈들이 방패에 압박을 가하기 시작하면 몇 미터 이상을 버티지 못해. 내 말을 믿게, 엘프, 그렇게 쉬운 일이 아니다."

로빈은 우기려고 했지만 데미데루스는 완고했다. 그는 어린 마법사들 중에서 가장 강력한 마법사만 트실과 싸우는 것을 허락할 수 있으며, 하프엘프가 아깝게 목숨을 잃는 것을 원치 않는다고 덧붙였다.

"트실들이 힘을 못 쓰는 지역으로 넘어간 다음에는 타라가 어떻게 해야 하는지요?" 셀레나가 물었다.

"마법을 쓸 수 없으니 공중부양이 불가능하지요. 또 바람이 어찌나 거센지 페가수스도 견디지 못하기 때문에 타라는 산을 올라가야 합니다."

"산에 올라가본 적이 없는데요." 타라는 너무 놀라서 숨이 막힐 지경이었다.

"타라는 등산할 줄 모릅니다." 셀레나는 한술 더 떴다.

"그렇게 오르기 힘든 산이 아니란다." 데미데루스가 침착하게 말했다. "험악한 산이었다면 우리가 정상까지 오를 수 있었겠니? 도서관에 필요한 자료를 요청하거라. 꼼꼼히 읽고 그 내용을 머릿속에 새기면 노련한 등산가처럼 할 수 있어. 타라, 너는 아주 잘 해낼 것이다. 엔디게가 왕홀의 힘을 이기면 우리에게 마법 능력이 돌아올 것이고 그러면 악마 군단을 쳐부술 수 있다."

"먼저 마지스터가 있는 위치를 알아야 합니다! 특히 인질이 많을 때에는 꼭꼭 숨어 있거든요." 상그라브들의 보스는 위치 추적이 힘들다는 것을 경험상 알고 있는 칼이 말했다.

데미데루스가 빙긋이 웃었다.

"설마 위치탐지기도 없다는 말은 아니겠지?" 데미데루스는 대답 대신에 어리둥절한 눈길을 받았다. "그것도 없단 말이로군. 위치탐지기를 만들어놨었는데…… 물어보는 것마다 없으니 이거야, 원. 불길한 사물을 탐지하는 기구인데 나침반처럼 생겼지. 나침반 눈이 악마의 기운을 느끼고 그 방향을 가리키는데 가까워질수록 빨갛게 변하지."

"그것만 있으면 마지스터를 쉽게 찾을 수 있을 텐데 아쉽네요." 칼이 말했다.

"그것도 너희들이 찾아야 한다. 그러면 더 이상 내가 필요 없을 것이고, 나는 잿빛 시간으로 돌아갈 것이다."

그 황당한 말에 또다시 찬물을 끼얹은 듯 조용해졌다.

"뭐라고 하셨습니까?" 마침내 티라니크가 외쳤다. "돌아가시다니요? 우리를 버리면 안 됩니다. 지금 우리는……."

"아직은 내가 돌아올 때가 아니오. 그렇게 되면 내 계획이 엉망이 되는 것이라 돌아가기로 결정한 것이니 이의를 달지 마시오.

이 위기 상황이 해결될 때까지는 있을 것이니 염려 말고."

티라니크는 이런 저런 이유를 들면서 열변을 토하기도 하고, 궤변을 늘어놓으며 우겨도 봤지만 소용없었다. 데미데루스는 저주받은 왕홀을 무력화하고 위치탐지기를 찾는 즉시 잿빛 시간 속으로 돌아가겠다는 주장을 끝까지 고집했다. 악마들이 침략하는 경우를 제외하고는 자신을 부르는 것도 금지했다.

셀레나가 아연실색한 것은 딸의 막중한 임무 때문이었다. 데미데루스의 결정은 안중에도 없었다. 타라가 오히려 어머니를 위로했다. 명색이 오무아의 여제 후계자인데 제국은 물론 아더월드의 운명이 달려 있는 문제를 어떻게 나 몰라라 할 수 있겠냐면서 믿음직하게 어머니를 설득했던 것이다.

데미데루스는 궁전에 잠복하여 마지스터를 돕는 패거리가 눈치채지 못하도록 비밀리에 위치탐지기를 찾기 시작했다. 마침내 찾긴 했으나 기구는 망가져 있었다. 데미데루스는 마법 능력을 잃었기 때문에 기구를 복원하지 못했다. 아니, 마법 능력이 있었다고 해도 불가능했을 것이다. 위치탐지기에 꼭 필요한 재료, 전쟁이 일어났을 때 마왕에게서 뽑았던 눈알 한 개를 지금 같은 상황에서 어떻게 구한단 말인가.

한편 아더월드의 여러 나라는 크리스털리스트들을 통해 마지스터의 협박에 굴복하지 않겠다고 선언했다. 악마의 사물을 사용하여 행성이 폭발하면 어차피 다 죽는 것이니 왕홀을 사용하든 말든 마음대로 하라고 마지스터에게 통보한 셈이었다. 마지스터는 가타부타 답을 주지 않고 있었다. 그 와중에 엎친 데 덮친 격으로 쓰나미를 동반한 지진이 일어났고, 동맹국들은 오무아에 군사를 파병하지 못하고 있었다. 지진이 일어난 지역들을 돕기 위해 어린 마법사들의 능력이 총동원되었다. 다행히 오무아는 지진대에 속해 있지 않아서 다른 나라를 도울 수 있었다. 난쟁이들의 야금술을 배우기 위해 몇 년째 히플리아에 파견중인 무아노의 부모님은 지진의 충격으로 광산이 붕괴할 위험이 있어서 난쟁이들이 산을 떠나지 않을 수 없게 되었다고 알려왔다. 무아노는 부모님과 난쟁이들이 피신한다는 소식에 안심했다. 난쟁이들은 마지스터가 한때 소굴로 삼았던 젓빛 요새가 있는 거인들의 나라로 이주를 시작했는데 그 속도는 굉장히 느렸다. 고집쟁이 난쟁이들이 마법을 이용한 이동을 거부했기 때문이었다.

칼과 타라는 살테렌스까지는 공간이동의 문을 이용하고, 붉은 산까지는 트란스미투스 주문을 이용하기로 계획을 세웠다. 살테렌스의 카샤는 아침 일찍 비밀리에 찾아가기로 했다. 타라는 여제의 거처에서 혼자 떠날 채비를 하고 있었다. 이제는 엎질러진 물이라서 돌이키려야 돌이킬 수가 없는 상황이었다. 무슨 수를 써서라도 재상을 설득하여 임무를 완수하는 길밖에 없었다. 막중한 책임 때문에 타라는 심장이 오그라드는 느낌이 들었다.

타라는 장비를 확인했다. 피켈, 망치, 아이젠, 장갑, 마구, 밧줄, 갈고리, 접착 스프레이, 파프니르가 선물한 초강력 장갑, 칼의 만능열쇠, 살아있는 지도, 메델루스가 선물한 선글라스, 살아있는 돌을 포함해서 모두 체인지라인 주머니에 넣었다. 이어서 책을 집어들고 한 문장 한 문장 기억에 새겼다. 피켈 사용법, 바위의 종류, 산의 함정에 대해서도 다시 한번 꼼꼼히 확인했다. 몇 시간 만에 타라는 산악전문가가 되어 있었다. 지구에 가서 이런 등산 교본이 있다고 말하면 오른팔을 내어주고라도 서로 이 책을 가지려고 난리를 칠 것이었다. 아더월드에는 초등, 중등, 고등 과정의 학교는 없었다. 학교라고는 오직 대학교만 존재하는데 마법사들이 지식을 실습하고 실행하는 곳인 만큼 대학교의 개념이 지구와는 사뭇 다르다고 할 수 있었다.

좀비 살인범에 대한 수사가 어디까지 진행되었을까, 타라는 이런 저런 생각을 하다 깜빡 잠이 들었다. 얼마나 잤을까, 번쩍 눈을 뜨던 타라는 자신을 응시하는 로빈의 크리스털 눈과 마주쳤다. 침대에 걸터앉아서 타라가 일어나기를 기다리고 있던 로빈이 말했다.

"얼마나 곤히 자는지 업어가도 모르겠어. 산디아르에게 보안조치를 강구하라고 지시해야 하는 것 아닌가?"

"이리 가까이 와봐." 하고 타라가 속삭이는데 그 멋진 쪽빛 눈이 어둡게 느껴졌다.

로빈은 당황했다. 그는 타라가 혼자 있는 때를 이용해서 고백을 하러 온 것이었는데 준비해왔던 말이 마치 구멍 뚫린 통에서 물이 새듯 머릿속에서 도망치고 있었다. 로빈은 타라의 예쁜 입술을 내려다보면서 몸을 숙였다. 이건 대화하기 편안한 자세가 아닌데…….

"자동방어 시스템!" 타라가 침대에서 벌떡 일어나면서 외쳤다. "내 허락 없이 5미터 이내에서 나를 건드리려고 하는 자는 누구든 붙잡아서 안기부장이 올 때까지 꼼짝 못하게 하라. 5, 4, 3, 2…… 1!"

오, 맙소사! 벽에 딱 붙은 로빈은 아연실색한 얼굴을 하고 있었다.

타라가 마지막 1을 외치는 순간 산디아르가 친위대원 둘을 데리고 헐레벌떡 들어섰다.

"폐하, 괜찮으십니까?" 질겁한 안기부장이 네 개의 칼날을 번쩍이면서 매서운 눈초리로 주위를 둘러봤다.

"괜찮아요. 만일을 대비해서 로빈과 내가 연습한 거예요." 타라는 거침없는 어조로 대답했다. "자동방어 시스템 주문의 효능을 시험해보려고요. 이제 그만 가셔도 됩니다."

타라가 손짓을 하자 로빈은 천천히 바닥으로 미끄러졌다.

산디아르는 군대식으로 경례하면서 말했다.

"그럼 저는 돌아가서 보초를 서겠습니다, 폐하. 여기 있는 하프 엘프 로빈 망질 외에 난쟁이 파프니르, 글로리아 다빌, 두 명의 용마법사, 어머니 셀레나와 사냥개 마니투가 폐하의 원정길에 동참하겠다고 청했으나 살테렌스의 카샤가 거절했다는 소식을 알려 드립니다."

그 순간 타라는 가슴이 뭉클했다. 비늘과 두꺼운 가죽을 뒤집어쓴 파충류라고 해도 마법 능력이 없는 상태에서는 트실의 공격을 막지 못하기 때문에 동참하겠다는 것은 용들이 목숨을 내놓는다는 뜻이었다. 친구들과 어머니에 대해서는 그럴 것이라고 예상했기 때문에 타라는 카샤에게 전갈을 보냈었다. 그러나 카샤는 칼과 타라 이외의 다른 인물은 누구도 원치 않았다.

산디아르는 정중하게 인사를 하고 방을 나갔다. 타라는 미소 띤 얼굴로 돌아봤지만 로빈은 웃지 않았다. 타라의 미소가 일그러지다가 사라졌다. 장난을 쳤다고 화가 났단 말이지? 로빈이 다가와서 타라를 심각한 표정으로 바라봤다. 어머, 얘가 왜 이래? 내 이빨 사이에 시금치라도 꼈나? 코에 뾰루지가 났나?

로빈이 고백할 각오로 입을 여는 순간…… 칼이 여우 블롱딘을 데리고 요란하게 들어왔다.

"안녕? 내가 방해했나?" 칼은 속으로 쾌재를 올렸다. 아하, 요것 봐라! 로빈의 얼굴이 뻘개지는 것을 보면 방해한 것이 맞네, 뭐!

타라는 칼을 노려보는 로빈의 입술에서 무언의 욕설을 간파하고 약간 놀랐다.

"나는 준비가 끝났으니까 언제든 출발할 수 있다는 걸 알리려고 왔는데 너는? 너는 타라에게 무슨 할 얘기가 있었는데?" 칼이 로빈에게 물었다.

"행운을 빌겠다는 말을 하러 왔지. 그리고 신중하게 행동하라는 말을 하려던 참이었어." 로빈이 중얼거리듯 말했다.

"타라는 그 말이 무슨 뜻인지 몰라! 타라와 신중은 영 안 어울리거든! 하지만 걱정 마라, 내가 있으니까. 내가 타라를 지켜 줄게. 아주 애지중지……."

"그래, 알았다, 알았어. 타라가 준비되면 공간이동의 문까지 배웅할게." 고백할 수 있는 절호의 기회를 또 놓친 로빈은 절망적인 심정으로 대답했다.

"샤워하고 나올게." 타라가 말했다.

욕실로 들어간 타라는 이상한 소리가 들려서 다시 문을 열었다가 로빈이 칼의 목을 조르는 광경을 보았다. 칼은 미친 듯이 웃느라고 방어하지 않고 있었다. 싸우는 것이 아니라서 안심한 타라는 조용히 문을 닫았다. 몇 분 후 타라가 나와 보니 체인지라인이 준비해놓은 의상은 거의 갑옷 수준이었다. 긴 금발을 땋아서 틀어올리고 팔뚝과 종아리, 가슴에 번쩍거리는 보호대까지 착용하자 타라는 딴사람처럼 보였다.

"우와! 정말 멋지다, 타라!" 칼이 잿빛 눈을 반짝이면서 탄성을 질렀다.

"정말?" 타라는 멋쩍은 얼굴로 대꾸했다. "체인지라인이 철벽 전투복으로 내놓은 야심작인 모양이야. 나는 좀 그렇긴 한데…… 어쩌겠어, 체인지라인은 명색이 프로인데!"

타라가 어디로 떠나는지 모르는 궁인들은 갑옷 차림의 후계자를 호기심이 가득한 눈으로 쳐다봤다. 타라가 지금 얼마나 겁이 나는지, 얼마나 토하고 싶은 심정인지 그들이 알았다면 절대로 지나는 길목에 다가서지 않았을 것이다.

셀레나는 공간이동의 문 대합실에서 기다리고 있다가 눈물이 글썽해서 타라를 품에 안았다. 그 순간 타라는 용기가 꺾이면서 다리에 힘이 빠졌다. 그러나 로빈의 불안한 눈길과 마주치자 얼른 정신을 차렸다.

"걱정하지 마세요, 엄마. 다 잘될 거예요."

"그럴 수가 없구나. 너는 사지로 떠나는데 나는 그저 구경만 하고 있어야 하다니! 이를 어쩌면 좋아! 오, 사랑하는 내 딸!"

타라는 분위기를 바꿀 만한 말을 하지 않을 수 없었다.

"아들을 보내는 것이었다면 어땠을지 생각해보세요."

셀레나는 애써 미소를 지어 보였다.

"더 나빴을 거라고 생각하니?"

"당연히 더 나쁘죠. 남자애들은 무모하잖아요. 그런데 나는 신중하거든요. 그래서 말인데요. 이번 여행에서는 내 이름을 '신중'이라고 부르기로 했어요."

로빈의 얼굴이 밝아졌다. '신중'은 내가 당부했던 말이잖아!

"사랑한다, 타라. 빨리 돌아와."

그렇게 말하고 나서 셀레나는 물러섰다. 타라가 기다리고 있는 갈랑 등에 올라타자, 칼도 올라탔다. 갈랑은 예상을 하고 있었는지 두 사람이 탔는데도 끄떡하지 않았다. 칼은 섭섭하지만 블롱딘을 오무아에 두고 떠나기로 했다. 트실이 블롱딘을 공격할 때 보호해 줄 힘이 없기 때문이었다.

셈 선생님과 샤름, 옥시아 부인, 티라니크 선생님, 데미데루스가 성공을 빌었다. 증손녀를 지켜 줄 수 없다는 것에 상심한 마니투는 뿌루퉁해 있었다. 타라와 함께 다정하게 떠나는 칼이 부러워서 눈길도 주지 않고 있던 로빈은 타라가 칼보다 키가 더 큰 것을 보고서야 마음이 좀 누그러들었다. 정말이지 타라는 로빈을 미치게 만들고 있었다. 타라가 돌아오면 이번에는 무슨 일이 있어도 고백하겠어! 이렇게 굳은 결심을 하고 나서야 로빈은 다정한 얼굴로 작별인사를 나눴다. 처음으로 친구들 없이 위험에 맞서야 하기 때문일까, 타라는 이상하게 허전한 느낌이 들었다. 칼은 타라가 안심하도록 자신감이 넘치는 미소를 지어 보였다. 칼은 모두에게 물러서라는 신호를 보내고 나서 마법을 할 수 없는 칼리 부인을 대신해서 외쳤다.

　"살테렌스의 수도 살라에 있는 카샤의 궁전으로!"

　그리고 그들의 모습이 사라졌다. 마치 누군가가 지우개로 지워 버린 듯이.

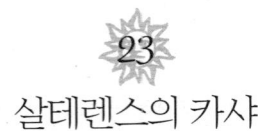

23
살테렌스의 카샤

*

그들은 카샤의 궁전에서 유형화되었고, 재상 일파봉이 맞아주었다.

타라가 먼저 갈랑 등에서 내려왔고, 칼이 뒤따랐다.

"수행원 없이 오셨습니까, 폐하?" 일파봉이 부드럽게 물었다.

명색이 능력 있는 도둑으로 훈련을 받았던 몸인데 칼이 그 말 속에 숨은 경멸의 뜻을 간파하지 못했을까.

"무슨 일로 왔는지 아실 텐데요!" 칼은 거침없이 말했다. "아더월드를 구하는 중요한 일인데 모든 영광을 우리만 차지하길 바라는 것은 아니겠지요?"

일파봉의 동그란 귀 두 개가 젖혀지고 주둥이는 실룩거리는데 입 밖으로 말은 나오지 않았다.

어린 도둑은 주변을 유심히 살피고 있었다. 칼은 아더월드에 존재하는 통치자들의 궁전을 모두 연구했기 때문에 카샤의 궁전도 훤히 알고 있었다. 약탈 종족 살테렌스는 강렬한 색을 좋아했다. 건물 외부는 뜨거운 열기를 반사하도록 흰색인데 반해 내부는 오색찬란했다. 초록과 노란 벽, 빨강과 파랑, 황금빛 바닥과 천장, 흰색과 은색 가구들, 그 모든 것에 황금빛 파동 같은 것이 일렁였다.

그들은 마침내 장엄한 접견실에 이르렀다. 카샤는 궁인들과 경비병들에게 에워싸여서 한 신하와 이야기하고 있었다. 살테렌스의 상징인 이빨로 소금 덩어리를 물고 있는 초록 벌레가 옥좌를 내려다보고 있었다.

오무아의 여제 카샤는 직무대행이라도 대화를 얼른 중단하고 빨간 양탄자가 깔린 계단을 내려와서 국빈인 타라를 맞았다. 카샤는 타라의 양 팔뚝을 잡으면서 외쳤다.

"장봉! 장봉!"

타라는 웃어야 할지 말아야 할지 난감했다. '장봉'이라면 프랑스어로 햄을 뜻하는데 지금 이 상황에 햄을 달라고 할 리는 없고……. 이 궁전은 통역 주문이 작동하지 않나? 하고 생각하던 타라는 이 뚱땡이 살테렌스가 기선제압 차원에서 고의적으로 헷갈

리게 하려는 수작이라는 것을 알아차렸다. 타라는 위기를 넘길 수 있었다. 작년에 칼을 구해야 하는데 마법을 사용할 수 없을 때 무아노가 머릿속에 20개국의 언어를 입력해 준 것이 기억났다. 그중 하나가 아닐까? 기억력 주문을 작동했는데…… 야호! 무아노가 머릿속에 넣어준 통역주문이 가동하면서 원하는 정보를 주었다.

카샤는 스와힐리어로 말하고 있었다. 스와힐리어는 아프리카 중남부 국가들과 특히 마사이족이 사용하는 부족어와 아랍어가 섞인 지구의 언어였다. 그러니까 살테렌스 언어는 지구에서 건너온 스와힐리어가 어원인 모양이었다. '장보'는 스와힐리어로 '안녕'을 뜻하는 인사말이었다.

"장보, 아 바리 가니?" 타라는 정중하게 답례했다.

"므수리 사나, 아셈프테!" 하고 카샤가 축하의 말을 건넸는데 이방인이 스와힐리어 아니, 살테렌스어를 아는 것에 아주 놀라는 눈치였다.

"자, 따라오세요, 그 험난한 길을 안내해줄 길잡이를 소개해드리지요." 카샤는 아주 자연스럽게 오무아 언어로 바꿔서 말을 이었다.

카샤는 옥좌 옆에 서 있는 키다리 살테렌스 앞으로 타라를 데려갔다. 타라는 깜짝 놀랐다. 궁전에서 여제의 인공사막을 관리

하는 살테렌스가 아닌가! 그는 차가운 미소를 흘리면서 말했다.

"충고하신 대로 황궁의 사막으로 데려갈 어린 벌레들을 수집하러 왔습니다, 폐하. 깊은 사막으로 가야 하니 제가 길잡이가 되어드리겠습니다. 제 이름은 트렌디르입니다."

"장보 트렌디르." 타라는 의젓하게 인사했다.

그렇게 인사를 나누는데 카샤가 끼어들었다.

"지체 없이 떠나시오. 우리 행성은 오래 견디지 못할 것입니다. 폐하, 이런…… 도움을 청한 이유는 모르겠으나 도와드리게 되어 기쁩니다."

"나는 어떤 도움도 청하지 않았는데요." 오무아가 살테렌스에 빚을 졌다는 말을 듣고 싶지 않은 타라가 응수했다. "나는 마지스터의 위협을 받고 있는 아더월드를 구하기 위해 막중한 임무를 띠고 온 겁니다. 그런데 이 일을 도와주는 것이라고 생각한다면 출발하기 전에 이 사실을 아더월드의 모든 나라에 알려야겠습니다."

유효 적절한 엄포였나? 카샤는 때가 때인 만큼 타라가 다른 통치자들을 만날 시간이 없다는 것을 뻔히 알면서도 어떻게 전개될지 모르는 이런 전시 상황에서 자칫 오무아의 동맹국에서 제외되는 위험을 무릅쓸 수는 없었다. 카샤는 죽을죄를 졌다는 시늉을 하면서 공손히 그들을 궁전 마당으로 안내했다.

타라는 트렌디르가 알려주는 대로 트란스미투스 주문을 읊었고, 몇 초 후 그들은 사막에 도착했다. 이글거리는 초록빛 사막이 광활하게 펼쳐져 있었다.

"산은 왜 안 보이죠?" 타라는 보호막을 작동하면서 말했다.

"그래서 길잡이가 필요한 것이지요." 트렌디르가 설명했다. "산은 모래바람에 가려져 있습니다. 견고한 방패를 만들어서 따라오세요. 자칫 실수했다가는 죽음입니다. 우리의 방어 시스템으로는 폐하를 보호할 수가 없거든요. 모쪼록 조심하십시오!"

대번에 먹이 냄새를 맡은 트실들이 산발적으로 타라와 페가수스를 공격했다. 칼은 트실이 공격하지 않을 것이라고 확신하면서도 도저히 마음이 놓이지 않는지 금빛 트실에게 쏘인 흉터를 바란듯이 드러내놓고 있었다. 벌레들이 트렌디르와 자기를 본 척도 하지 않자, 칼은 타라와 갈랑이 걱정되었다. 거의 눈에 보이지 않는 트실들이 방패에 부딪혔다가 후드득 떨어졌지만 끈질기게 다시 들러붙었다. 잠시 후에는 벌레가 어찌나 새까맣게 붙었는지 페가수스와 타라는 파란 섬광만 번쩍일 뿐 형체가 거의 보이지 않을 정도였다.

살아있는 생명체를 해치는 것이 내키지 않는 타라는 정말 트실을 죽이고 싶지 않았다. 그러나 선택의 여지가 없게 된 타라는 방패의 기능을 강화했다. 이번에는 멋모르고 덤벼들던 놈들이 지글거리는 소리를 내며 타죽었고 눈 깜짝할 사이에 수백 마리가 똑같은 신세가 되었다. 그때부터는 타라와 갈랑에 대한 공격이 현저하게 줄어들었다.

전진할수록 물이 많아지는 것을 보면 분명 산이 가까이 있다는 것인데 구름밖에 보이지 않았다. 굽이도는 시냇물을 따라 수생식물이 군락을 이루고 있었다. 이윽고 보이지 않는 경계를 넘어선 것일까, 화가가 그려놓은 것 같은 산이 갑자기 모습을 드러냈다.

빛 바랜 진흙처럼 붉은 갈색이려니 상상했더니 산은 눈이 부실 정도로 반짝이는 주홍빛이었다. 하얀 구름 왕관을 쓴 파란 하늘에 웅장한 산이 뚜렷이 드러났다.

"와, 대단하다!" 칼이 산을 보면서 감탄했다.

"진짜 아름답다!" 타라도 입을 다물지 못했다.

"물 마르 타그 쿨로그!" 트렌디르가 산을 가리키면서 거들먹거리는 어조로 말했다.

"물 마르…… 어쩌고저쩌고는 이름이 좀 너무 거창하네요." 근사한 산에 감동한 칼이 지적했다.

살테렌스는 피식 웃었다.

"사실은 착각에서 붙여진 이름이지. 수백 년 전에 우리나라를 관통하는 트실 강의 수원을 찾아 나섰던 마법사가 있었어. 그 탐험가는 용케 트실 벌레를 피해 산 반대편 숲 속 마을에 이르렀지. 그는 마을사람들에게 산을 가리키면서 '저게 뭡니까?' 하고 물었고, 사람들은 '물 마르 타그 쿨로그!' 라고 대답했지. 그는 그것이 산의 이름이라고 생각하고 지도에 그렇게 기록했지."

무슨 말인지 이해하지 못한 칼은 트렌디르가 이걸 농담이라고 하는 건가, 하는 얼굴로 시큰둥하게 물었다.

"그래서요?"

"마을사람들은 '뭐긴 뭐야, 산이지!' 라고 대답한 것이었어."

칼은 눈살을 찌푸렸다.

"그러니까 산 이름으로 알았던 그 말이 '뭐긴 뭐야, 산이지!' 란 뜻이란 말예요?"

"그렇지." 트렌디르는 천연덕스럽게 대꾸했다.

눈이 마주친 칼과 타라가 그제야 웃음을 터뜨리자 트렌디르도 덩달아 배꼽을 잡았다.

그들이 웃음을 그치자 트렌디르가 말했다.

"여기서 헤어져야겠습니다. 나는 벌레를 수집하러 가야 하거든요. 폐하, 그럼 행운을 빌겠습니다!"

타라와 칼은 어리둥절한 얼굴로 물었다.

"우리랑 같이 가는 것이 아니었어요?"

"저 산의 주민들과 협약을 맺었지요. 살테렌스 종족은 비마법 지역을 넘을 수가 없습니다. 용감한 이방인들이 이따금 위험을 무릅쓰긴 하지만 살아서 돌아온 이가 단 한 명도 없었다는 걸 알

122

아두십시오."

타라는 깜짝 놀랐다.

"주민들이라니? 누구 말이죠? 데미데루스는 저 산에 누군가 살고 있다는 말을 하지 않았어요. 산지기가 있다는 말은 없었다고요!"

"5000년 전에는 그랬을지 모르지만 지금은 상황이 다릅니다." 트렌디르는 차분하게 대답했다. "그리고 아무도 없다면 산에 올라간 탐험가들과 과학자들이 왜 모조리 행방불명이 됐을까요? 어쨌든 우리 조상들은 분명히 누군가와 협약을 맺었습니다."

반박의 여지가 없는 논리적인 추론이었다. 칼은 마법복에서 아이젠과 밧줄을 꺼냈다.

"너보다는 내가 산을 더 잘 타니까 내가 올라갈게. 기어오르기는 도둑들이 받는 필수과목이거든."

"산을 기어올라가겠다고?"

어린 도둑의 대답은 간결했다.

"아니, 암벽을 타겠다고."

"응, 그래? 그럼 같이 가야지."

타라는 칼과 같이 와서 다행이라고 생각했다. 그들은 트렌디르와 작별인사를 나누고 나서 성큼성큼 산으로 향했다. 타라는 방패가 없어지는 것이 느껴졌다. 마법이 통하지 않는 지역에 막 들어섰으니, 데미데루스의 말대로라면 트실이 따라오지 않는 지역이었다. 이제부터는 아무런 방어력이 없기 때문에 타라는 제발 벌레들이 그 관례를 지키기만 빌 수밖에 없었다. 얼마 후, 깊은 생각에 잠겨 있던 칼이 마침내 입을 열었다.

"문제가 있어, 타라."

칼의 어조가 어찌나 심각한지 타라는 걸음을 멈췄다.

"마지스터가 고모를 억류하고 있고, 최고 마구스들의 마법 능력을 없어지게 했다는 것, 행성을 파괴하겠다고 위협하고 있다는 것, 우리에게 전쟁을 선포했다는 것, 그리고 방금 추가된 사항, 자기들의 땅에 발을 들여놓는 자는 모조리 죽인다는 붉은 산의 주민들과 맞서 싸워야 한다는 것말고 뭐가 또 있는데?"

칼은 타라가 말할 때마다 하나하나 손등으로 아니라는 시늉을 하고 있었다.

"아니, 아니, 전혀 다른 거야. 훨씬 더 심각해."

타라는 어안이 벙벙했다.

"너는 예쁘고, 여자야." 칼이 아주 진지한 얼굴로 타라를 쳐다보면서 말했다.

"그래, 그거야 맞는 말이지. 그리고 예쁘다는 말은 칭찬으로 알게." 친구가 무슨 말을 하려는 것인지 전혀 감이 잡히지 않는 타라가 장난치듯 대꾸했다.

"그러니까 너는 여자의 마음을 잘 알 거야."

"물론 남자들의 마음보다는 잘 알겠지."

"내가…… 사랑에 빠졌어."

으응? 이건 또 무슨 말이야? 그리고 칼이 누구를 좋아한다는데, 왜 약간 서운한 마음이 들지? 그 야릇한 감정에 타라가 놀라고 있을 때, 칼이 고백했다.

"엘을 사랑하고 있어!"

"엘? 그 여자가 누군데?"

"엘레아노라!"

너무 어이가 없어서 타라는 아무 말도 할 수 없었다. 칼은 타라가 엘레아노라를 기억하지 못하는 것으로 생각하고 설명했다.

"너도 아는 애야. 내가 너한테 소개했었거든. 브란디스의 사촌. 나를 싫어하는 애 말야! 고개를 들 때마다 그 잿빛 눈으로 나를 뚫어져라 쳐다보는데 얼음장같이 차갑고, 지옥의 불만큼 뜨거웠어. 그 눈빛 때문에 나는 아주 미칠 것 같아!"

칼이 저런 말을? 사랑을 하면 시인이 된다더니! 타라는 당혹스러웠다.

"나는 엘레아노라를 잘 몰라. 딱 두 번 봤는데 우리를 좋게 생각하지 않는 것 같았어. 근데 그 애를 사랑한다고?"

타라를 쳐다보는 칼의 표정이 처량하다고 해야 할까, 딱하다고 해야 할까.

"정말 이상해! 과자나 소시지를 먹고 싶을 때처럼 그 애가 자꾸만 생각나는 거 있지."

"에헤, 칼!"

"응?"

"좋아한다면서 그 애를 소시지나 과자에다 비유하면 안 되지."

"거봐, 내가 이 모양이라니까. 나는 정말 여자 사귈 줄을 몰라. 웃기거나 놀래줄 수는 있는데 여자의 마음에 드는 방법을 모르겠어. 그러니까 네가 가르쳐 주라."

타라는 눈이 똥그래졌다.

"내가? 하필 왜 나야?"

"아는 여자가 너밖에 없는데 그럼 어떡해?"

타라는 하늘을 쳐다보면서 한숨을 쉬었다.

"그래, 좋아. 뭘 알고 싶은데?"

"여자들은 어떤 선물을 좋아해? 어떤 면에 끌리지? 외모? 생각? 너는 남자친구가 어떻게 해주는 것이 좋아? 놀래주는 것, 웃기는 것, 어떤 것이 마음에 들어?"

"맙소사, 하나씩 물어봐야지, 그걸 다 한꺼번에 어떻게 대답하니? 그리고 내가 좋아하는 걸 그 애도 좋아한다고 할 수도 없는데."

"상관없으니까 대답해 줘. 부탁이야."

정말 이런 이야기는 좋아하지 않았지만 타라는 어쩔 수가 없었다.

"외모? 중요하지. 하지만 처음에만 그래. 나중에는 얼마나 똑똑하냐, 얼마나 용감하냐, 뭐 그런 것들이 더 끌리거든. 그리고 나는 깜짝 이벤트 같은 걸 좋아해."

"그래? 그럼 선물은?" 칼은 집요했다. "여자들은 비싼 물건을 좋아하지?"

타라는 웃음을 참았다.

"물론 좋아하겠지. 하지만 중요한 것은 그게 아냐. 비싼 것이 아니라도, 예를 들어서 장미 한 송이, 머리핀 한 개라도 마음이 담긴 선물을 좋아해. 나의 경우는 내 생일을 잊지 않고 기억해 줄 때 감동해. 그건 나한테 관심이 있다는 표시니까. 내가 잘 지내고 있는지, 행복한지 걱정해 줄 때도 감격해. 관심이 너무 지나친 것도 문제지만 또 너무 무관심하면 그것도 별로야. 그리고 나는 실망했더라도 상처를 주지 않으려고 겉으로는 표 내지 않아."

"야호! 그래 바로 이거야, 넌 정말 로맨틱하다!" 칼은 보물이라도 발견한 듯이 호들갑을 떨었다. "그런데 좀 너무해. 정말로 원하는 것이 뭔지 말해 주지 않으면 남자들이 그걸 어떻게 알아? 우리에게 텔레파시 능력이 있는 것도 아닌데. 좋아, 그건 그렇다 치고 네 취향은 어떤 타입인데? 키가 커야 돼, 작아야 돼? 아니면 중간? 금발? 갈색머리?"

칼이 키가 작고 갈색머리라서 약간 난처하지만 타라는 그냥 솔직하게 말하기로 했다.

"나보다는 키가 커야 하고 이왕이면 파란 눈에 금발이면 좋지."

대번에 침울해지는 칼을 보면서 타라는 표현을 바꾸었다.

"하지만 갈색머리도 멋있어. 아더월드에서 살면서부터 긴 머리도 마음에 들긴 해. 지구에서는 말총머리나 머리띠를 매고 다니는 남자애들을 꼴불견이라고 생각했거든. 그리고 예의바르고 세련된 남자가 좋아. 옷차림은 아무래도 상관없어. 여기는 마법 덕분에 옷이야 원하는 대로 얼마든지 입을 수 있으니까."

타라는 이상형을 말하면서 문득 자신이 로빈을 묘사하고 있다는 것을 깨달았다. 누구를 두고 하는 말인지 뻔히 드러났다. 다행히 칼은 자기 문제에 골몰하고 있어서 알아채지 못했다. 가는 동안 내내 칼은 질문을 퍼부었는데 어찌나 거북한지 타라는 얼굴이 빨개져서 답변을 거부하기 일쑤였다. 특히 입맞춤에 대한 질문은 정말 비난받아 마땅했다. 누구와 입을 맞춰본 적도 없지만 그런 것에 대해 얘기하고 싶은 마음도 전혀 없기 때문에 타라는 퉁명스럽게 잘라버렸다.

"혀가 뭐 어쩌고 저째? 칼, 너 진짜 밥맛이다. 대꾸할 가치도 없다고 생각해. 그런 것은 네 여자친구하고나 해!"

다행히 그들은 산허리에 이르렀고, 칼은 질문을 중단했다. 타라가 목을 조를 기세였기 때문에 산이 칼의 목숨을 구해준 것이나 다름없었다.

그들은 고개를 쳐들고 데미데루스가 묘사했던 장소를 찾기 위해 눈을 가늘게 떴다. 데미데루스의 말대로 올라가기가 그리 힘들어 보이지 않았다. 칼은 밧줄로 상체와 어깨를 둘둘 감아서 허리춤의 갈고리에 단단히 묶었다. 높지 않은 위치라서 아직은 바람이 불지 않았기 때문에 칼은 힘을 비축하기 위해 첫 번째 암벽까지는 페가수스를 타고 올라가기로 했다. 도움을 줄 수 있는 것이 기쁜 페가수스는 어서 올라타라는 표시를 했다.

"밧줄을 잘 봐. 이렇게 하면 그렇게 힘들지 않을 거야. 내가 하는 걸 잘 보고 있다가 올라와, 알겠지?"

"실은 데미데루스가 왜 나를 혼자 보내지 않았을까 궁금해. 이 정도의 산을 올라가는 데 네가 전혀 필요 없는데 말야."

"이런 원정길에는 둘이 다니는 것이 더 나으니까. 일반적으로 나는 혼자서 일하는 걸 좋아하는데 솔직히 말해서 이 산에 있다는 정체불명의 주민들 때문에 좀 불안해. 그래도 페가수스와 네가 있어서 든든하다."

"이 등산을 '칼리반 달 살란과 즐거운 친구들의 모험'이라고 이름 붙이는 것이 어떨까?" 타라가 장난스럽게 말했다.

"오, 예! 그거 아주 재밌네. 자, 가자, 갈랑!"

갈랑과 칼은 산중턱에 위치한 암벽을 향해 날아갔다. 아무런 예고 없이 갑자기 일어난 광풍이 갈랑의 날개 밑으로 불어닥쳤다. 중심을 잃은 갈랑은 전진하려고 안간힘을 다했지만 칼과 갈랑은 강력한 소용돌이로 변한 바람에 빨려들었다.

타라가 고함쳤다.

"안 되애애애! 칼! 갈랑!"

타라가 아무리 소리쳐도 소용돌이에 휩쓸려 찌그러지는 칼과 갈랑만 보일 뿐 대답은 들리지 않았다.

24
이파니 종족

*

타라는 겁에 질렸다. 본능적으로 마법을 작동했지만 손에서 파란 광선이 나오지 않았다. 타라는 그제야 붉은 산에서는 광파 충돌이 일어나기 때문에 마법이 금지되어 있다는 것이 기억났다. 패밀리어와 친구를 잃게 생겼는데 구경만 하고 있어야 하다니!

절벽에 부딪혀 으스러지려는 찰나에 느닷없는 회오리바람에 휩쓸린 칼과 갈랑이 마치 장난감 요요처럼 휘말려 올라갔다. 간신히 현기증을 이겨낸 갈랑은 소강 상태를 이용해서 갈퀴발톱으로 칼을 낚아챘고, 공중에서 곤두박질치는가 싶더니 용케 함정을 벗어나 기적처럼 착륙했다.

타라는 흐느껴 울면서 갈랑의 목에 달려들었다.

"갈랑! 얼마나 걱정했는지 몰라. 너에게 무슨 일이 일어났다면 난 죽었을 거야! 칼은 괜찮아?"

기절한 칼은 이마에 달걀 만한 혹이 나고, 오른쪽 허벅지에 상처가 난 것을 제외하면 중상은 아닌 것 같았다. 타라는 친구의 셔츠를 찢어서 상처에 응급처치를 했다. 날개 하나가 찢어져서 날 수가 없게 된 갈랑의 부상이 오히려 더 심각했다.

"내가 빨리 갔다올게." 패밀리어의 부상이 마음 아픈 타라가 말했다. "넌 여기서 쉬고 있어. 아니면 나는 암벽까지 올라가지 않을 거야. 너의 고통을 생각하면 정신이 산만해져서 그래."

갈랑은 복종한다는 뜻으로 드러눕더니 다친 날개를 펼쳐서 부드러운 이불처럼 칼을 덮어 주었다. 타라는 안도의 숨을 내쉬며 과감하게 피켈을 움켜잡고 산을 오르기 시작했다. 출발하기 전에 숙지한 지식을 활용하면서 난코스로 접어든 타라는 정신을 집중하며 발 밑이 수백 미터의 낭떠러지라는 것도, 몸에 묶은 밧줄이 자이언트 거미의 점액이라는 것도, 페가수스가 없어서 날아갈 수 없다는 것도 생각하지 않으려고 애를 썼다. 무엇보다도 마법을 사용할 수 없다는 것을 생각하지 않았다.

갈고리는 잘 걸리는데 밧줄은 말을 듣지 않으려고 하는 것 같았다. 그러나 얼마 후 타라는 있는지조차 모르던 근육이 여기저기서 당기는데도 등산하는 기쁨이 느껴졌다. 산꼭대기에서 무슨 일이 생길까, 계속 공포에 떨고 있었다면 산을 오르는 기쁨을 느꼈을 리 없었다.

갑자기 뒤에서 기척을 느낀 타라는 등골이 오싹했다. 조심스럽게 고개를 돌리던 타라는 빤히 쳐다보는 이상한 존재를 발견하고 심장이 멎을 뻔했다.

검은 뿔 두 개가 삐죽 솟은 얼굴을 제외한 온몸에 빨간 털을 뒤집어쓴 존재가 천천히 날개를 흔들고 있었다. 얼굴은 여자, 몸은 동물, 거기에 새의 날개가 달린 혼혈인종이었는데 한쪽 눈은 하늘빛보다 더 파랗고, 또 한쪽 눈은 죽음이 느껴질 정도로 새까맸다.

아주 이국적인 모습의 혼혈인종이 목청을 가다듬으면서 말을 건넸다.

"으흠, 으흠……, 여기서 뭘 하는 거지?"

붉은 산에서는 마법을 사용할 수 없지만 무아노가 타라의 머릿속에 입력해놓은 통역 주문은 완벽하게 작동하고 있었다. 혼혈인종이 사용하는 언어는 오무아의 고어에서 유래된 파생어였기 때문에 타라는 대답할 수 있었다.

"산을 오르고 있어요."

"그래서 묻는 것이다." 혼혈인종의 입가에 미소가 번졌다. "여기는 입산이 금지된 곳이다."

타라는 한숨을 내쉬면서 정면돌파하기로 결정했다.

"알고 있어요. 그러나 꼭 필요한 것이 산꼭대기에 있어서 오무아의 여제 신분에 어울리지 않는 행위를 하면서까지 올라가고 있습니다." 타라는 직무를 수행 중이기 때문에 아무런 거리낌이 없다는 투로 응수한 것이었다.

그러자 혼혈인종이 깔끔하게 눈썹을 정리한 것처럼 가느다란 눈썹을 치켜 떴다.

"여기서는 어떤 권력도 통하지 않으며, 그 누구에게도 입산을 허락하지 않는다. 여기는 우리의 터전이며, 우리의 생활이 공개되는 것을 원치 않는다. 따라서 디안하지만……."

타라가 대응할 겨를도 없이 혼혈인종은 날카로운 갈퀴발톱으로 밧줄을 가차없이 잘라버렸다. 시야에서 벗어나 있어도 텔레파시로 타라와 연결되어 있는 갈랑은 불안한 울음소리를 내면서 다친 날개를 거세게 퍼덕였지만 날 수가 없었다.

"안 돼요! 그럼 내가 떨어져요!" 밧줄이 끊어지면서 갈고리에만 의지하는 위기 상황을 맞은 타라가 소리쳤다.

"그게 목적이다." 혼혈인종이 대꾸했다. "죽어야 말을 못 하니까."

타라는 오른발이 미끄러지는 순간 고함을 질렀다.

"체인지라인! 파프니르의 장갑을 줘, 빨리!"

체인지라인이 복종했고, 주머니 안에서 초강력 장갑이 튀어나왔다. 번개같이 빠르게 장갑을 낀 타라는 암벽을 격파해서 잡고 매달릴 만한 구멍을 만들었다.

"흥미롭지만 그래봐야 소용없다. 너는 살아남을 수 없어, 어린 인간아!"

"나는 그냥 인간이 아니에요!" 질겁한 타라가 소리쳤다. "오무아 제국의 후계자, 여제의 후계자예요! 내 으스러진 몸이 이 산자락에서 발견되거나, 내가 없어지면 오무아 제국이 나를 죽인 이들을 벌하기 위해 이 산을 박살낼 거예요!"

타라를 흔들어서 떨어뜨리려고 하던 혼혈인종이 동작을 멈추고 눈살을 찌푸렸다.

"그런 거짓말에 속아서 너를 살려줄 것 같으냐?"

"이 반지를 봐라!" 타라가 피켈을 쥐고 있는 손을 가리키면서 위엄 있는 말투로 소리쳤다. "가문의 반지다! 이것은 황족만 지닐 수 있는 것이다. 내 마음대로 강력한 에프리트를 불러낼 수 있다. 자, 그럼 지금 부를까?"

혼혈인종이 물러섰다.

"에프리트? 악마? 안 된다, 부르지 마라. 내가 도와주겠다."

혼혈인종은 암벽에서 타라를 떼어내고 몇 번의 강력한 날갯짓으로 데미데루스가 얘기했던 동굴 입구에 조심스럽게 내려놨다.

무릎이 꺾이고 다리가 후들거리는 타라는 우선 옷의 먼지를 터는 것으로 감정을 추스를 시간을 벌고 나서 고개를 들었다. 혼혈 인종은 가냘픈 손을 비비 틀면서 탄식했다.

"오, 에프리트의 깃털이여, 어찌합니까! 하필 왜 내가 보초를 설 때 나타났느냐?"

"나는 아무도 살지 않는 산이라고 생각했다!"

"우리가 살고 있는 산이다." 혼혈인종은 짤막하게 대답했다. "내 이름은 셀리팔이고, 이파니 종족이다. 너는?"

타라는 솔직하기로 결정하고 위엄을 부리는 말투로 외쳤다.

"나는 타라틸랑넴 탈 바르미 압 산타 압 마루 탈 덩컨이고, 오무아 국민이자 오무아의 여제 후계자다."

이파니족 혼혈인종은 어린 인간의 말이 진실이라는 것을 느꼈다.

"나 혼자서 결정할 일이 아니다. 회의를 소집하여 너를 어떻게 할지 결정하겠다."

혼혈인종이 머리를 쳐들고 귀청을 찢을 듯한 괴성을 지르자, 암벽의 우툴두툴한 부분에서 혼혈인종이 하나둘 튀어나왔다. 남자가 여자보다 키가 작았고, 모두 빨간 털북숭이라서 주변과 구별이 되지 않았다. 보호색 위장술이 완벽했다.

그들은 예리한 창과 칼로 무장하고 있었다.

"셀리팔?" 그들 중 하나가 털이 장밋빛이 될 정도로 창백해져서 외쳤다. "무슨 일로 긴급회의를 소집했느냐? 그리고 이 인간은 왜 여기 이러고 있지? 왜 죽이지 않았느냐?"

"위대한 족장이시여, 그럴 생각이었으나 이 인간이 말하기를 자기가 오무아의 여제 후계자랍니다. 이 인간과 같이 온 일행 둘이 저 밑에 있고, 이들을 이곳으로 안내하고 돌아간 살테렌스도 있었습니다. 혹시 보복할지도 모르기 때문에 섣불리 죽일 수가 없었습니다."

족장이 타라를 향해 돌아서서 말했다.

"우리 산에는 무슨 일로 왔느냐? 우리는 이방인을 몹시 싫어한다!"

"성가시게 해서 미안합니다." 타라는 정중하게 대답했다. "그러나 아더월드의 여러 나라를 위해 중대한 사명을 띠고 여러분이 지키고 있는 것을 찾으러 온 것입니다."

족장이 타라를 쳐다보는데 미친 사람을 대하는 눈빛이었다.

"우리가 지키고 있는 것? 우리는 지키고 있는 것이 없다!"

영화를 너무 많이 봤나, 왜 이들이 엔디게를 지키고 있을 것이라는 엉뚱한 생각을 했을까? 말을 이미 뱉었으니 어쩔 수 없었다.

"가운데에 빨간 소포르 꽃이 박힌 목걸이를 지키고 있지 않으세요?"

그런 목걸이에 대해서는 들어본 적이 없는 족장이 이번에는 타라를 정말로 정신병자로 확신하는 분위기였다.

"셸리팔?"

"네, 족장님?"

"나는 이 미친 인간이 오무아의 후계자라고 생각하지 않는다. 내가 허락할 테니 죽여라!"

"알겠습니다, 족장님."

셸리팔은 창을 세우고 타라를 향해 한 걸음 앞으로 나섰다.

그 순간 타라의 머릿속에 들어앉은 붉은 악마가 기겁했다. 타라가 죽으면 나도 죽는 거잖아! 붉은 악마는 가만히 있을 수 없었다. 이파니족의 머리에 난 뿔을 보면서 붉은 악마는 피식 웃었다. 붉은 악마가 눈을 한 번 찡끗하자 타라가 갑자기 의식을 잃고 헝겊인형처럼 쓰러졌다.

죽이라는 소리에 놀라서 어린 인간이 기절한 것이라고 생각한 셸리팔이 심장에 창을 내리꽂으려는 순간 붉은 악마는 여봐란듯이 타라의 머리에서 빠져나왔다. 셸리팔은 후닥닥 물러섰다. 악마를 알아본 셸리팔이 어찌나 호들갑스럽게 비명을 질러댔던지 이미 멀어져가던 동족들이 쏜살같이 돌아왔다.

"악마다!"

모두의 얼굴에서 공포를 읽을 수 있었다.

붉은 악마는 그들을 찬찬히 뜯어본 후에 조롱했다.

"인간과 악마 사이에서 태어난 자식들! 이 잡종들아! 내 생각이 틀리지 않다면 너희는 두 종족 몰래 숨어서 사는 놈들이다."

넙죽 엎드린 족장이 덜덜 떨면서 말했다.

"우리를 불쌍히 여기시어 제발 살려주십시오. 뭐든 원하시는 것을 말씀만 하십시오."

붉은 악마는 목욕하고 싶다는 말이 튀어나올 뻔했지만 얼른 정신을 차렸다. 지금은 그딴 말을 할 때가 아니지, 휴, 망신당할 뻔했네.

"나는 너희들이 이 소녀에게 복종하기를 바란다. 이 소녀가 찾는 물건을 너희들이 찾아주기 바란다. 에프리트들이 이 행성을 정복하기로 결정했는데 선수를 치려는 멍청이가 있어서 이 소녀를 도와주기로 하였다! 자자, 서둘러라!"

이파니들은 즉시 복종했다. 타라를 구해준 생명의 은인인 붉은 악마가 추측한 대로 이파니들은 서로 적대적인 두 종족간의 원치 않은 자식들이었고, 종족 말살을 면하기 위해 산에 숨어 살고 있었다. 인간과 악마가 어찌나 앙숙인지 마주쳤다 하면 죽여야 직성이 풀릴 정도로 서로 사이가 험악하기 때문이었다.

그래서 이파니들은 산에 들어오는 불청객을 발견하는 즉시 모조리 제거하는 것으로 자기들에 대해 절대로 발설하지 못하게 해왔던 것이다.

의식을 잃었기 때문에 타라는 데미데루스가 내린 임무라는 것이 이파니 종족의 도움 없이는 불가능한 일이라는 것을 알아채지 못했다. 이파니들은 엔디게를 쉽게 찾았다. 데미데루스가 묘사한 대로 가운데에 빨간 소포르 꽃이 박힌 황금 목걸이는 동굴에 숨겨져 있었다.

타라는 셸리팔의 품에 안긴 채로 깨어났는데 발 밑은 수천 미터의 낭떠러지였다.

타라가 깨어나기만을 기다렸다는 듯이 셸리팔이 즉시 허공으로 몸을 날렸다.

"내 목 좀 놔줘요, 이러면 숨을 쉴 수가 없잖아요!" 목이 졸린 셸리팔이 애원조로 말했다.

"어떻게 된 거죠?"

"기절하셨어요." 셸리팔은 붉은 악마가 미리 시킨 대로 설명했다. "찾으신다는 물건을 우리가 찾았습니다. 하지만 우리가 이 산에 살고 있다는 것을 아무에게도 발설하지 않겠다는 약속을 해주시기 바랍니다. 그리고 그 물건은 당신의 페가수스에게 넘겨주어야 합니다. 페가수스는 그 물건을 숨겨두고 있다가 사용해야 하는 순간이 올 때까지 그 장소를 혼자만 알고 있어야 합니다."

왜 기절했었는지 그 이유를 모르는 데다 여러 가지로 이해가 안 가는 설명이었지만 타라는 선택의 여지가 없었다. 더구나 셸리팔에게 안겨 허공을 날고 있는 상황인데 죽을 생각이 아니라면 어떻게 약속을 하지 않을 수 있단 말인가.

절벽 밑에 이르자 셀리팔은 부들부들 떨면서 타라를 바위 위에 내려놨다.

"우리는 계속 감시할 겁니다. 그러니까 우리가 말한 대로 하시고, 우리의 협약을 지켜주세요. 그러면 모든 일이 잘 될 것입니다."

그렇게 말하고 나서 셀리팔은 타라에게 고맙다는 말을 할 겨를도 주지 않고 날아올랐고, 눈 깜짝할 사이에 사라졌다. 타라는 눈살을 찌푸렸다. 위에서 이상한 일이 일어나긴 했었는데 아무리 생각해도 셀리팔이 창을 치켜세우던 것 다음부터는 기억나지 않았다. 석연치 않은 느낌에 타라는 어깨를 으쓱했다. 그러나 찾으러 왔던 것을 일단 얻었으니 이 수수께끼는 나중에 풀기로 했다.

내려가는 데는 시간이 별로 걸리지 않았다. 타라가 도착했을 때 칼은 깨어나 있었다.

"너 성공했구나!" 반가워서 소리치던 칼이 신음소리를 냈다. "아이고, 머리야!"

"그러니까 소리지르지 마. 일단 레파루스 주문을 할 수 있는 곳으로 빨리 내려가자. 그리고 오무아로 돌아가야지."

출발하기에 앞서서 타라는 목걸이를 갈랑에게 맡기면서 왕홀을 무력화하는 순간이 올 때까지 어딘가에 숨겨놓으라는 임무를 주었다. 마법을 사용할 수 있는 지역으로 들어서자 타라는 칼과 갈랑을 돌볼 수 있었다. 경계를 넘어서자마자 트실이 공격해왔기 때문에 쉽지 않았지만 타라는 방패 두 개로 갈랑을 보호하면서 치료할 수 있었다. 얼마 후 그들은 트렌디르와 합류했고, 타라는 트란스미투스 주문을 읊었다. 그들은 무사히 살라의 궁전에 도착했고, 다시 오무아로 향했다.

산디아르와 칼리 부인이 대합실에서 그들을 반가이 맞이했다. 후계자가 엔디게를 갖고 돌아왔다는 소식은 삽시간에 퍼졌고, 로빈, 파프니르, 파브리스, 무아노, 셈과 샤름, 궁인들이 달려와서 환호했다. 자르와 마라를 설득하는 일에 전념하느라고 마리안나는 최근에 일어난 일을 모르고 있었다. 그녀는 데미데루스가 돌아온 것에 대해 특히 자세히 알고 싶어했고, 저주받은 왕홀을 무력화하는 사물이 존재한다는 것을 알고 몹시 놀랐다. 딸이 죽을 뻔했다는 사실에 어이가 없고 기가 막힌 셀레나는 타라를 끌어안고 놓아주려고 하지 않았다. 또 한 가지 소식이 기다리고 있었지만 타라는 이제 웬만한 일에는 놀라는 기색도 보이지 않았다. 친위대원 둘이 자르와 마라를 끌고 들어왔다.

"쌍둥이 남매의 신원을 조회하러 빌랭에 갔던 요원들이 아주 흥미로운 정보를 갖고 돌아왔습니다." 산디아르가 자르와 마라를 가리키면서 말했다.

쌍둥이들이 불안한 눈길을 주고받았다.

"아, 그래요? 어떤 정보인데요?" 마라는 시치미를 뚝 떼고 물었다.

"아쉬크트릴 남작은 너희들이 누구인지 전혀 모르겠다고 하셨다. 아내 셋과 아들딸 열둘을 두었으나 쌍둥이는 없다면서!"

"우리를 조사했다고요?" 이번에는 자르가 물었다.

"당연한 일이지. 이제 더 이상의 거짓은 통하지 않는다. 너희들의 정체가 뭐야? 무슨 이유로 남작의 자식 행세를 했는지 말해!"

눈길을 주고받던 남매는 문 쪽을 쳐다보고 도망칠 희망이 전혀 없다는 것을 확인한 듯 기가 좀 죽는 것 같았다. 마침내 마라가 심호흡을 하더니 떨리는 목소리로 말했다.

"우리는…… 고아예요. 부모님이 누구인지도 모른 채 빌랭의 거리에서 동냥으로 살았어요. 어느 날 우연히 주르스탈을 통해 아쉬크트릴 남작이 자식 둘을 오무아로 보낼 거라는 사실을 알게 되었고 우리는 그 자리를 가로채기로 했어요. 그래서 우리는 민투스 주문으로 남작의 자식 두 명과 수행원, 최고 마구스 두 명의 기억을 잃게 했죠. 그들이 없으면 오무아에서 그 아이들을 알아볼 사람이 아무도 없으니까요. 그들에게는 가짜 기억을 입력해 놓았고요. 제발 우리를 빌랭으로 돌려보내지 마세요. 남작이 우리를 죽일 거예요."

타라는 쌍둥이들을 관찰하고 있었다. 그 이야기는 거짓이 분명했다. 아이들이 어떻게 어른으로 구성된 수행원과 최고 마구스들까지 그렇게 감쪽같이 속일 수 있단 말인가? 저 아이들 뒤에 누가 있는 거지? 아이들은 무엇인가를 숨기고 있었다. 배후인물이 있는 것이 틀림없었다.

옥시아 부인이 눈살을 찌푸렸다. 아이들을 좋아해서 궁전에는 아이들이 많을수록 좋다고 생각하는 여자였다. 그래서 부인이 쌍둥이들을 빌랭으로 돌려보내는 것은 결코 바람직한 일이 아니라는 말을 하려는 순간 마리안나가 가로채듯 끼어들었다.

"여제께서 계셨다면 마법 능력이 뛰어난 고아 남매를 내쫓지 않으셨을 겁니다. 이런 처지의 아이들을 위한 장학기금 제도가 엄연히 존재하고 있으니 쌍둥이들을 오무아에서 교육시키는 것이 좋겠습니다."

시녀 신분인 마리안나가 대담하게 나서는 것에 모두들 의아해하긴 했지만 그 의견에는 대부분 동의하는 분위기였다. 마리안나의 손에 이끌려 나가면서 쌍둥이들이 흘겨봤지만 타라는 입술을 깨물었다. 여제의 권한으로 아이들을 가능한 한 멀리 보내고 싶은 것이 솔직한 마음이었지만 꾹 참았다.

쌍둥이들 문제로 1시간이 흘렀다. 나라의 운명이 걸린 중요한 물건 엔디게를 페가수스에게 맡겼다는 것을 알고 장관들이 화가 나 있었지만 타라는 혼혈인종들과의 약속을 지키기 위해 주장을 굽히지 않았다. 지칠 대로 지친 타라가 회의 도중에 어찌나 요란하게 하품을 하는지 장관들은 모른 척할 수가 없었다. 힘든 임무를 마치고 돌아온 타라가 쉬어야 한다는 데에 이의를 달 사람이 누가 있겠는가. 타라가 일어나는 순간 모두 기립하자 타라는 고관들에게 앉으라는 손짓을 했다.

"몇 시간만 쉬었다 오겠습니다. 그리고 무슨 일이 생기면 주저없이 와서 깨우세요."

보디가드 그르룰이 거처로 향하는 타라를 뒤따랐다. 타라가 편히 쉬라고 지시하자 트롤은 투덜거리면서 복종했다. 마침내 혼자 있게 된 타라가 체인지라인에게 잠옷을 부탁할 때 파브리스가 숨을 헐떡이면서 뛰어들었다.

"타라! 이젠 말할 때가 되었어!" 파브리스가 다소 과장된 목소리로 외쳤다.

약간 놀란 타라는 이마를 찌푸렸다. 파브리스는 덤벼들 듯 다가와서 타라를 소파에 앉혔다.

"나 자고 싶어. 부탁인데 좀 쉬게 해줄래?" 기운이 없는 타라가 말했다.

"쉿! 일단 내 얘기부터 들어! 지금까지는 내 마법 능력이 향상되지 않아서 나도 정말 힘들었어. 그렇지만 이젠 달라. 이젠 됐단 말야. 우리 같이 아더월드를 정복하자. 이제부터는 너도 무아노처럼 내 말에 복종해! 아더월드에서 가장 뛰어난 너희 둘만 있으면 나는 무적이야. 사랑하는 너희 둘이 내 아내가 되면 우리의 미래가 얼마나 영광스럽겠어?"

"파브리스! 너 술 같은 것 마셨니? 그래서 머리가 이상해진 거아냐?" 타라는 걱정스런 목소리로 말했다.

파브리스는 타라를 똑바로 쳐다보지 못하고 시선을 피하면서다시 흥분했다.

"그런 농담하지 마, 비위에 거슬리니까!"

건성으로 듣고 있던 타라는 문득 뭔가를 깨달은 듯 벌떡 일어나서 세 걸음 뒤로 물러섰다.

"그래, 그거야! 수수께끼!"

파브리스는 어리둥절해서 쳐다봤다.

"수수께끼가 뭐?"

"이제 그만 연극을 끝내시지! 수수께끼에 미친 너를 보니까 수수께끼가 풀리고 있거든! 패밀리어를 의무실에 두고 돌보지 않는것도, 예전에 비해 너무 자신만만하게 나서는 것도 수상하더니! 안니힐루스 주문을 생각해내서 최고 마구스들을 몰살할 뻔한 것도 너였어! 따라서 넌 파브리스가 아냐! 그래서 말도 안 되는 소리를 지껄이고 있는 거야. 당신…… 사냥꾼이지? 드라고쉬 선생님의 약혼녀 뱀파이어이자 마지스터의 오른팔인 사냥꾼?"

일순간 놀라는 것 같던 파브리스의 얼굴이 이상하게 변하기 시작했다.

"무슨 소리! 사냥꾼이라니? 너를 사랑한다고 말하는데 고작 한다는 말이 내가 뱀파이어라고? 그것도 여자 뱀파이어라니! 우리둘 다 대화하는 공부 좀 해야겠다! 나는 사냥꾼이 아냐. 훨씬 가공할 인물이라고!"

타라는 친구의 얼굴이 일그러지다가 주둥이가 흉측하게 변하는 모습을 보면서 공포에 질렸다. 송곳니들이 삐죽삐죽 나오고 귀는 뒤로 젖혀지고 이마가 사라졌다. 온몸이 뻣뻣하고 짧은 털로 뒤덮이더니 갈퀴발톱이 손가락의 연한 살을 뚫고 나오면서 피가 흘렀다. 고통스러운지 그는 비명을 질러댔다. 엉덩이와 골반이 불거져 나오고, 허벅지 근육과 살이 부풀어오르면서 마법복이 뜯어졌다.

영화에서 남자가 늑대로 변신할 때 여자들은 왜 하나같이 빨리 도망치지 않고 지켜보고 있다가 잡아먹히는지 이해할 수가 없더니 타라는 이제 그 이유를 알았다. 두려워서인지, 홀려서인지 발을 떼려야 뗄 수가 없었다.

파브리스에게 무슨 일이 생긴 것이 분명했다. 무엇인가가 파브리스로 둔갑해 있는 것이었다. 상당히 공격적인 털북숭이 동물이라……. 지난번 타라와 맞서 싸운 뒤로 여자 뱀파이어가 변신술을 바꾼 것이 아닌 한 사냥꾼은 아니라는 것인데…….

새로 생긴 척추 때문에 똑바로 설 수가 없는지 엉거주춤 웅크리고 있던 괴물이 몸을 세웠다.

"어떠냐? 나쁘지 않지?" 괴물이 송곳니를 드러내면서 으르렁거렸다.

"화장실에 가서 거울 좀 보고 오시지!" 하고 차갑게 내뱉는 타라의 두 손에서 파란 빛이 번쩍였다. "너는 누구냐? 내 친구 파브리스를 어떻게 했어?"

"그 어린 파브리스? 그 애송이? 그 겁쟁이? 그 용기 없는 꼬마 파브리스? 걔는 죽었어!"

25
파브리스 박사와 아무개 씨

*

타라는 가슴이 찢어지는 것 같았다. 눈물을 뚝뚝 흘리면서 울부짖는 타라의 두 손에서 파란 빛이 점점 더 강렬해지고 있었다.

"네가 죽였지? 내가 친구의 원수를 갚아 주겠다!"

괴물이 주문을 읊으려고 했지만 타라는 그럴 겨를을 주지 않았다. 주문을 읊지 않고 생각만으로 실행하는 방법을 단련해온 타라의 마법이 먼저 작동했다.

그러나 회심의 일격은 표적을 살짝 빗겨서 벽을 관통했다. 마침 방으로 들어서던 무아노가 괴물을 향해 날아가는 광선을 방해했던 것이다. 그러고는 굉장히 놀랐는지 대번에 야수로 변하면서 외쳤다.

"타라! 멈춰!"

타라는 무아노가 그렇게까지 놀라는 것이 이상했다. 밤에도 깃이 목까지 올라오는 잠옷을 입고 있더니 왜 계속 답답하게 목을 가리고 있을까, 아무래도 점점 더 수상한 생각이 들었다. 파브리스에게 무슨 일이 생겼고, 그 영향으로 무아노가 괴물의 목숨을 구해준 것이라면? 뱀파이어에게 물리면 독성이 있는 침 때문에 꼭두각시처럼 뱀파이어의 조종을 받는다는데 혹시 무아노도?

타라는 눈치채지 못하게 마법의 강도를 조절하고 있었다. 무아노를 죽이려는 것이 아니라 무력하게 만들 생각으로 타라가 두 손을 뻗는 순간 놀랍게도 야수가 괴물에게 달려들었다. 괴물과 야수는 나뒹굴면서 격렬하게 싸웠다. 갈퀴발톱들의 현란한 움직임에 털이 사방으로 날아다니는데 우열을 가리기 힘든 막상막하의 대결이었다. 야수는 키가 훨씬 크고, 괴물은 훨씬 공격적이었다. 그런데 타라가 보기에 야수는 다치지 않게 하려고 애쓰는 반면에 괴물은 싸움을 맘껏 즐기는 것 같았다. 야수의 금빛 털이 이내 붉게 얼룩졌다. 무아노가 지고 있었다. 저대로 지고 말 것인가? 그럼 그렇지, 어느 틈에 반격을 시도한 야수가 괴물을 벽에 내동댕이쳤다. 쾅당! 괴물의 눈에 별이 그려지는 틈을 타서 야수가 이번에는 가차없는 발길질로 괴물을 때려눕혔고, 타라를 향해 돌아섰다. 야수가 토해내는 숨소리가 꼭 대장간의 풀무 소리 같았다.

의심스러운 눈으로 쳐다보는 타라의 두 손이 번쩍거리고 있었다.

"무아노? 너 괜찮아? 무슨 일 있는 거지? 이놈이 파브리스를 죽였다는 걸 알면서 왜 목숨을 살려주는 건데?"

"파브리스니까." 무아노는 힘없이 대답했다.

타라의 눈이 동그래졌다.

"파브리스라고? 하지만……."

"내가 다 설명해 줄게. 일단 레파루스 주문으로 치료부터 해주면 좋겠어."

방어자세를 취하던 타라는 꿈쩍도 않는 야수를 보면서 레파루스 주문을 작동했다. 상처가 아물자 야수는 널브러진 괴물을 안아서 침대에 눕혔다. 그리고는 아무런 설명 없이 밧줄로 괴물을 묶기 시작했다. 그런데 발부터 묶는 실수를 저지르고 말았다. 야수가 고개를 드는 순간 괴물이 권총을 들이대고 있었으니!

"요건 몰랐을 거다!" 괴물이 빈정거리듯 내뱉었다.

야수도 놀라고 타라도 놀랐다.

"나한테 꼭 필요한 무기라서 말야." 괴물이 거들먹거리면서 말했다.

"우리의 친구 실라르의 방에서 훔쳤지. 이렇게 요긴하게 써먹을 때가 있을 줄 알았지 내가. 자, 어서 나를 풀어!"

무아노가 꾸물거리자 괴물이 고함을 질렀다.

"당장!"

무아노는 체념한 듯 갈퀴발톱으로 밧줄을 끊었다. 그러고는 뒷걸음쳐서 권총 위협을 받고 있는 타라 옆에 섰다.

괴물이 침대에서 펄쩍 뛰어내리면서 말했다.

"와, 이거 기분 괜찮네! 이제부터는 내가 세상에서 가장 강력한 마법사와 랑코비트에서 가장 무시무시한 야수를 조종할 수 있게 됐어. 무아노, 내가 확인해 봤는데 너의 조상인 최초의 야수는 너보다 훨씬 키가 작더라! 너희들이 나의 멋진 병기가 될 줄이야! 야호! 이젠 모든 것이 내 손아귀 안에 있다!"

야수와 괴물의 싸움을 지켜보면서 뇌를 빠르게 회전하던 타라가 드디어 입을 열었는데 아주 싸늘한 목소리였다.

"그런데 파브리스, 아까 우리를 둘 다 사랑한다면서 우리와 결혼하고 싶다고 말했지? 무아노도 알고 있어?"

"뭐라고?"

야수의 눈에 질투의 불꽃이 튀었고, 괴물은 어쩔 줄 몰라 쩔쩔매면서 목청을 가다듬었다.

"어, 그게 그러니까 내가 아까 한 말은……."

"어이가 없어서 말이 안 나온다!" 심한 모욕을 받은 무아노가 소리쳤다. "이런 사기꾼을 친구라고 생각했으니!"

그것은 타라가 전혀 예측하지 못했던 반응이었다. 사기꾼? 화가 머리끝까지 난 야수는 괴물이 보지 못하게 그 앞을 가로막고 서서 타라에게 입술만 벙긋거리는 것으로 무언의 신호를 보냈다.

"지금!"

그리고는 무아노가 재빠르게 바닥에 엎드려 주자 타라는 마법의 광선을 날릴 수 있었다. 번개를 맞은 괴물은 쿵! 그 자리에서 쓰러졌다.

"휴!" 타라는 이마를 닦으면서 물었다. "무아노, 괜찮아?"

무아노는 권총을 빼앗아서 서랍에 넣고 열쇠로 잠그면서 다부지게 말했다.

"자존심이 상한 것만 빼고는 다 괜찮아. 약을 먹여야 돼. 내가 준비하는 동안 포쿠스 주문으로 마비시켜 놔."

"무슨 약?"

"바보 같은 짓을 저지른 애와 나를 고칠 약!"

타라는 점점 이해할 수가 없었고, 특히 가시가 돋친 것 같은 어조가 마음에 걸렸다.

"무아노, 도대체 무슨 일인지 이젠 설명해 줄래?"

"내 부탁부터 들어줘. 필요한 것을 가져온 다음에 전부 말해 줄게."

무아노는 타라의 대답을 듣지도 않고 이미 나가고 없었다. 타라는 한숨을 쉬면서 무아노의 부탁대로 파브리스를 마비시켰다. 궁금해서 미칠 지경인 타라는 파브리스가 깨어나기만 기다리고 있었다. 파브리스가 몸은 움직이지 못해도 말은 할 수 있기 때문이었다.

무아노는 냄비 하나와 유리병을 잔뜩 들고 돌아왔다. 그리고 불의 원소를 불러서 벽난로에 불을 지폈고, 악취가 나는 초록색 액체를 냄비에 부었다.

타라는 인내심에 한계를 느낀다는 얼굴로 내뱉었다.

"이제 처음부터 다 말해. 아니면 털북숭이 두꺼비로 만들어버리겠어!"

무아노는 시선을 마주치지 않으려고 애쓰면서 황당무계한 이야기를 시작했다. 파브리스는 작년부터 흰색, 회색, 검은색…… 색깔로 구분하는 온갖 종류의 마법서, 마법에 관련된 것이면 원고뭉치든 양피지 문서든 책이든 할 것 없이 닥치는 대로 탐독했다. 그러다 보니 누구도 관심을 갖지 않아서 먼지만 뽀얗게 쌓인 양피지 문서에나 존재하는 거의 알려지지 않은 주문, 잊혀진 주문을 발견하게 되었다. 친구들에 비해 마법 능력이 떨어지는 것이 늘 불만이던 파브리스는 인위적으로 마법 능력을 향상하기로 결심했다.

"그게 가능해?" 타라가 호기심이 동하는 어조로 물었다.

"묘약과 주문을 사용하면 가능한데 누군가 도와줘야 해. 나를 찾아와서 도움을 청하더라고. 몇 달 동안 둘이서 같이 연구를 했어. 네 생일파티를 하는 날 최종 실험을 했지. 저녁을 먹기 전에 파브리스는 마지막 묘약을 마셨고, 잘 되어 가는 것 같았어. 그런데 한밤중에 와서 나를 깨우는 거야. 너무 고통스러워해서 밖으로 나갔어. 묘약이 역효과를 내는 거라고 생각하고 있는데 파브리스가 괴성을 질러대더니 변신을 하는 거야. 눈 깜짝할 사이에 우리가 좀 전에 싸웠던 괴물로 변하더라고."

무아노는 눈물을 뚝뚝 흘리면서 고개를 떨구었다.

"지킬 박사와 하이드 씨가 생각나네. 내가 지금 스티븐슨의 소설을 읽고 있는 건 아니겠지……!?" 너무 어이가 없다는 얼굴로 잠시 혼잣말을 중얼거리던 타라는 얼른 무아노를 쳐다봤다. "그래서?"

"그러더니 내 목을 깨물었어. 나를 죽일 수도 있는데 내가 자기 여자친구라서 살려 주는 거라면서 이빨자국만 남기더라고. 그러고는 다시 파브리스로 변신하더니…… 나한테 키스를 하는 거야."

"어머머……." 타라는 얼굴이 빨개졌다. "정말 파브리스가 그런 짓을 했단 말야?"

"그건 진짜 파브리스가 아니라 그를 대신하는 존재였어!" 무아노는 퉁명스럽게 말했다. "나는 꼭두각시가 된 것처럼 복종하면서 일단 방으로 돌아온 뒤에 약병을 숨겼어."

그래, 맞다. 타라는 무아노가 침대로 돌아와서 무엇인가를 서랍에 넣는 것을 보았던 기억이 났다. 그리고 비명소리 같은 것을 들었던 기억도 났다. 잠결에 잘못 들은 것으로 알았더니, 맙소사!

"구제할 방법은 한 가지밖에 없어." 무아노가 말을 이었다. "원래 그 약은 무해한 것이 정상인데 파브리스에게는 위험한 약이 되었잖아. 그래서 어떻게 된 일인지 이유를 찾다가 마침내 알아냈어."

"그게 뭔데?"

"나였어." 무아노는 한숨을 쉬었다. "틀림없이 내 눈썹이나 머리카락 한 가닥 아니, 야수의 털이 혼합물에 떨어졌던 거야. 칼을 탈옥시킬 목적으로 오무아 궁전에 있는 사람들을 잠들게 하려고 만들었는데 내 털이 떨어졌기 때문에 폭발성 데스트룩투트로 변했던 물약 기억나지? 그때와 비슷한 일이 일어난 거야. 내 온몸은 저주받은 야수의 낙인이 찍혀 있어. 그래서 털이든 머리카락이든 들어가는 순간 혼합물이 변질되었고…… 파브리스 역시 일종의 야수로 둔갑했던 거야. 파브리스와 패밀리어의 관계가 깨진 것도, 바룬이 아픈 것도 그 때문이야."

그 동안 계속 의문으로 남았던 많은 일이 이제야 명확해졌다.

"평소에 그렇게 신중한 파브리스가 안니힐루스 주문을 생각해 낸 것도 그렇고, 태도가 갑자기 거만해진 것도, 패밀리어에 대한 태도도 그렇게 표가 났는데 파브리스의 모습을 하고 있다는 이유로 전혀 의심도 하지 않았어! 내가 좀 더 일찍 알아챘어야 했는데!"

"누구도 알아챌 수 없었어. 네가 의심을 하는 순간 파브리스도 그 상황에 맞춰서 대응했을 테니까. 그리고 나는 치료할 방법을 찾는 중이라서 아무 말도 하고 싶지 않았어. 재료를 모두 준비하려면 시간이 많이 걸리기 때문에."

그렇게 중대한 일을 숨겼던 것에 대한 친구의 설명이 미흡하다는 생각에 타라는 경계를 늦추지 않으면서 이상한 식물과 곤충, 정체불명의 물질을 초록색 액체에 집어넣는 친구를 잠자코 지켜봤다.

"이제 됐어. 묘약의 효능을 없앨 수 있어." 혼합물을 휘저으면서 무아노가 말했다.

"윽! 너 정말 이걸 파브리스에게 먹이고 싶어?" 타라는 고약한 냄새를 풍기며 냄비에서 부글부글 끓는 액체를 보면서 말했다. "걔가 너한테 한 짓에 비하면 이건 너무 약한 벌이야!"

무아노는 고백을 시작한 뒤 처음으로 얼굴을 들고 타라의 눈을 쳐다봤다.

"선택의 여지가 없어. 나를 도와주고 모든 신에게 빌어 줘."

무아노와 타라는 혼합물이 식기를 기다렸다. 그 사이에 깨어난 괴물이 생전 들어보지 못한 온갖 욕설을 내뱉고 있었다. 무아노가 마침내 준비된 약을 움켜잡고 다가서자 괴물은 한 방울도 넘기지 않기로 작정한 듯 머리를 세차게 흔들었다.

"안 돼, 난 다시 겁쟁이가 되그 싶지 않아. 마법 능력도 떨어지고, 힘도 없는 얼간이가 싫단 말야!"

타라는 성난 얼굴로 괴물 앞에 버티고 섰다.

"파브리스는 내가 아는 애들 중에서 가장 용감한 소년이야. 걔는 자신의 능력이 우리들보다 좀 약하다는 걸 잘 알면서도 나를 위해 위험을 무릅쓰고 맞서 싸웠어. 그리고 무시무시한 자이언트 거미의 수수께끼에 과감하게 도전해서 우리 목숨을 구해줬어. 또 그 근육질 몸은 어떻고. 너는 걔 따라가려면 한참 멀었어. 파브리스에 비하면 넌 아무것도 아냐!"

타라가 쏟아내는 칭찬에 어리둥절한 괴물은 멍하니 입을 벌리고 있었다. 무아노는 그 틈을 타서 얼른 약을 괴물의 아가리에 부었고, 눈 깜짝할 사이에 몸과 손발에도 발라주었다. 숨이 막히는지 괴물이 아가리를 다시 벌리는 순간 무아노는 나머지 약을 마저 쏟아넣었다. 약을 꿀꺽 삼킨 괴물이 또 욕설을 내뱉을 때 타라는 덜덜 떠는 파브리스의 몸을 담요로 덮어주었다.

"고마아아아워." 파브리스는 이를 악문 채 말했다. "실패애애애하는 거 아냐? 으흐흐, 추우우우워 주우우욱겠어!"

"충격 때문이야." 인간의 모습으로 돌아온 무아노는 파브리스의 이마를 토닥이면서 말했다. "약이 듣고 있다는 증거야. 이것봐, 정상으로 돌아오고 있잖아."

그 순간 엄청나게 큰 울음소리가 쩌렁쩌렁 울렸다.

파브리스가 갑자기 머리를 쳐들었다.

"바룬이야! 분명해. 잃었다고 생각했는데 다시 느껴지고 있어!"

파브리스는 친구들을 보면서 외쳤다.

"당장 만나러 가야겠어!"

"담요를 걸치고 갈 수는 없지" 하고 말하면서 타라는 주문을 읊었다. "아빌루스의 이름으로 내 친구에게 당장 옷을 입혀라!"

화려한 턱시도를 입고 있는 자신의 모습에 놀란 파브리스가 이건 아니지! 라는 뜻으로 머리를 설레설레 젖자 타라는 어깨를 으쓱했다. 청바지와 티셔츠를 생각했는데 어찌된 영문인지 모르겠다는 타라의 말을 들으며 파브리스는 돌아서서 나가려다 무아노를 바라봤다.

"우리 나중에 얘기 좀 하자." 파브리스는 무아노의 눈을 똑바로 바라보면서 말했다. "나였던 괴물이 한 말이 다 거짓말은 아냐. 너무 소심해서 너에게 고백하지 못했는데 지금은 어리석었다고 생각해. 그러니까 우리 나중에 대화를 좀 해야 된다는 거 알지? 그리고 나를 용서해 줘. 전부 다. 사과할 것이 너무 많아."

그렇게 말하고 나서 파브리스는 방을 나갔다. 무아노는 농익은 토마토처럼 빨개져서 중얼거렸다.

"무슨 뜻으로 하는 말이지?"

타라는 하늘을 쳐다보고 나서 미소를 지었다.

"무슨 뜻이긴? 너를 좋아한다는 뜻이잖아! 이번 일로 너희 둘 다 하마터면 죽을 뻔했지만 내 생각에는 그 위험 때문에 사랑한다는 걸 깨달은 것 같아."

타라는 사랑에 빠져본 적이 없기 때문에 아니, 사랑에 빠질 겨를이 없었기 때문에 사랑이 뭔지도 모르지만 영화나 드라마를 통한 간접경험이 충분해서 그 정도는 알 수 있었다.

무아노가 배시시 웃었다.

"그렇게 생각해? 걔가 좋아한다고? 나를?"

"네가 아니면 그럼 누구겠어? 너는 어떤데?"

긴 한숨을 토해내는 무아노의 어깨가 축 늘어졌다.

"모르겠어. 남자애들은 정말 복잡해. 금방 사람을 깨물어놓고서 또 언제 그랬냐는 듯이 키스를 했어. 그걸 어떻게 생각해야 해?"

타라는 콧등을 찡그렸다.

"음…… 깨물었다는 것 말야, 너의 목을 물었던 건 괴물이지 파브리스가 아니었잖아. 정상적인 상황이 아니었으니까 그건 너무 심각하게 생각하지 마. 솔직히 말해서 나는 걱정할 일이 많아서 남자에게 신경 쓸 겨를이 없어. 하지만 파브리스와 네가 커플이 되는 건 찬성이야. 파브리스는 나의 가장 오랜 친구고, 너는 나의 가장 친한 여자친구잖아. 난 환상적인 커플이라고 생각해."

"질투하는 건 아니지? 나는 네가……."

"뭐, 질투?"

타라는 어이없는 얼굴을 했다.

"농담하니? 파브리스는 그냥 친구야. 난 걔를 이성으로 생각해 본 적이 없어. 오히려 베티…… 무아노, 저기, 내 말은……."

말이 목구멍에 걸린 듯 더는 나오지 않았다. 맙소사, 내가 무슨 말을 한 거야? 타라는 엉뚱한 말을 내뱉은 방정맞은 입을 때려 주고 싶은 심정이었다.

"괜찮아, 타라. 파브리스가 너희들의 친구 베티를 좋아했다는 거 나도 알고 있어."

"하지만 파브리스는 이제 아더월드에서 살아! 그리고 예쁜 무아노, 너를 좋아하고 있고!"

"인간의 모습을 하고 있을 때는 내가 얼마나 한심하게 느껴지는지 몰라. 소심한 데다……, 네 덕분에 나았지만 나는 언제 또다시 말을 더듬게 될지 몰라. 파브리스 앞에서는 입이 얼어붙는단 말야. 그래서 걔는 내가 자기를 좋아하지 않는다고 생각해. 그리고……."

타라는 무아노를 뚫어져라 쳐다보면서 말을 끊었다.

"그럼 말하지 말고 곧바로 입을 맞춰. 그 다음에 누가 더 말을 못하는지 확인해봐!'

무아노는 인상까지 쓰면서 아주 진지하게 뭔가를 생각하더니, 눈썹 하나 까딱 않는 타라를 쳐다보면서 말했다.

"알았어, 나 가볼게."

"어디 가는데?"

"파브…… 아니, 바룬이 괜찮은지 보러."

아하! 바룬, 당연히 바룬과도 잘 지내고 싶겠지……. 타라는 웃음을 참느라고 입술을 깨물었다.

"암, 가봐야지! 그럼 이따 보자! 그리고 내 안부도 전해 줘!'

쏜살같이 뛰어나가던 무아노가 눈이 동그래져서 획 돌아봤다.

"왜? 바룬에게 안부 전해달라는데!' 하고 소리치는 타라는 금방이라도 웃음이 터질 것 같은 얼굴이었다.

무아노는 혀를 쏙 내미는 타라를 뒤로 하고 의무실을 향해 달려갔다. 파브리스는 무아노가 들어온 것을 알아채지 못하고 있었다. 파브리스가 매머드를 끌어안고 연신 사과의 말을 늘어놓으면서 후회하는 동안에 파란 매머드는 목이 터질까 걱정이 될 정도로 환호성을 내지르고 있었다.

그 모습을 지켜보는 무아노는 심장이 벌렁거렸다. 파브리스는 어쩌면 저렇게 매력적일까! 눈 위로 흘러내리는 금발, 긴 속눈썹, 깊은 눈, 무아노는 파브리스의 모든 것이 멋있었다. 그런데 쟤는 나를 어떻게 생각할까? 예쁘다고? 귀엽다고? 못생겼다고?

무아노는 불안했다. 파브리스가 아까 한 말이 단지 기적의 약을 만들어준 것에 대해 고마운 마음을 표현한 것이었다면? 사랑에 빠진 것이 아닌데 혼자 착각한 것이라면? 무아노가 슬그머니 도로 나가려고 할 때 무심코 고개를 들던 파브리스가 반기는 얼굴로 불렀다.

"글로리아!"

무아노는 깜짝 놀랐다. 모두들 별명을 부르는데 왜 갑자기 내 이름을 부르는 거지? 새삼스럽게 내가 왕족 혈통이라는 것을 강조하는 이유가 뭘까? 신분 차이라는 핑계로 자기는 나를 좋아할 수 없다는 것을 인식시키려는 건가?

무아노가 이런 저런 생각으로 혼란스러워하고 있을 때 파브리스는 매머드를 놓아주고 다가왔다. 파브리스는 다정한 눈길을 보내면서 무아노의 손을 잡았다.

"네가 나를 살려줬어. 이 고마운 마음을 어떻게 표현해야 할지 모르겠어. 타라가 나를 스테이크로 만들려고 했는데 당연하다고 생각해. 내가 한 짓을 생각하면 그것도 과분하지!"

파브리스가 무아노의 손을 잡은 손가락에 힘을 주고 있었다. 그러나 한 가지 생각밖에 없는 무아노가 속삭이듯 물었다.

"왜 나를 글로리아라고 불렀어?"

파브리스의 눈이 똥그래졌다. 전혀 뜻밖의 질문에 파브리스는 눈살을 찌푸렸다. 아직 원망하고 있는 건가? 파브리스는 얼른 손을 놓고 물러섰다. 그런 몹쓸 짓을 해놓고서 무아노가 좋아해 줄 거란 생각을 하다니!

"왜냐하면 넌 영광스러운 글로리아고, 랑코비트를 지키는 강력한 야수니까. 나는 네 별명이 싫어. 참새는 너와 전혀 어울리지 않아. 글로리아, 네 이미지는 오히려 독수리라고!"

파브리스가 보내는 찬사의 눈빛에 무아노는 숨이 멎을 것 같았다. 영광스러운 이미지, 용맹한 독수리의 이미지로 보고 있다니!

무아노가 아무런 반응을 보이지 않았기 때문에 파브리스는 영영 마음을 돌이킬 수 없게 된 것이라고 생각하고 고개를 떨구었다. 사실 무아노는 뭐라고 대답하고 싶었지만 감정이 복받쳐서 아무 말도 할 수 없었다. 타라가 뭐라고 했지? 더는 생각하지 말기로 하고 무아노는 파브리스에게 다가섰다. 그러고는 그의 얼굴을 들어올리고 까치발로 서서 입을 맞추었다. 그 순간은 세상이 멈춘 것 같았다. 눈을 뜨고 있던 무아노는 불시에 입맞춤을 당해 사팔눈이 된 파브리스를 보면서 얼른 눈을 감고 속으로 빌었다. 안 돼, 오, 제발! 지금은 절대로 웃으면 안 돼······!

무아노는 한 걸음 물러서서 눈을 떴다. 아무 말도 못한 채 멍하니 쳐다만 보고 있던 파브리스가 그제야 내뱉었다.

"와!"

무아노가 뭐라고 하기 전에 파브리스는 몸을 숙이고 입을 맞췄다. 그것이 무엇보다도 효과적인 답변이라고 생각한 듯이······.

파브리스가 무아노-독수리-글로리아에게 온갖 사과의 말로 용서를 빌고 또 빌면서 입맞춤을 퍼붓는 동안 타라는 아무도 낌새를 채는 일이 없도록 핏자국을 없애고 있었다. 자꾸만 안도와 기쁨이 섞인 웃음이 나서 혼자 깔깔대고 웃다가 눈물까지 흘렸다. 타라의 기분을 알아챈 살아 있는 돌도 덩달아 탁자 위에서 번쩍거렸다.

타라는 심호흡을 하면서 얼굴을 닦았다. 그 사건은 완전히 정신 나간 짓이었지만 두 친구의 러브스토리에 대해서는 축하해주지 않을 수 없었다. 파브리스가 여자 뱀파이어가 아니어서 얼마나 천만다행인가! 잠시나마 목숨을 잃을까 두려움에 떨지 않았던가. 생각에 잠겨 있던 타라는 어머니가 방에 들어왔을 때 소스라치게 놀랐다.

"타라, 안 자고 있었니?"

무슨 일이 있었는지 설명한다는 자체가 부질없는 것 같아서 타라는 짤막하게 대답했다.

"생각할 것이 좀 있었어요. 이제 막 자려던 참이었어요."

셀레나는 이마를 찌푸리긴 했지만 꼬치꼬치 묻지는 않았다.

"나는 잘 자라는 말을 하려고 온 거야. 그리고 네가 아주 자랑스럽다는 말도 해주고 싶구나. 네가 여제 후계자라서 하는 말이 아냐. 너는 나의 소중한 딸이고 내 삶의 전부야. 그런 너에게 사랑한다는 말도, 보고 싶다는 말도 못한 채 10년이란 세월을 헤어져 살았어. 내가 얼마나 너를 사랑하는지!"

타라는 행복한 미소를 지었다.

"고마워요, 엄마. 나도 사랑해요."

어머니는 피곤한 딸을 배려하는 마음에서 마지못해 돌아섰다. 문을 열던 셀레나는 믿을 수 없는 광경에 붙박인 듯이 섰다. 방문 앞을 지키는 보초 두 명이 보거나 말거나 메델루스와 마리안나가 열렬하게 포옹하고 있었던 것이다.

26
사냥꾼

*

타라는 어머니의 괴로움을 생각하면서 그런 아픔을 주는 남자에게 격분했다. 타라는 할 수만 있다면 방문을 닫고 시계바늘을 돌려 몇 초 전의 일을 싹 지워버리고 싶었다.

보초 둘은 무표정한 얼굴로 차려 자세를 취하고 있었다. 메델루스의 품을 벗어난 마리안나가 방으로 들어오자 최고 마구스는 마치 꼭두각시처럼 따라 들어왔다. 마리안나는 교태를 부리면서도 거북한 기색은커녕 아주 뻔뻔해 보였다. 게다가 메델루스는 그들에게 끈적거리는 미소까지 흘리면서 외쳤다.

"빅뉴스를 알려주러 왔지요. 나는 마리안나와 결혼하기로 했소!"

너무 놀란 셀레나는 딸꾹질을 했다. 1년을 쫓아다니면서 구애하던 남자가 하루아침에 다른 여자와 결혼을 한다는데 어떻게 놀라지 않을 수 있겠는가! 마치 머릿속에서 모든 것이 뒤죽박죽이 되는 듯 셀레나는 이성적인 행동이 불가능했다. 그토록 온화하던 여자가 고함을 지르면서 마리안나에게 달려들었다.

"도대체 무슨 짓을 한 거죠? 어떻게 홀려 놨기에? 저 사람은 내가 아는 메델루스가 아니에요!"

기습을 피하지 못한 마리안나가 쓰러지자 셀레나는 타고 앉아서 따귀를 갈겼다. 그러나 불행히도 마리안나는 금세 정신을 차렸고, 셀레나의 두 손을 움켜잡더니 예상 밖의 힘으로 제압했다.

메델루스가 개입해서 두 여자를 떼어놓으려는 순간 타라는 심술궂은 미소를 지으면서 마법을 작동했다. 메델루스는 광선이 날아오는지도 모르고 있다가 엄청난 통증을 느끼면서 쓰러졌다. 얼마나 순식간에 일어났는지 넘어질 때의 충격 방지를 위해 득달같이 달려온 소파가 허탕을 칠 정도였다.

타라는 살벌하게 싸우는 두 여자에게 정신을 집중하고 있었다. 마리안나가 유연한 몸놀림으로 셀레나를 넘어뜨리는데 그 힘이 놀라웠다.

"오 예! 예쁜 사냥감이 제법 발톱을 세우네!"

"어머니를 놓아줘요, 아니면 후회할 거예요!" 타라는 냉랭한 목소리로 소리쳤다.

마리안나가 타라의 번쩍이는 손을 쳐다보면서 슬금슬금 피하는 반면에 아직 분이 풀리지 않은 셀레나는 벌떡 일어났다. 그 순간 무심코 넘길 뻔했던 마리안나의 말 중에서 뇌리에 박힌 말이 되살아났다. 예쁜 사냥감……? 상황 파악이 되는 것 같았다.

"엄마, 물러서요. 어서요!"

그 목소리가 어찌나 다급한지 셀레나는 자동적으로 복종했다.

타라는 두 손으로 마리안나를 겨냥하면서 심호흡을 했다.

"그 말투가 이상해. 마리안나는 내 어머니에게 사냥감이라는 표현을 쓸 리 없어. 안 그런가 사냥꾼?"

셀레나는 타라 뒤에서 숨을 돌리고 있었다. 입술을 깨무는 것으로 보아 마리안나가 당황한 것이 역력했다.

"에잇, 썩은 인간!" 마리안나는 으르렁거렸다. "보스가 실망하겠지만 할 수 없지."

별안간 갈색 눈이 핏빛으로 변하고, 우윳빛 살이 창백해지고, 색이 엷어지던 머리털이 은빛 폭포를 이루었다. 드레스 대신에 검정 가죽바지, 근육질 어깨와 개미허리를 드러낸 민소매 티셔츠 차림, 그러고는 얼굴이 일그러지면서 광대뼈가 불거지더니 여자 뱀파이어 셀렌바의 냉기가 묻어나는 얼굴이 나타났다. 마리안나가 마지스터의 심복인 사냥꾼이었다니!

셀렌바는 흉포한 고양이처럼 기지개를 켜더니 아주 당당하게 말했다.

"어휴, 이제 살 것 같네. 이 변신은 정말 짜증났었는데!"

"마리안나를 어떻게 했죠?" 타라는 가슴을 졸이면서 소리쳤다.

"아주 맛있더군." 여자 뱀파이어는 아무렇지도 않게 대답했다.

"그 말은 그녀를……."

"그래, 죽였어. 꽤 반항적이었지만 피는 양이 아주 많고 과일 맛이 나는 게 아주 훌륭했지."

너무 화가 난 타라는 흰 머리털이 찌지직거리면서 마법이 강해지고 있었다. 그러나 셀렌바가 선수를 쳤다. 한 손으로 메델루스를 가볍게 들어올린 셀렌바는 다른 한 손의 갈퀴손톱으로 메델루스의 목을 후벼팔 기세였다.

"가만히 있어, 아니면 이자의 목을 따버릴 테니까. 레파루스 주문 따위로는 이 얼빠진 머리통을 영영 붙이지 못하게 해줄까, 엉?"

타라는 꼼짝하지 않았다. 그러자 여자 뱀파이어는 약간 부드러워졌다.

"암, 그래야지. 엔디게를 이리 내놔, 그러면 내가……."

"잠깐!"

셀레나의 외침에 휙 날아오르던 뱀파이어가 동작을 멈췄다.

"왜 마리안나를 죽이고 메델루스를 공격했죠? 메델루스에게 왜 그랬어요? 원하는 것이 뭐예요?"

"나의 보스가 당신에게는 이상할 정도로 쩔쩔매는 것 같단 말야. 내 생각에는 보스가 당신을 사랑하는 것이 분명해!"

타라는 위가 뒤집히는 것 같았다. 셀레나도 토할 것 같은 얼굴을 하고 있었다.

"내가 도저히 눈꼴이 시어서 봐 줄 수가 있어야지." 셀렌바는 이글거리는 눈빛으로 으르렁거렸다. "그래서 당신을 폭탄으로 제거하려고 했는데 운 좋게 잘도 피하더군."

"그럼 '안티매직'이라며 메시지를 남겼던 범인이 당신이란 말예요?" 타라가 외쳤다. "그 테러도 전부 다 당신이 저지른 것이었고요?"

"그 멍청한 비마들은 마법사를 시기하고 있어서 조종하기가 아주 쉬웠지!" 뱀파이어가 거만하게 말했다. "그리고 안티매직 단체는 이미 존재하고 있었고, 나는 그 조직책 중 하나일 뿐이야. '안티매직'을 이용해서 비마들과 마법사들을 갈라놓고 적으로 만드는 일은 식은 죽 먹기였지. 네 어머니와 너를 없앨 틈을 노렸는데 아주 과잉보호를 받고 있더군. 트롤은 좀처럼 너를 떠나지 않았고, 메델루스는 셀레나에게 찰싹 붙어다니고……. 그래서 일을 꾸밀 필요가 있었지. 보스의 눈에 사고로 보여야 했으니까.

너희들의 목을 부러뜨리거나 피를 빨아먹으면 간단한데 말야!"

그 순간 알아차린 타라가 말했다.

"사고요? 질투 때문에? 그러니까 당신은 마지스터를 사랑하기 때문에 내 어머니를 죽이려고 했군요!"

"사랑한다기보다는 그를 갖고 싶은 거지. 그의 능력도 아울러서. 범인이 나라는 걸 보스에게 들키지 않으려면 네 어머니의 연인과 너의 보디가드 그르룰을 먼저 없애버리는 것으로 혼선을 주는 것이 상책이었어. 분명히 숨이 끊어졌다고 생각하고 벽장 안에 넣었는데 메델루스는 예상보다 질긴 놈이더군. 그래서 나의 완벽한 알리바이를 위해 메델루스 곁으로 돌아가서 나도 공격을 받은 것으로 꾸몄는데 너희들이 감쪽같이 속더군!"

"당신이 궁전에 어떻게 들어왔는지는 알아요." 타라가 외쳤다. "그 희귀하다는 스너피가 또 보여서 이상하다고 생각했는데 그게 당신이었어요!"

셀렌바는 어쭈! 하는 얼굴로 쳐다봤다.

"제법이구나!"

셀레나가 무슨 말인지 전혀 이해하지 못했기 때문에 타라가 설명했다.

"원정 채비를 하는 동안 고모가 스너피를 데리고 있었어요. 그런데 얼마 후 자르와 마라도 스너피와 같이 있더라고요. 궁전 안에는 스너피가 하나밖에 없기 때문에 그건 진짜가 아니었던 거죠. 따라서 셀렌바가 스너피의 모습으로 궁전에 침투해 있다가 어느 순간부터 마리안나 행세를 해왔던 거예요. 자르와 마라는 알고 있었죠?'

"아니, 그 아이들은 나를 스너피의 친구로 여기고 거리낌없이 도와줬지." 셀렌바는 아주 경멸하는 듯한 어조로 대답했다.

그러나 표정을 주시하고 있던 타라는 애써 시선을 피하는 셀렌바를 보면서 쌍둥이들에 대해 뭔가 숨기는 것이 있다는 확신을 가졌다.

"그 다음에는 메델루스를 유혹하는 연기를 했는데 타라, 너의 예리한 관찰력에는 정말 두 손들었다. 내 정체를 알아내다니! 그 점에 있어서는 보스의 생각에 동의해야겠어. 인생에서 너처럼 껄끄러운 존재는 처음 봤다고 하더니 그 말이 맞네."

"지구에서 스머글들에게 가짜 메시지를 보냈던 것도 당신이었죠?' 타라는 내친 김에 조목조목 들춰내겠다는 얼굴로 셀렌바를 쳐다봤다.

"아, 그거? 솔직히 말해서 네가 그렇게 쉽게 함정을 벗어날지는 정말 몰랐어."

타라는 대꾸도 않고 재차 물었다.

"사막에서 벌레가 공격한 것도, 퇴행 주문을 날렸던 것도 다 당신이 한 짓이죠?"

뱀파이어가 눈썹을 찌푸렸다.

"사막이라니?"

"여제의 궁전에 있는 사막에서 벌레들이 공격해서 나와 친구들이 죽을 뻔했어요."

셀렌바는 뱀파이어의 송곳니를 드러내고 웃었다.

"네가 나보다 적이 많은가 보다. 아니면 나의 적이 다 죽었던가! 어쨌든 사막 사건은 내가 모르는 일이다."

타라가 놀라는 얼굴을 하자 셀렌바는 빈정거렸다.

"그러나 여제의 거처에서 퇴행하는 레베르수스 주문을 날려서 너를 아기로 둔갑시킨 것은 나야. 너를 무력화하는 것이 얼마나 쉬운지 모든 사람에게 보여주기 위해 촬영까지 했지. 그리고 네가 나를 봤기 때문에 민투스 주문으로 기억을 지워버렸고. 자, 이제 네가 찾아온 물건을 내놔. 엔디게를 가져가면 나의 보스가 얼마나 기뻐할지! 메델루스를 살리고 싶다면 어서 내놔."

생각에 잠겨 있는 동안에도 타라의 손에서는 계속 파란 빛이 번쩍이고 있었다.

"그런데 나는 그러고 싶지 않거든요!"

처음으로 셀렌바가 당황했다.

"뭐라고?"

셀레나는 눈썹 하나 까딱하지 않았지만 타라는 어머니의 몸이 뻣뻣하게 굳는 것을 느꼈다.

"내 엄마랑 결혼하고 싶어하는 남자인데 당신 같으면 좋아할 수 있겠어요?" 타라는 경멸하듯 내뱉었다. "그러니까 목을 부러뜨리든 피를 다 빨아먹든 난 관심 없으니까 당신 마음대로 해요!"

거짓말인지 아닌지 간파하는 능력이 있는 뱀파이어는 타라가 진지하게 말하고 있다는 것을 알았다. 꼬마에게 당하고 있다는 것에 화가 나는지 뱀파이어는 휘파람을 불었다. 인질을 잘못 골랐다는 것이 아닌가. 어머니를 인질로 삼는 건데!

뱀파이어가 내려놓자 메델루스는 톱밥으로 속을 채운 인형처럼 푹 고꾸라졌다.

이윽고 위험하고 강력하고 날렵한 뱀파이어가 타라 앞에 마주 섰다. 타라의 파란 광선에 대응할 시커먼 불빛이 뱀파이어의 손에서 번쩍였다. 마지스터의 공범들은 늘 불의 힘을 이용했다. 저 주받은 왕홀의 힘은 아직 없는 것 같았다.

"좋았어. 네가 상대할 가치가 있는지 어디 한번 볼까?" 셀렌바는 결투를 신청하듯 말했다.

그러나 타라는 흉악한 뱀파이어와 싸우고 싶은 생각이 전혀 없었다.

타라는 마법의 빛을 껐다. 등 뒤에 서 있는 어머니는 숨을 죽였고, 뱀파이어는 움찔하더니 불쾌한 미소를 흘렸다.

"마노 아 마노? 맨손으로 대적하시겠다? 꼬마야, 약아빠진 것이 아니라면 넌 용기가 없는 거야."

갈퀴손톱을 세운 뱀파이어가 분명히 타라에게 달려들었는데…… 정작 벽에 딱 붙어 있는 것은 뱀파이어가 아닌가.

죽일 듯이 달려들던 뱀파이어의 모습이 어찌나 끔찍했던지 타라는 아직도 두방망이질 치는 가슴을 가라앉히면서 어머니에게 말했다.

"자동방어 시스템 주문을 걸었어요. 5, 4, 3, 2, 1, 얍!"

정확하게 들이닥친 산디아르와 친위대원들이 벽에서 떨어지려고 미친 듯이 날뛰는 여자 뱀파이어를 발견하고 눈이 휘둥그레졌다. 그들은 검을 빼어들고 조심스럽게 뱀파이어를 에워쌌다.

소식을 듣고 칼에 이어서 파프니르, 로빈, 자르와 마라까지 헐레벌떡 뛰어왔다. 여자 뱀파이어는 몸을 뒤틀고 있었다. 그런 상황에서 마법을 사용하리라고는 전혀 예상하지 못한 친위대원이 한눈을 파는 사이에 여자 뱀파이어는 자기 손을 깨물어서 허공에 피를 뿌렸는데 그것은 이런 위급한 상황이 발생했을 때 도망칠 수 있는 트란스미투스 주문과 같은 효력이 있었다.

바로 그때 뛰어드는 검은 늑대에 떠밀린 쌍둥이들은 뱀파이어의 발치로 굴러갔다. 드라고쉬 선생님이 마침내 약혼녀를 찾은 것이었다. 드라고쉬와 셀렌바가 맞붙어 싸우기 시작했고, 타라, 칼, 페가수스가 합세하는 사이에 쌍둥이들도 얼른 일어났다. 그러나 셀렌바의 마법은 이미 작동하고 있었다.

셀렌바의 주문에 걸려든 여섯 명이 모두 사라졌다. 그리고 셀렌바의 갈퀴손톱에 걸려서 타라의 귀에서 떨어지는 클릭 소리가 로빈의 가슴에 비수처럼 꽂혔다.

27
마지스터

*

　악몽 속에서나 볼 법한 풍경에 심한 현기증을 느끼는 타라의 얼굴에 흉측하게 생긴 기형의 악마들이 달려들었다. 셀렌바는 트란스미투스 주문으로는 먼 거리를 이동할 수 없기 때문에 공간 이동의 문을 이용하여 남은 거리를 벌충하고 있는 것이 분명했다. 혹시 지옥에 있는 문인가?

　어디로 가는지 의문을 가질 사이도 없이 그들이 유형화된 곳은 상그라브들이 우글우글했다. 전혀 예상하지 못했던 일인지 상그라브들이 시끌벅적했다. 셀렌바가 여러 사람을 데리고 온 것도 처음 있는 일이거니와 악착같이 목덜미를 물고 놓아주지 않는 검은 늑대까지 달고 왔으니 어찌 놀라지 않을 수 있을까. 누가 경악하거나 말거나 두 뱀파이어는 데굴데굴 구르면서 치열하게 싸웠다. 뱀파이어의 모습으로는 불리하다는 것을 깨달은 셀렌바도 돌연 늑대로 변신해서 옛 약혼자에게 맞섰다. 자르와 마라는 어리둥절한 표정으로 싸움을 구경하고 있었다. 타라와 칼, 갈랑은 눈짓 신호로 상그라브들을 공격하기 시작했다. 타라의 초강력 광선이 잿빛 복장의 마법사 두 명에게 벼락을 쳤다. 칼도 한 명을 마비시켰고, 갈랑은 넷째 놈을 갈기갈기 찢어놓았다. 뒤늦게 정신을 차린 상그라브 열 명이 마지스터가 보내주는 악마의 마법으로 강화한 방패를 세우고 페가수스의 갈퀴발톱과 칼의 광선에 맞서기 시작했다.

그러나 타라의 광선도 그렇게 만만할까? 안전하다고 생각하던 상그라브들은 타라의 광선이 종잇장처럼 방패를 뚫고 들어오자 기겁했다. 상그라브 여섯 명이 바닥에 쓰러지자, 칼은 공간이동의 문을 작동할 준비를 하고 있었다. 그러나 거의 검정에 가까운 마법복 차림의 상그라브가 자르를 인질로 붙잡고 목에 칼날을 들이대면서 외쳤다.

"동작 그만! 타라, 당장 멈추지 않으면 이 아이를 죽이겠다!"

타라는 낯익은 목소리에 홱 돌아섰다. 마지스터!

상그라브들의 보스는 자르의 머리채를 뒤로 잡아당겨서 목에 칼날을 대더니 한 줄로 쭉 그었고, 새빨간 피가 새나왔다.

"손을 내려라, 타라. 그리고 엉덩이를 바닥에 붙이고 앉아! 냉큼 앉지 않으면 이 아이의 숨통을 끊어버리겠다!"

타라는 아더월드를 구하느냐, 친구의 목숨을 구하느냐 둘 중에서 하나를 선택해야 하는 악몽을 자주 꿨다. 그런데 지금은 그 대상이 그토록 얄미워하던 자르이기 때문에 상황이 더 좋지 않았다.

반사경 마스크가 검은색으로 변하고 있다는 것은 아이를 죽일 준비가 되어 있다는 표시였다. 타라는 마지스터가 인정사정 없는 냉혈한이라는 것을 잘 알고 있었다. 아무리 싫어하는 아이라도 목숨이 달려 있는 문제인데 무슨 선택을 한단 말인가. 타라는 고개를 떨구면서 털썩 주저앉았고 두 손을 내렸다. 상그라브들이 즉시 달려와서 타라의 두 손을 뒷짐지어 묶었다. 칼도 오랏줄에 묶였고, 꼼짝 못하게 된 페가수스는 낙담한 신음소리를 냈다.

타라가 항복하는 사이에 드라고쉬와 셀렌바의 싸움은 끝이 나 있었다. 아무리 강력하다고 해도 셀렌바는 드라고쉬의 분노를 당해낼 수 없었다. 여자의 모습으로 돌아온 셀렌바는 의식을 잃고 누워 있었고, 드라고쉬는 두 손으로 목을 조르고 있었다. 그러나 사랑하는 여자를 죽이려는 순간 마지스터가 절묘한 타이밍으로 발사한 광선을 맞은 드라고쉬는 비틀거리다 셀렌바의 몸 위로 쓰러졌다. 상그라브들이 드라고쉬를 무력하게 만들었지만 셀렌바의 의식은 돌아오지 않았다. 타라는 내심 안도했다. 셀렌바가 깨어났다면 즉시 마지스터에게 엔디게에 대해 말했을 것이고, 그렇게 되면 사태는 걷잡을 수 없게 되는 것이었다.

이윽고 방에 등장한 인물은 피비린내가 진동하는 살육의 현장을 보고 우뚝 멈춰 섰다. 타라는 숨이 멎을 뻔했다. 예의 당당하고 멋진 모습으로 서 있는 사람은 오무아의 여제였다! 타라는 어리둥절했다. 고모는 포로로 붙잡혀 있는 사람으로 보이지 않았다. 마지스터가 어떻게 홀려놓았기에?

여제는 격분한 얼굴로 타라를 노려보고 있었다.

"타라! 이렇게 놀라울 수가! 그래 너의 비열한 과업을 완수하러 온 것이냐? 황제와 나를 제거했다고 생각했겠지!" 여제는 증오에 가득 차 있었다. "나의 옛 에프리트 멜루덴리파쉬랄리반디르는 네가 내린 임무를 이행하려고 애를 썼으나 제 6서클의 에프리트가 감히 마왕과 마지스터의 능력을 합한 마법을 이길 수는 없지. 멜은 우리의 털끝 하나 건드리지 못했고, 우리를 공격하라고 지시한 자의 이름을 불었어. 그게 너였다는 것을 알고 나는 정말 실망했다, 타라."

타라는 뒤통수를 세게 맞은 것처럼 얼떨떨했다. 고모가 무슨 말을 하고 있는 거지?

"저는 그런 지시를 내린 적이 없어요. 그게 도대체 무슨 얘기예요?"

여제는 타라를 쏘아보고 있었다.

"부인해 봐야 소용없다. 멜이 한 말은 반박의 여지가 없으니까! 내가 가문의 반지를 갖고 있지 않아서 마지스터가 불러내긴 했지만 멜은 나한테 거짓말을 할 수 없어. 나는 용들과 마지스터의 싸움에는 관심이 없다. 마지스터가 용들을 물리치기 위해 악마의 힘을 지닌 사물이 필요하다고 하면 나는 기꺼이 도와줄 거야. 네가 꾸미는 역모에서 나를 구해준 마지스터에게 협력하기로 결정했다. 그래서 악마의 힘을 지닌 왕홀을 빼냈다. 이제 제국의 적은 너야!"

타라는 귀를 의심했다.

"설마 농담이겠죠? 이 행성에서 가장 큰 인간의 제국을 다스리는 분이 어떻게 미치광이에게 협력하겠다는 말씀을 하세요? 아더월드를 불바다와 피바다로 만들 작정이세요? 마지스터가 악마 군단을 이끌고 오무아를 침략하겠다고 위협했던 걸 잊으셨어요?"

분노에 사로잡힌 여제는 타라가 하는 말을 듣지 않았다.

"그런데 네가 미치광이라고 부르는 그는 나를 죽이려고 하지 않았다. 타라, 너는 내 혈통을 이어갈 자격이 없다. 따라서 여제 후계자 자격을 박탈한다."

화가 치밀기 시작한 타라는 눈을 찡그리면서 조근조근 침착하게 말을 내뱉는데 소름이 끼칠 정도로 냉랭했다.

"지긋지긋했는데 차라리 잘됐네요! 나는 그런 신분 따위에 아무런 미련이 없습니다. 내가 후계자가 되고 싶다고 한 적이 있었나요? 잊으셨나 본데 나를 찾아온 사람은 고모예요. 그리고 나는 하늘에 맹세코 그 에프리트 멜에게 고모와 삼촌을 죽이라는 지시를 내리지 않았어요. 이제 겨우 열네 살짜리가 제국을 돌본다는 것 자체도 생각할 수 없는 일인데 고모를 구하겠다고 여기까지 와서 기껏 이런 소리나 듣다니 기가 막힙니다! 마지스터와 합세하여 오무아에 악마들을 들여보내고 싶다면 그렇게 하세요. 내가 기꺼이 두 분을 상대해 드리지요!"

여제는 거만하게 훑어봤다.

"나는 사실에 의거하여 판단한다. 그리고 엄연한 사실이다. 배은망덕한 조카딸아, 안녕. 너는 나를 상대할 기회가 없을 것이다. 너는 마지스터의 감옥에서 썩다가 죽을 것이고, 모든 사람의 기억에서 잊혀질 테니까!"

그렇게 말하고 나서 여제는 성난 걸음으로 방을 나갔다. 타라는 마지스터를 향해 돌아서서 분노로 숨이 막힐 것 같은 목소리로 물었다.

"당신……! 내 고모에게 무슨 짓을 한 거죠? 더러운……."

"쯧쯧, 욕설은 안 돼! 네 고모가 한 말은 엄연한 사실이야. 십중팔구 너의 명을 받은 멜이 여기까지 와서 그녀를 죽이려고 했으

니까. 그래서 네가 여제와 황제를 없애라는 지시를 내렸다는 걸 알았지!'

"당신이 아니고요? 당신이 내 에프리트를 복제해서 내 고모를 속인 것이 아니고요?'

"천만에! 그랬다면 산도르와 키스베스가 대번에 가짜라는 걸 간파했을 테지." 마지스터는 아주 흡족한 얼굴로 비아냥거렸다. "그들 역시 최고 마구스라는 것을 잊지 마라. 속이기 쉬운 사람들이 아냐. 너와 계속 노닥거리고 싶지만 정복해야 할 제국과 굴복시켜야 할 행성 문제로 나는 바빠서 그만 가봐야겠다."

마지스터는 병사들에게 타라, 칼, 드라고쉬의 몸을 수색하라고 지시했다. 그들은 칼의 옷에서 은갖 종류의 잡동사니가 끝도 없이 줄줄이 나오자 혀를 내둘렀다. 드라고쉬 선생님의 찢어진 주머니에는 약병 몇 개가 전부였고, 타라의 마법복에서는 오래된 껌 한 통과 휴지밖에 찾지 못했다. 타라는 회심의 미소를 감추기 위해 머리를 숙였다. 체인지라인이 타라의 소지품을 감쪽같이 숨겼던 것이다!

자르와 마라가 눈을 반짝이면서 꼼짝 않고 지켜보고 있었다. 마지스터는 멋지게 퇴장을 하려다가 갑자기 멈춰 섰다.

"아, 잊을 뻔했구나! 자르! 마라! 인생은 대중 앞에서 연기하다 고독 속에서 끝나는 부조리한 연극과 같은 것."

이 밑도 끝도 없는 말에 두 아이의 태도가 돌변했다. 벌떡 일어난 아이들이 차갑고 거만한 얼굴로 마지스터의 양쪽에 가서 섰다.

"이번 작전에서 가장 중요한 역할을 맡은 요원 둘을 소개한다는 걸 깜빡했구나." 마지스터는 장갑 낀 손으로 아이들을 가리켰다. "나의 희망들이지. 자르? 마라?"

"네, 아버지?" 쌍둥이들이 동시에 대답했다.

소년은 황당해서 쳐다보는 타라와 칼에게 혀를 쏙 내밀었다.

"너희들의 이부형제인 타라 덩컨을 소개한다."

쌍둥이들이 마지스터의 자식이라는 것을 알았을 때 타라는 자기 아들인데도 목에 칼을 들이댔던 것을 생각하자 속이 울렁거려서 다 토할 것 같았다. 그러나 이부형제라는 말에는 어떤 반응도 할 수 없었다.

"그런 어처구니없는 말은 집어치우시죠!" 칼은 참견을 안 하려야 안 할 수가 없다는 얼굴로 끼어들었다.

"그런데 사실인데, 어쩌지? 자르와 마라는 셀레나가 낳은 아이들이거든!"

거짓말에 민감한 타라의 귀는 마지스터의 말이 거짓이 아니라고 확인해 주었다. 타라는 구토를 억누르면서 말했다.

"그럼…… 당신과 내 어머니가?"

"네 어머니는 아주 아름다운 여인이야. 그리고 10년이란 세월은 포로로 있기에는 너무 긴 세월이지!"

"하지만 당신은 내 아버지를 살해했어요!"

"그래서?" 마지스터가 태연하게 응수했다. "너에 대한 사랑 때문에 나를 떠나긴 했지만 1년 전에 네가 내 요새에서 탈출시키지 않았다면 그녀는 기꺼이 남았을 것이다. 네 어머니를 가두고 있는 사람은 너야. 그녀에 대한 네 사랑에 붙잡혀 있는 거니까. 그러나 오래 가지 못할 것이다. 내가 오무아의 주인이 되면 즉시 그녀를 아내로 맞을 거니까. 그래서 지금 너를 살려주는 거야. 악마의 힘을 지닌 사물에 접근하는 데 더 이상 네가 필요하지 않는데도. 하지만 조심하거라. 조금이라도 말썽을 일으키면 그땐 가차없이 너를 제거할 거니까. 그리고 네가 없어도 셀레나는 자르와 마라를 위안 삼아 살아갈 거니까 걱정할 것 없지!"

타라가 할 말을 잃어버린 듯 아무 말도 하지 않자 칼이 대신 나섰다.

"하지만 걔들이 자식이라면 부인이 왜 알아보지 못하죠? 전혀 모르는 아이들처럼 대하셨는데요!"

타라의 가슴속에서 한 가닥의 희망이 고개를 드는 순간, 마지스터가 싹둑 잘라버렸다.

"네 어머니에게 아메모루스 주문을 걸어놨거든. 물론 쌍둥이들에게도. 혹시 붙잡혀서 심문을 받을 때 아이들이 모든 걸 발설

할 위험이 있고, 그러면 오무아에 소중한 인질을 갖다바치는 셈이 되는데 당연하지. 그래서 네 어머니는 쌍둥이들이 자기 자식이라는 걸 기억하지 못하고, 나를 위해 오무아에서 동정을 살펴왔던 아이들도 어머니가 누군지 기억하지 못해. 쌍둥이들에게 걸어놓은 아메모루스 주문을 잠깐 풀어줄 때는 이렇게 읊으면 되지. '인생은 대중 앞에서 연기하다 고독 속에서 끝나는 부조리한 연극과 같은 것.' 네 어머니에 대한 주문은 물론 달라. 그건 그렇고…… 내 사냥꾼도 열쇠가 되는 또 하나의 문장을 사용해서 쌍둥이들이 알아낸 모든 정보를 빼낸 다음에는 다시 그들의 기억에서 그 문장을 지워버렸지. 그래서 아이들은 자기들이 무슨 짓을 했는지도 모르고 있어. 내 작전은 완벽했지! 아무도 그 아이들이 나를 위해 일하고 있는 것을 눈치 채지 못했으니까!"

그 때 마라가 끼어들었는데 그 목소리가 불안했다.

"아버지, 타라가 우리와 형제라면서 왜 저렇게 꽁꽁 묶어놨어요? 우리의 적이 아니잖아요?"

상그라브의 마스크가 오렌지빛으로 물들고 있는 것은 화가 났다는 표시였다.

"타라는 우리의 적이야. 벌써 여러 차례 우리의 일을 방해해왔어. 타라를 해롭지 않은 아이라고 생각하면 안 돼. 나는 저 아이 때문에 1년 동안 마왕의 노예로 살았다. 다행히 악마의 림보에서는 시간이 빠르게 흘러갔고, 예정보다 한 달 빨리 석방되긴 했다만 거기서 사는 동안 내내 나는 내가 당한 만큼 그대로 저 아이에게 갚아 주리라 다짐했다. 그럼에도 타라를 살려둔다는 것은 큰 관용인줄 알아야지!'

마라는 아버지의 마스크를 쳐다보고 나서 입을 꾹 다물었다.

마지스터가 흡족해 하면서 나가자 상그라브들이 칼과 타라, 갈랑, 여전히 의식이 없는 드라고쉬 선생님을 감옥으로 끌고 갔다. 그들은 줄지어 있는 감방들 앞을 지나쳤다.

건물은 스너피가 묘사했던 것과는 전혀 달랐다. 그러니까 그들은 스너피가 갇혀 있는 저택에 있는 것이 아니었다. 눈에 보이지 않는 잿빛 돌로 지은 감옥, 창문이란 것도 없어서 어디에 와 있는지 짐작조차 할 수 없었다. 그들은 오무아의 오지 아니면 아더월드의 어디인가에 끌려와 있는 것일지도 몰랐다.

감옥은 이상하게도 자물쇠가 문 꼭대기에 있어서 공중부양을 해야 자물쇠를 채우거나 열 수 있었다.

상그라브들은 타라 일행을 한 사람씩 감방에 가둔 다음, 의식이 없기 때문에 묶여 있지 않은 드라고쉬 선생님을 제외한 모두의 오랏줄을 풀어 주고 말없이 나갔다. 타라와 칼은 가슴을 졸이면서 쇠창살을 살피다가 히플리아 광산에서 생산된 철로 만든 것이라서 마법이 통하지 않는다는 것을 알았다. 자물쇠가 있는 데까지 오르고 싶지만 공중부양을 할 수도 없었다. 그들은 정말로 옴짝달싹 못하는 궁지에 빠져 있었다.

타라는 낙담한 얼굴로 주저앉았다. 자르와 마라가 마지스터의 자식이라는 것만으로도 엄청난 충격인데 어머니의 배신은 그야말로 심장에 비수를 꽂는 것이나 다름없었다.

"엄마가 어떻게 그럴 수가 있어! 아버지를 죽인 남자하고!" 타라는 탄식했다.

"싫다는 여자를 사랑하고 있는 나도 정말 뭐라고 할 말이 없다." 칼은 친구의 아픈 마음을 조금이라도 달래주고 싶은 마음에 애써 미소를 지으면서 말했다. "그런데 말야, 마지스터의 말을 곧이곧대로 믿을 수는 없을 것 같아. 거짓말일 수도 있고, 정말 파렴치하게 네 어머니를 강제로……."

결코 꺼내기 쉽지 않은 말까지 했지만 타라는 아무런 반응을 보이지 않았다. 의기소침해서 멍하니 앉아 있던 타라는 땀이 흘러내리자 손수건을 꺼내기 위해 무의식적으로 주머니에 손을 넣었다. 그런데 꺼내든 것은 손수건이 아니었다. 체인지라인이 현재 상황에 훨씬 유용한 것을 건네준 것이었다. 만능열쇠! 칼의 눈이 휘둥그레졌다.

"타라! 그걸 어떻게 감췄어?"

타라는 한숨을 내쉬면서 시큰둥하게 말했다.

"내가 아니라 체인지라인이 감춘 거지. 드디어 이 연장을 시험해볼 때가 왔네!"

다시 용기를 내고 일어난 타라는 머리 위 높이 있는 자물쇠를 관찰했다. 어떻게 올라가지? 최근에 등산을 해본 경험으로 자신감이 생긴 터라 창살을 타고 올라갔지만 기름을 입힌 철이라서 계속 미끄러졌다. 타라가 만능열쇠를 주머니에 도로 집어넣고 대신 파프니르가 준 장갑을 꺼냈는데 그 표정이 결연했다.

"이 파괴력 장갑의 성능은 어떤지 볼까?"

타라는 두 손으로 창살을 움켜잡고 힘을 주기 시작했다.

그 힘에 창살이 약간 삐걱거리는 소리를 내긴 했지만 히믈리아의 철은 끄떡도 하지 않았다. 화가 치민 타라는 한 발 물러서서 주먹으로 금속을 내리쳤고, 그 소리가 메아리쳤다. 그 순간 강력한 빗장이 휘어지는가 싶더니 금세 본래의 형태를 되찾았다.

"안 되네. 왜 이러지? 파프니르는 강철 식탁을 박살냈었는데. 붉은 산도 견디지 못했고!"

"여긴 감옥이잖아. 이런 종류의 충격에 대응할 수 있게 만들어졌다고 봐야지."

장갑을 집어넣으면서 철퍼덕 주저앉는 타라의 눈시울이 붉어지더니 닭똥 같은 눈물이 뺨을 타고 흘러내렸다.

"오, 타라, 울지 마, 제발!" 가까이 가서 위로해줄 수 없는데 우는 것을 보고 있자니 칼은 가슴이 아팠다. "난 우는 건 못 봐. 돌아버린단 말야!"

"미안해, 너무 지쳐서 그래!" 타라는 딸꾹질을 했다. "그리고 나는 여자야. 나한테도 울 권리가 있잖아! 안 그래?"

타라의 말에 칼은 웃지 않을 수 없었다.

"남자도 울 권리가 있어. 하지만 난 우는 것이 싫단 말야."

"그래도 정신건강에는 좋아. 울고 나면 스트레스가 확 풀리거든." 타라가 더 크게 훌쩍였다. "근데 귀를 다친 것 같아, 많이 아파. 그 여자 뱀파이어가 우리를 끌고 오면서 내 클릭을 강제로 빼앗았거든."

"로빈과 의사소통할 수 있는 귀걸이 말야? 그럼 살아 있는 돌은?"

"내가 끔찍한 싸움을 하다 이렇게 감옥에 갇힌 줄도 모르고 쿨쿨 자고 있겠지, 뭐. 머리맡 탁자 위에 올려놨으니까 아직 거기 있을 거야."

"아이고, 그럼 희망이 없는 거네. 난 엘프 군단이 곧 들이닥칠 거라고 기대하고 있었는데! 레파루스 주문으로 귀를 치료해 주면 좋겠는데 거리가 너무 멀어서 안 되겠어. 조금만 참아!"

칼은 고개를 끄덕이며 하염없이 눈물을 흘리는 친구를 그저 바라보고 있을 수밖에 없었다. 도저히 참을 수가 없는 칼은 다시 타라에게 말을 시켰다.

"이제 우리 어떡하지?"

잠자코 있던 타라가 갑자기 그개를 쳐들고 옷소매로 코를 닦자 체인지라인이 구시렁거렸다.

"마지스터를 만나야겠어."

깜짝 놀란 칼이 눈을 희번덕거렸다.

"마지스터를? 왜?"

"여제에게 내 무죄를 증명해줄 수 있는 사람은 마지스터밖에 없어. 뭔가 잘못되었다는 것을 여제에게 알려야 해. 그게 우리를 따라왔다면 방법이 있을 것 같은데!"

"누구?"

타라는 주위를 살피느라고 대답하지 않았다.

"스스세트? 나타나 줄래?"

타라의 감방에 뚱보 도마뱀이 나타났을 때 칼은 깜짝 놀랐다.

"주인님?"

"이렇게 나타나 줘서 정말 기뻐." 타라는 안도의 숨을 내쉬었다. "들리는 것을 녹음해서 여제에게 그대로 보고하는 것이 네 임무지?"

"나는 듣고, 녹음하고, 보고하는 것 맞음." 도마뱀이 대답했다.

"창살을 통해 나갈 수 있지?"

"나는 보이지 않음, 마법으로도 볼 수 없음." 도마뱀이 그렇게 말하면서 갑자기 사라졌다.

타라는 창살 너머 감옥 복도에 나타나는 도마뱀을 보면서 미소를 지었다.

"좋았어! 마지스터와 내가 하는 얘기를 듣고 녹음해서 여제에게 빠짐없이 보고해 주기 바라는데, 할 수 있지?"

도마뱀이 두 갈래로 갈라진 혀를 날름거리더니 방금 타라가 한 말을 그대로 재생했다.

"마지스터와 내가 하는 얘기를 듣고 녹음해서 여제에게 빠짐없이 보고해 주기 바라는데, 할 수 있지?"

타라의 눈이 등잔만해졌다.

"와, 진짜 대단하다! 완벽해! 다시 보이지 않는 모습으로 돌아가 있어. 마지스터를 부를 거니까."

스스세트가 모습을 감추자 타라는 소리를 질렀다.

"마지스터! 마지스터와 얘기하고 싶어요!"

타라의 고함소리를 들은 상그라브가 보스에게 알렸다. 눈 깜짝할 사이에 나타난 마지스터가 딴에는 부드럽게 한답시고 내뱉는 목소리에 타라는 소름이 끼쳤다.

"그래, 꼬마야. 나한테 하고 싶은 말이 뭐지?"

타라는 가슴속에서 폭발할 것 같은 혐오감과 경멸감을 억제하기 위해 심호흡을 하면서 침착하게 말했다.

"사실을 알고 싶어요. 고모를 어떻게 한 거죠? 이 자리에 고모가 없으니까 사실대로 말해줄 수 있죠?"

"뭐라? 알고 싶다? 그걸 물어브려고 감히 나를 불러? 나는 낭비할 시간도 없거니와 너에게 대답해야 할 의무도 없다. 다시 한번 이런 일로 나를 방해하면 가만두지 않겠다. 알았니?"

전혀 예상하지 못한 반응이었다. 어어, 시작도 못하고 이렇게 끝나면 안 되는데……. 타라는 태도를 바꿔 얼른 공손하게 말했다.

"당신은 정말 뛰어난 분이세요. 그래서 정말 어떻게 하신 것인지 알고 싶은 것뿐이에요."

"그러니까 네가 바보라는 거야. 나는 사실을 말한 것인데!" 마지스터는 잘난 척을 했다. "아주 절묘한 타이밍이었어! 네가 나보다 훨씬 위험인물이라는 것을 네 고모와 삼촌에게 설득하는 데 결정적인 도움을 줬으니까."

타라는 덜컥 겁이 났다. 스스세트가 지금 떠나버리면 여제의 확신은 더욱 굳어지는데……!

"내가 멜에게 그런 지시를 내리지 않았다는 것을 알고 계시잖아요. 나는 정말 무슨 일인지 모르겠어요."

"내 짐작이 맞았군." 마지스터는 이제야 알았다는 듯이 고개를 끄덕였다. "고모와 삼촌을 좋아하지 않는다고 해도 너는 성격상 핏줄을 적대할 수 없는 아이인데 어쩐지 이상하더라니. 그렇다면 더 생각해보나마나 뻔한 얘기로군!"

"뻔하다니요?"

"네가 멜루덴리파쉬랄리반디르에게 당했다는 얘기지!"

타라는 반지를 내려다봤다.

"하지만…… 어떻게? 멜은 가문의 반지를 소지하고 있는 사람을 해칠 수 없어요."

마지스터는 대답하지 않았지만 파란색으로 물드는 마스크를 보면서 타라는 그가 웃고 있다는 것을 느꼈다.

"아? 그럼 해칠 수도 있나 보죠?"

"대개 이런 마법의 반지와 결속된 에프리트는 그것을 소지하는 사람에게 무조건 복종해야 하는 주문에 걸려 있지. 여제가 반지를 너에게 인계하면서 보호 주문을 읊었을 텐데?"

타라는 기억을 더듬었지만 고모가 가문의 반지를 선물로 주면서 특별한 의식을 행한 기억이 없었다.

"모르겠는데요."

"그럼 확인해 봐야지. 에프리트를 부르거라."

"하지만 이 감방은 히플리아의 철로 지은 것이라 마법을 쓸 수 없어요. 그런데 어떻게 멜루덴리파쉬랄리반디르를 부를 수 있겠어요?"

"너의 마법은 안 통해도 내 마법은 통하지. 불러내, 내가 허락할 테니. 그러나 에프리트를 이용해서 나를 공격할 생각은 하지 않는 게 좋아. 놈은 독 안에 든 쥐니까."

내가 너무 표를 냈나? 에프리트에게 마지스터를 공격하라는 지시를 내릴 참이었는데! 타라는 풀죽은 얼굴로 반지를 세 번 돌렸다. 주홍빛 구름이 일어나더니 멜이 허공에 떠 있었다.

"아야! 여기 왜 이렇게 비좁아?" 감방의 천장이 꽤 높은 편인데도 머리를 부딪히자 멜이 툴툴거렸다.

에프리트는 노란 눈썹을 찌푸리면서 예리하게 주위를 둘러봤다.

"감옥? 투옥되셨어요, 주인님? 즉시 석방해⋯⋯."

"천만에! 넌 그럴 수 없어. 너에겐 그런 능력이 없으니까!" 마지스터가 조롱하듯 외쳤다. "자, 네 주인이 묻는 말에 대답이나 해! 시작해라!"

에프리트는 마지스터를 쳐다보고 나서 입술을 최대한 비틀어서 타라에게 속삭였다.

"간수가 있을 때 저를 부른 것은 좋은 생각이 아니었습니다요, 주인님. 저자가 떠나길 기다리는 것이 좋겠습니다요?"

그러나 타라는 장단을 맞춰줄 기분이 아니었다.

"네가 정말 여제와 황제를 죽이려고 했어? 누가 너에게 그런 명을 내렸지?"

주홍빛의 뚱땡이 에프리트가 움찔했다.

"누가 그런 말을 했습니까?" 에프리트는 일단 성난 목소리로 시작했다.

"마지스터가." 타라는 차분하게 말했다. "이제 설명해봐, 멜!"

"저, 저는 아무 짓도 하지 않았어요." 에프리트는 딱 잡아뗐다.

타라는 털썩 주저앉았다. 만사 끝장이었다. 고모에게 무죄를 증명할 길이 없었다.

그때까지 잠자코 있던 칼이 불쑥 마지스터에게 말을 거는 바람에 그들은 깜짝 놀랐다.

"작년에 납치했던 수석조수들을 감염시키는 데 사용했던 악마의 마법, 그 거시기 능력이 아직 있으세요?"

무례한 소년을 돌아보는 마지스터의 마스크가 오렌지빛으로 물들고 있다는 것은 요놈 보게? 하면서 반은 호기심이 동하고, 반은 화가 났다는 표시였다.

"아무렴, 네가 '거시기'라고 하는 마법이 여전히 건재하고 말고. 그건 왜 묻느냐?" 마지스터는 퉁명스럽게 내뱉었다.

"타라가 자꾸 이상한 행동을 해서요. 지금까지는 주의를 기울이지 않았는데 만약 림보의 마법이 작동중이라면……."

"어허, 타라, 허튼수작하지 말라고 경고했었지?" 칼의 생각을 알아차린 마지스터가 말했다.

마지스터가 마법복을 펼쳐 보이자 근육질 상체에서 빨간 원이 벌떡거리고 있었다. 타라는 자신도 모르게 뒷걸음쳤다. 마지스터의 가슴에서 갑자기 새나오는 끈적끈적한 검은 연기가 살찐 뱀처럼 타라를 향해 다가오고 있었다. 타라는 감방의 창살에 막혀서 더는 피할 수가 없는데 연기는 점점 위협적으로 가까워지고 있었다.

"칼, 너 자신 있는 거야?" 공포에 질린 타라가 소리쳤다.

"솔직히 말하면 없어."

"뭐?"

"어차피 확률은 반반이잖아."

"칼, 여기를 살아서 나가면 가만 안 둘 거야!"

타라는 더는 한마디도 할 수 없었다. 단숨에 덮친 검은 연기가 몸 속으로 스며들고 있었다. 그런데 갑자기 보이지 않는 어떤 힘에 떠밀려나듯 후퇴하는 것이 아닌가.

"으흠……." 마지스터는 흥미롭다는 듯 지켜보고 있었다. "악마의 마법을 무력화하는 것은 네가 아니다. 에프리트 멜루덴리파쉬랄리반디르, 방금 일어난 일에 대해 논리적으로 설명해 보실까?"

에프리트의 눈빛이 무섭게 이글거리고 있었다. 갑자기 달려든 에프리트는 그 커다란 손으로 타라의 목을 휘어잡아서 번쩍 들어올렸다.

"우리를 당장 석방하시오! 아니면 타라를 죽이겠소. 나는 당신에게 타라가 필요하다는 걸 알고 있소. 그러니까 당장 풀어주시오!"

그러나 마지스터는 발로 돌바닥을 탁탁 걷어차기만 할 뿐 눈도 깜짝하지 않았다.

"그러든지." 마지스터는 무관심한 어조로 말했다.

"뭐라고요?"

멜과 칼, 타라가 동시에 지르는 탄성에 마지스터는 몹시 즐거워했다.

"나는 더 이상 타라가 필요하지 않아! 내게는 여제가 있고, 또 아주 협조적이거든. 타라는 나를 지겹게 방해한 아이인데 없애 준다니 희열이 느껴지는군."

마지스터는 팔짱을 끼고 기다렸다.

에프리트는 어찌할 바를 모르고 있었다. 마지스터가 장난으로 하는 말이 아니라는 것을 알고 있었다. 그때 팔 밑에서 뭔가 움직이는 것을 느낀 에프리트는 조르고 있던 타라의 목을 풀었다. 타라의 머리에서 꼬맹이 붉은 악마가 나오고 있었다. 칼은 경악을 감출 수 없다는 얼굴이었고, 기세가 등등하던 마지스터조차 뒤로 물러섰다.

"어휴, 나오니까 살 것 같네." 붉은 악마가 허공에 앉은 자세로 숨을 내쉬었다. "근데 여기는 웬 사람이 이렇게 많아!"

"아니, 무슨 이런 일이? 어떻게?" 타라는 더듬더듬 말하면서 목을 문질렀다.

붉은 악마는 불쾌한 얼굴로 벌떡 일어나더니 냉랭한 어조로 내뱉었다.

"네가 자고 있을 때 여제와 황제를 죽이라는 명을 내리게 만든 악마가 바로 이 몸이다. 네가 악마의 힘을 지닌 왕홀을 무력화하는 사물을 찾으러 그 빌어먹을 산으로 갔을 때 결정적인 순간에 이파니 종족 앞에 나타나서 네 목숨을 구해준 악마가 바로 이 몸이다. 네가 전혀 눈치 채지 못하게 너를 조종하고 있던 악마가 바로 이 몸이다! 그래도 생명의 은인인데 존경심까지는 아니라도 고맙다는 표시 정도는 해야 하는 것 아닌가?"

타라는 격한 반응을 보였다. 타라의 손이 후려친 공기에 충격을 받은 악마는 쇠창살에 부딪혀 나가동그라졌다. 그래도 성이 차지 않는 타라가 비명을 내지르는 붉은 악마에게 재차 달려드는 순간 마지스터는 얼른 멜과 붉은 악마를 감옥에서 끌어냈다.

"아까 뭐라고 했더라? '악마의 힘을 지닌 왕홀을 무력화하는 사물'? 그게 무슨 소리지?" 마지스터는 일부러 꾸미는 것인지 아주 차분하게 물었다.

"기가 막혀! 저 계집애가 미쳤나 봐! 목숨을 구해 줬더니 은혜를 이렇게 갚다니! 나쁜 계집애!" 아직도 핑글핑글 도는 눈으로 붉은 악마가 욕설을 뱉었다.

으르렁거리면서 창살 앞으로 다가오는 타라를 보면서 악마는 후닥닥 물러섰다. 도저히 안 되겠다는 듯이 마지스터가 손짓을 하자 멜과 붉은 악마는 또 하나의 감방에 갇혔다.

"악마의 힘을 지닌 왕홀을 무력화하는 사물이 무슨 소리냐고 내가 물었다!"

"타라가 데미데루스를 만났을 때……."

"뭐라고?" 마지스터는 숨이 넘어갈 것 같은 목소리를 냈다. "어디서? 어떻게?"

마지스터는 미처 자르와 마라에게 물어볼 시간이 없었고, 여자 뱀파이어는 아직 깨어나지 않은 것이 틀림없었다.

"데미데루스는 수천 년 동안 잿빛 시간 속에 갇혀 있었어요." 수다쟁이 붉은 악마가 또 조잘거렸다. "타라가 데미데루스를 잿빛 시간에서 구출했고, 그는 타라에게 왕홀의 힘을 제압하기 위해 만든 사물이 있는 곳을 알려줬어요. 타라는 그것을 찾으러 무시무시하게 높은 산에 갔다가 죽을 뻔했죠. 그러나 어디에 감췄는지는 몰라요. 산에 있는 존재들이 그것을 타라가 보관하고 있는 것을 원치 않았거든요."

"그럼 누가 알고 있어? 어서 말해!" 마지스터가 고함을 질렀다.

"나를 석방하면 즉시 말해주죠. 나는 내가 할 일을 했을 뿐이에요. 당신이 나의 주인에게 원한을 품고 있든 말든 그건 내 문제가 아니에요."

멜이 초록색 불길을 내뿜으면서 붉은 악마에게 갈퀴발톱을 들이대는 것으로 분노를 표시했다.

"이런 지렁이만도 못한 놈……."

마지스터는 할 수 없이 붉은 악마를 감방에서 끌어냈다. 마법을 사용할 수 없는 에프리트는 그저 쳐다보고 있을 수밖에 없었다.

"좋아, 좋아, 좋아!" 마지스터는 꼬맹이 붉은 악마를 뚫어져라 쳐다보면서 점잖게 말했다. "우리 협정을 맺자. 내게 정보를 주면 석방해 주겠다."

"아뇨, 먼저 풀어주세요. 그러면 정보를 줄게요."

"근데 한 가지 문제가 있어. 내가 너를 믿지 못한단 말이지. 놓아주는 즉시 너는 도망치고도 날을 놈이라서 당장은 그럴 수가 없지, 암, 안 되고 말고!"

그 위협적인 어조에 붉은 악마는 부들부들 떨었다.

"한 가지 해결책이 있긴 하다." 마지스터가 덧붙였다. "잔혹한 데트리토르의 마법에 걸고 정보를 주는 즉시 너를 석방하겠다고 맹세하지. 내가 맹세를 지키지 않으면 데트리토르가 나를 죽일 것이다. 어떠냐?"

"그건 마음에 드네요." 붉은 악마가 동의했다. "맹세의 주문부터 읊으세요, 그러면 알고 싶어하는 것을 말해 줄게요.”

“잔혹한 *데트리토르의* 이름으로 내가 여기 있는 붉은 악마를 석방하지 않으면 악마의 마법은 즉시 나를 죽일지어다.”

붉은 악마는 고개를 끄덕이고 나서 간교한 웃음을 흘리면서 말했다.

“타라의 패밀리어가 알고 있어요. 그 사물을 찾아준 종족이 날개가 있는 페가수스에게 맡기는 것이 가장 안전하다고 주장했어요. 그래서 페가수스가 그 사물을 맡게 되었지요. 하지만 페가수스는 말하지 않을 거예요.”

타라는 조마조마했다. 붉은 악마가 스스세트에 대해서도 발설한다면? 그러나 붉은 악마는 그것으로 충분하다고 생각했는지 한마디도 덧붙이지 않았다.

격분한 마지스터는 붉은 악마에게 당장 꺼지라고 소리쳤다. 어쨌거나 약속은 약속이니까 붉은 악마는 뒤도 돌아보지 않고 줄행랑쳤다. 마지스터는 멜도 악마의 세계 림보로 쫓아버리고 나서 축소된 크기로 감방에 쭈그리고 있는 갈랑을 향해 돌아섰다.

“페가수스! 네 주인과 네가 내 계획을 방해할 뭔가를 찾은 모양이지? 그래서 말인데 한 번만 더 내 앞길을 막아서면 앞으로는 내가 무슨 짓을 할지 몰라. 너희들 명심해!”

마지스터가 멀어져갔다.

"칼, 스스세트가 출발했겠지?" 타라는 불안해서 죽겠다는 얼굴로 속삭였다. "너를 붙잡아둘 감옥은 아직 만들어지지 않았다고 했잖아. 지금이 입증할 때야."

"하지만 내 연장을 모두 빼앗겼잖아! 아무것도 없는데 내가 무슨 수로 저 자물쇠를 부수겠어. 좀 기다려봐. 쉿, 누가 온다!"

덜덜 떨고 있는 그들의 눈앞에 나타난 사람은 마지스터가 아니라 마라였다.

마라는 타라의 감방 앞에 서서 진지한 표정으로 쳐다봤다.

"내 동생의 목숨을 구해줬어. 우리를 미워하면서 왜 살려줬지?"

타라는 이를 악물면서 대답했다.

"마라, 윤리라는 말의 뜻을 아니? 신의, 도덕은 무슨 뜻인지 알아? 마음에 안 드는 사람이라고 죽게 놔두지는 않아. 마음을 곱게 쓰지 않으면 지옥에 가거든!"

"안 돼. 지옥에는 악마와 나쁜 인간만 우글우글해. 그리고 난 지옥에 가기 싫어."

마라의 천진한 대답에 낱말 공부를 시키는 것으로는 안 되겠다는 표정을 지으면서 타라는 허리를 숙여 마라의 얼굴 높이로 키를 맞추었다.

"우리를 도와줄 수 있겠니? 마라, 마지스터가 나쁜 짓을 하고 있다는 거 알지? 내가 왔을 때 너 동생의 목에 칼을 들이대는 것

봤지? 그리고 셀렌바가 메델루스를 공격하는 것도 봤지, 응?"

마라의 얼굴이 겁에 질린 표정으로 변했다.

"끔찍했어. 송곳니로 목을 깨물었고 배도 물어뜯었어. 아주…… 재미있어 하면서. 우리는 아버지와 늘 떨어져서 지내다 1년에 한 번만 만나. 우리의 마법 능력을 평가하러 오시거든. 난폭하고 무섭지만 우리를 돌봐줬어. 우리는 엄마가 셀레나라는 걸 모르고 아니, 잊고 있었어. 오무아에서 지내는 동안 그렇게 못된 짓을 했는데도 우리를 많이 사랑해 주셨어. 우리가 같이 살 수 있을까? 용서받을 수 있을까?"

타라는 차마 말하지 못할 것이라고 생각한 칼이 끼어들었다.

"네가 우리를 나가게 해주면 확실해. 하지만 너희 아버지가 타라를 죽이게 내버려둔다면 어머니가 어떻게 하실 것 같니?"

마라는 고개를 떨구고 피가 날 정도로 입술을 깨물었다.

"하지만 그건 배신이잖아. 아까 도덕이 어쩌고 윤리가 어쩌고 했잖아. 내가 아버지를 배신하면 내 윤리는 어떻게 되는데?"

타라는 속으로 뜨끔했다. 마라는 아주 영리한 아이였다. 타라는 아이의 입장을 전혀 생각하지 않고 섣불리 말했던 것을 후회하면서 말했다.

"그래, 네 말이 맞다. 너에게 이런 어려운 일을 부탁하는 것이 아니었는데. 우리가 알아서 할게. 어서 나가, 너희 아버지 오시기 전에.”

마라는 뭐라고 덧붙이려고 하다가 목이 잠겼는지 그냥 뛰쳐나갔다. 정말 잘한 것이었다. 금세 마지스터가 검은 가방을 든 상그라브 한 명을 데리고 들이닥치는 것을 보면서 타라는 가슴이 철렁했다. 상그라브가 가방을 열었을 때 타라는 기절하는 줄 알았다. 공포의 고문기구들이 잔뜩 들어 있었다. 두 상그라브는, 마비를 시켰는데도 죽을힘을 다해 발버둥치는 갈랑을 끌어내어 타라 앞에 세웠다.

상그라브는 페가수스의 갈퀴발톱을 조심조심 피하면서 다리를 묶었다. 그러고는 보스 앞에 허리를 숙인 채 분부를 기다렸다. 마지스터는 타라를 쳐다보면서 달했다.

“이 친구는 고문이 전문이야. 진실의 입에게 맡기려고 했으나 오지 않겠다고 거부해서 이 친구에게 도움을 청했지. 크레뉴스, 타라틸랑넴과 패밀리어 갈랑을 소개하겠네. 이 페가수스가 내가 가져야 할 물건을 숨기고 있어. 그러니까 그걸 어디다 숨겨놨는지 페가수스가 타라의 정신 속으로 전하게 만들어야 하네.”

공포에 사로잡힌 타라는 손발의 감각이 없어지면서 마비되는 느낌이 들었다. 이어서 페가수스의 공포가 타라의 정신 속으로 전해져오고 있었다. 타라는 말할 용기가 없었다. 입을 열면 토할 것 같았다.

"당연히 너는 아무 말도 안 하고 싶겠지? 자, 그럼 너의 페가수스는 어떤지 볼까? 너보다 말이 많을까, 적을까? 크레뉴스, 시작하게."

타라의 비명이 입술을 넘기도 전에 크레뉴스는 갈랑의 여린 콧구멍에 고문기구를 쑤셔 넣었다. 뿜어 나오는 피, 크레뉴스의 마스크가 보랏빛으로 물들고 있다는 것은 만족스럽다는 뜻이었다. 참을 수 없는 고통 때문에 페가수스와 타라가 동시에 질러대는 비명소리에 두 상그라브는 깜짝 놀랐다. 코에 구멍이 뚫리는 느낌에 타라는 주저앉았고, 갈랑의 고통은 진정되어 보였다.

그러나 그것으로 끝난 것이 아니었다. 갈랑이 꽁꽁 묶인 상태에서 너무 심하게 발버둥친 탓인지 우지끈, 하는 불길한 소리가 들렸다. 다리 하나가 부러진 것이었다. 점점 커지는 갈랑의 고통이 전해져오고 있었다.

"멈춰요!" 타라는 울먹였다. "멈춰요! 내…… 내가 말할게요."

두 상그라브가 동시에 타라를 향해 홱 돌아섰다. 그래서 칼과 타라만 갈랑의 콧구멍에서 뭔가가 나오는 것을 볼 수 있었다. 그건 피가 아니라 파란 물방울이었다. 갈랑이 느끼는 공포만큼 엄청나게 빠른 속도로 방울이 커지고 있었다. 눈이 똥그래진 타라는 재빨리 무릎을 꿇었다.

"타라, 내 앞에서는 꿇어 엎드릴 필요 없다!" 마지스터가 거드

럭거렸다.

피로 얼룩진 방울은 이제 페가수스의 키를 넘을 만큼 커져 있었다.

페가수스가 재채기를 하는 순간 타라와 칼은 납작 엎드렸다. 마지스터와 크레뉴스는 알아차릴 겨를이 없었다. 펑! 엄청난 폭발의 풍압에 튕겨나간 두 남자는 감방의 창살에 부딪혔다가 기절한 것인지, 죽은 것인지 그대로 널브러졌다. 타라는 후자이기를 간절히 바라고 있었다.

"타라, 괜찮아?" 칼이 일어나면서 속삭였다.

그러나 타라는 너무 아파서 대답할 수가 없었다. 갑자기 무슨 소리가 나서 칼은 소스라쳤다. 마라가 돌아온 것이었다. 의식을 잃고 바닥에 쓰러진 아버지를 발견하고 마라는 눈이 똥그래졌다.

"너희들이 아버지를……?" 마라는 도저히 입 밖에 낼 수 없다는 듯 말꼬리를 흐렸다.

"그랬을 수도 있고." 칼은 정직하게 대답했다. "하지만 네가 우리를 나가게 해준다면 우리를 살려주는 거야. 너희 아버지가 죽은 것이 아니라면 깨어나서 노발대발하겠지. 그리고 우리를 모두 죽이겠지!"

마라는 고개를 끄덕였다.

"틀림없이 그럴 거야. 하지만 나는 아무것도 해줄 수 없어. 열쇠가 없어."

적의 딸에게 탈출할 수단을 털어놓은 것이 잘하는 짓인지, 아닌지 고민하던 칼은 결단을 내렸다.

"타라가 가지고 있어. 타라, 만능열쇠를 얘한테 줘."

타라는 몽롱한 상태에서 창살을 통해 열쇠를 내밀었다. 열쇠를 움켜잡은 마라는 어떻게 해야 할지 망설이고 있었다. 칼은 생각할 겨를을 주지 않았다.

"빨리 해야 돼! 공중부양으로 올라가서 저기 자물쇠에 그 열쇠를 집어넣기만 하면 돼. 아주 간단해."

결정을 내렸는지 마라는 붕 날아올랐고, 마법의 열쇠를 자물쇠 구멍에 집어넣었다. 찰칵 하는 소리가 나더니 칼의 감방이 열렸다. 쏜살같이 날아오른 칼이 마라에게서 열쇠를 빼앗아 의식이 없는 드라고쉬 선생님과 타라의 감방을 열었다. 타라는 갈랑에게 달려갔다. 감방 밖에서는 마법을 쓸 수 있기 때문에 타라는 갈랑에게 레파루스 주문을 날렸다. 썰물처럼 밀려오는 고통 때문에 비틀거리는 타라는 금방이라도 쓰러질 것 같았다.

멀찍이 서서 입술을 깨물다가 손톱을 깨무는 마라는 몹시 초조해 보였다. 마침내 마라가 말했다.

"우리도 데려가. 자르는 싫다고 했지만 나는 너희들을 풀어주고 싶었어. 그리고 어머니를 만나고 싶어."

"너는 아주 용감했어, 마라." 하고 말하면서 칼이 몸을 숙여 뺨에 입맞춤을 하자 마라는 너무 놀라 눈을 뒤집을 뻔했다. "물론 데려가야지. 너의 까다로운 동생도 같이. 여기 두면 마지스터가 자르에게 무슨 분풀이를 할지 모르는데 당연히 데려가야지."

마라는 불안한 미소를 짓고 나서 쓰러져 있는 두 상그라브를 향해 돌아섰다. 크레뉴스의 목이 아주 희한하게 꺾여 있는 것을 보면 사망했다는 표시였다. 마지스터는 움직이지 못하고 있을 뿐 심장은 세차게 뛰고 있었다. 칼은 잠시 망설였다. 강한 유혹이 일었지만 의식 없는 사람을 죽일 수는 없었다. 칼은 마지스터를 감방으로 끌고 가서 꽁꽁 묶었다. 칼은 마스크를 들춰보려고 했지만 꿈쩍도 하지 않자 포기했다. 더는 지체할 수 없기 때문에 칼은 감방 문을 잠그면서 짜릿한 희열을 느꼈다. 이번에는 마지스터가 갇혀서 감방의 맛을 느낀다고 생각하니 절로 웃음이 나왔다.

"칼! 마라는 괜찮아? 너도 괜찮고?" 타라가 갈랑을 살피면서 물었다.

"물론이지." 칼은 활짝 웃으면서 대답했다. "아까보다는 확실히 좋지. 아까는 정말 마지스터가 갈랑을 죽이는 줄 알았어!"

"나도." 타라는 아직 충격에서 벗어나지 못한 얼굴이었다. "나는 돌아버릴 뻔했어. 누가 오기 전에 빨리 도망치자."

"그녀는 죽었니? 내가 영원한 고통에서 내 사랑을 해방시키는

데 성공했니?"

그들이 깜짝 놀라서 돌아보니 드라고쉬 선생님이 힘겹게 일어나서 감방을 나오고 있었다.

"셀렌바요?" 타라는 동정하는 목소리로 대답했다. "아뇨, 아직 살아 있어요. 선생님이 먼저 마지스터에게 당하는 바람에……."

뱀파이어의 창백한 뺨을 타고 흘러내리는 핏빛 눈물 때문에 타라는 더는 말을 잇지 못했다.

"얼마나 고민하다 내린 결정이었는데 또 실패했다니……." 드라고쉬 선생님의 목소리에 힘이 하나도 없었다. 그는 비칠거리면서 주위를 살폈다.

"어떻게 된 일이니?"

"갈랑이 마지스터를 때려눕혔고, 자기를 고문했던 크레뉴스라는 상그라브를 죽였어요." 칼이 설명했다. "대단한 페가수스에요. 선생님 뒤에 있는 감방에 마지스터를 가둬놨어요."

뱀파이어의 빨간 눈에서 희망의 빛이 이글거렸다.

"마지스터를? 그러니까 독 안에 든 쥐라고? 내가 죽이게 해다오, 부탁이다!"

뱀파이어가 허락해달라고 간청을 하다니, 타라는 깜짝 놀랐다.

"우리는 시간이 없어요. 지금은 빨리 여기서 나가는 것이……."

"누가 오기 전에, 그 말이지?" 등 뒤에서 냉기가 묻어나는 목소리가 들렸다.

　등골이 서늘해져오는 느낌에 타라는 천천히 돌아섰다. 눈부시게 아름다운 여인, 오무아의 여저가 서 있었다.

28
저주받은 왕홀

*

타라는 심장이 멎는 것 같아서 본능적으로 마법을 작동했다. 그러나 고모는 공격하려는 기색이 없었다. 그저 아름다운 모습으로 서서 타라를 지그시 쳐다보고 있었다.

"방금 스스세트를 통해 놀라운 대화를 들었다."

타라는 경계하는 얼굴로 이마를 찌푸렸다.

"그럼 제가 고모를 죽이라는 명을 내리지 않았다는 것을 이제는 아셨나요? 마지스터가 고모를 설득하려고 여러 가지로 겹친 나쁜 상황을 교묘하게 이용했을 뿐이라는 것도 아셨나요?"

여제는 실수를 사과할 필요가 없는 것이 관례였지만 이번 경우에는 달리 방법이 없었다.

"내가 너를 잘못 판단했다. 네가 공명정대하고, 권력에 관심이 없는 아이라는 것을 먼저 생각했어야 했는데. 사과한다."

행성에서 가장 강력한 나라의 여제가 정중하게 허리를 굽히는 모습을 보면서 타라와 칼은 기절할 뻔했다. 여제는 고통스러워하는 드라고쉬 선생님을 못 본 것인지, 보고도 모른 척하는 것인지 눈길도 주지 않고 타라에게 말했다.

"마지스터가 나를 이용하여 오무아를 공격하기 전에 도망쳐야 해. 공간이동의 문은 4층에 있고, 그 바로 옆방에 저주받은 왕홀이 있어."

"잠깐 기다리세요. 갈랑, 엔디게가 어디 있는지 말해 줘. 이제는 가져와야 해."

"그게 무슨 말이니?" 여제는 찾지 못하고 물었다.

"엔디게는 데미데루스가 왕홀의 힘을 무력화하기 위해 만들어 놓았다는 기구예요. 페가수스가 숨겨 놨거든요."

아연실색한 여제는 잠자코 지켜보고 있었다. 갈랑이 머리를 마구 흔드는데 부정의 뜻이 담겨 있는 것 같았다.

"아니라고? 그게 무슨 뜻이야? 찾으러 가는 것이 싫다는 거야, 뭐야?"

또다시 갈랑은 머리를 흔들다가 목덜미를 쭉 빼면서 딸꾹질 같은 소리를 냈다.

불안해진 타라와 여제, 칼은 바짝 긴장했다. 그러나 갈랑의 콧구멍에서 파란 물방울은 만들어지지 않았다. 갈랑은 토악질하고 있었다.

그래서 타라는 갈랑에게 새처럼 삼켰던 것을 게워낼 수 있는 모이주머니가 있다는 것을 알았다. 어디도 안전한 곳이 없다고 판단한 갈랑은 엔디게를 제 몸 속의 모이주머니에 보관하고 있던 것이다.

갈랑의 입에서 타액으로 끈적거리는 황금 목걸이가 툭 튀어나왔다. 타라는 거부감을 누르고 재빨리 목걸이를 집어들고 태피스트리로 닦았다. 마지스터의 것인데 더럽히면 좀 어때!

"넌 천재야, 갈랑. 이제 계획을 바꿔야겠죠?"

"뭐라고?" 복도를 살피고 있던 여제가 물었다.

"이젠 도망칠 수 없죠. 먼저 왕홀을 찾아서 무력화하고 파괴해야지요. 그리고 오무아로 돌아가는 거예요."

여제는 고개를 끄덕였다. 타라의 말이 옳았다. 악마의 힘을 지닌 사물을 없애는 것이 우선이었다.

그들이 줄지은 감방을 지나쳐가면서 카무풀루스 주문을 작동하려는 순간 갑자기 조그만 목소리가 들렸다.

"예쁘고 친절하고 위대한 타라!"

한 감방 창살 너머로 꾀죄죄한 누더기 차림의 상태가 영 안 좋은 스너피가 보였다.

털북숭이 스너피는 송곳니를 드러내며 활짝 웃더니 애원했다.

"불쌍한 쯔너피를 구해주세요. 쩨빨 뿌탁입니다! 쩌도 함정에 빠졌던 겁니다! 쩌는 쩡말 몰랐씁니다. 마지스터가 불쌍한 쯔너피를 이용한 거예요!"

타라가 쳐다보자 여제는 고개를 끄덕이면서 인정했다. 마지스터는 의도적으로 스너피를 도망치게 내버려둔 것이었다. 쌍둥이들 덕분에 마지스터는 궁전에서 일어나는 일을 자세히 알고 있었고, 여제를 맞이할 만반의 준비를 하고 있었다. 그 함정은 완벽했다. 스너피가 전하는 잘못된 정보를 듣고 여제가 군대를 이끌고 출정하자마자 원정대에 침투해 있던 셀렌바가 리스베스와 산도르를 공격하여 생포했던 것이다. 스너피는 감옥에서 오리지널을 만나 합체하고 나서야 자신이 마지스터의 장난감이 되었다는 사실을 알았다.

만능열쇠를 가지고 있는 칼은 스너피를 겨냥해서 욕설에 가까운 핀잔을 내뱉은 뒤에 풀어 주었다.

"고맙씁니다! 고맙씁니다! 불쌍한 쯔너피를 살려주셨씁니다! 지금 빨리 숲 쪽 멀리 떠나쪄야 합니다!"

마음 아프지만 타라는 스너피에게 잘못을 뉘우치게 할 필요가 있었다.

"우리는 도망칠 수 없어, 지금은. 우선 최고 마구스들의 마법 능력을 방해하는 왕홀을 찾아서 없애야 하거든. 그리고 너는 우리와 같이 있어야 돼. 네가 간수들에게 발각되거나 붙잡히면 즉시 감방의 상태를 확인하러 왔다가 경보를 울릴 테니까."

"또 망치지 않아요?"

"응. 따라와."

불안한 침묵 속에서 스너피는 복종했고, 기회가 나는 대로 도망치기로 마음먹었다. 장다리들과 지내는 것은 정말이지 이것으로 충분했다.

카무플루스 주문 덕분에 그들은 방해를 받지 않고 통로를 나와 여제의 방이 있는 층계를 올라갈 수 있었다. 상그라브들은 여제 앞에서 정중하게 허리를 굽혔고, 여제는 자연스럽게 고개를 까딱했다.

그들은 경비가 삼엄한 방문 앞에 이르렀다. 칼과 타라는 왕홀이 있는 방이라고 생각하고 있는데 여제는 모른 척하면서 방을 지나쳤다. 얼마 후, 보초 넷과 멀리 떨어진 곳에 이르자 여제는 나직한 목소리로 설명했다.

"그 방에 산도르가 갇혀 있어. 내 동생은 협력하기를 거부했고, 마지스터는 그가 필요 없기 때문에 가둬버렸지. 내가 동생의 말을 들었어야 했는데! 너는 절대로 우리를 죽이라는 지시를 내릴 아이가 아니라고 말했는데 나는 너무 화가 나서 그만⋯⋯."

타라는 도저히 믿기지 않았다. 황제가 변호를 해줄 정도로 나를 믿어 주었다니! 이유 없이 싫어하면서 그렇게 무례하게 굴었는데!

"삼촌을 구출해야지요?" 양심의 가책을 느낀 타라가 속삭였다.

"너무 위험해. 왕홀부터 처치하자!"

왕홀이 있는 곳은 경비가 삼엄했다. 건물 꼭대기에 위치한 방이었는데 이상하게 생긴 악마 둘이 지키고 있었다. 호랑이 몸뚱이에 머리가 셋이고 뱀 모양의 갈기를 단 악마들이 어찌나 강렬한 빛을 번쩍이는지 몇 초 이상은 쳐다볼 수가 없었다. 눈이 너무 시어서 눈물까지 난 타라가 속삭였다.

"들어가는 방법을 아세요?"

"아니. 내가 회수하자마자 마지스터가 왕홀을 저 방에 넣었어. 난 들어가 보지도 못했어. 상그라브 군대가 알아채지 못하게 저 놈들을 감쪽같이 처치해야 하는데⋯⋯."

선글라스가 있으면 좋겠다고 생각하던 타라는 메델루스가 준 선물이 기억났다. 체인지라인의 주머니에서 찾은 선글라스를 쓰고 타라는 흡족한 미소를 지었다. 눈이 부셔서 쳐다볼 수도 없던 괴물이 한 무더기의 밧줄로 보였다.

"칼! 문지기나 함정에 대해서는 네가 전문이잖아. 나보다는 네가 안경을 끼고 살피는 것이 낫겠어.”

눈을 비비고 있던 칼은 기꺼이 안경을 꼈다. 칼은 악마들을 한
참 관찰했다.

“어어, 저거는…… 리냐르동이잖아!”

“역시 알아보는구나. 근데 그게 뭐야?”

여제와 드라고쉬 선생님, 마라와 스너피도 처음 들어본다는 표
정을 짓고 있었다.

“그러니까 저 괴물들은 실제로 존재하는 것이 아니라 그냥 방
어주문이야. 저기 밧줄 더미 보이지?”

“그게 어떻게 보이겠어? 안경 쓴 사람은 넌데.”

“아 참, 그렇지! 미안해. 뭐냐하면 접근하는 침입자를 결박하고
목을 조르는 밧줄인데 괴물로 보일 뿐이라는 얘기야. 침입자는
괴물이 공격해오는 것으로 믿고 싸우지만 사실은 그냥 위험한 밧
줄에 불과해. 그리고 보이지 않기 때문에 결국은 그 밧줄에 목이
졸려서 죽게 돼.”

“과연 빈틈이 없네. 그럼 어떻게 처치해야 하는지도 알아?”

칼의 대답은 아주 간결했다.

“전혀.”

“철석같이 믿었는데…… 좀 실망이다.”

칼은 좀 억울하다는 표정을 지었다.

"저런 종류의 주문은 아직 공부하지 않았단 말야. 굉장히 강력하기 때문에 기초교육에는 포함되지 않는 고난이도 주문이라고. 하지만 이론적으로는 알아. 리냐르동 주문은 마법에 의존하기 때문에 그 원천을 차단하면……."

"그러니까 두 괴물을 없애거나 꼼짝 못 하게 하면 되는 거지?" 타라가 다부지게 말했다. "해보자. 손해보는 것도 아닌데."

그들이 숨어 있는 복도에서 타라는 마법의 그물을 던졌다. 리냐르동은 다가오는 그물을 곧바로 알아채고 으르렁거리는 소리를 냈다. 한 놈이 일어나서 발을 내밀었고, 그러기를 기다리고 있었다는 듯 마법의 그물이 쩔걱 들러붙었다. 괴물이 벗어나려고 몸을 흔들수록 그물은 착 붙어서 마법을 빨아들이기 시작했고, 공포의 비명을 질렀다. 그 소리에 놀란 나머지 한 놈도 도와주려고 다가왔다가 같은 신세가 되고 말았다.

타라는 1년 전에 싸웠던 영혼 약탈자의 촉수들을 모방했을 뿐이었다. 타라는 밧줄을 볼 수 없기 때문에 칼이 마법기운이 떨어지는 것에 놀란 괴물들이 미친 듯이 공격자를 찾고 있다는 신호를 타라에게 보내주고 있었다. 타라는 두 번째, 세 번째 그물을 던졌다. 리냐르동은 점점 더 끈끈이 그물에 걸려들었고, 그렇게 강력하던 빛이 약해지고 있었다. 타라가 조종하는 파란 그물에 갇힌 동물 형상의 몸뚱이들이 빛을 거의 잃어갈 때쯤 칼이 조심스럽게 다가갔다. 침입자를 느끼고 공격하기 위해 밧줄이 꿈틀 거리기는 했지만 이미 힘을 잃은 뒤였다.

열쇠로 잠겨 있었지만 만능열쇠를 가지고 있는 칼에게는 문을 여는 것쯤은 아무런 문제가 되지 않았다. 그때 마라가 동생을 데 리고 곧 돌아오겠다면서 붙잡을 사이도 없이 사라졌다. 칼은 마 지못해 가게 두었지만 혹시나 하는 의혹에 이맛살을 찌푸렸다.

방 한복판의 별 문양 안에 놓인 가구를 제외하고 특별한 방어시 스템이 설치되어 있지는 않은 것 같았다. 타라와 스너피는 소름이 쫙 올랐다. 칼은 전문가의 눈으로 예리하게 방 안을 훑어보고 있었 다. 왕홀은 운모처럼 광채가 요란한 돌 받침대 위에 놓여 있었다.

왕홀은 까만 나무로 되어 있었고 그 목재에 조각된 흉측한 악 마들이 광란의 춤을 추고 있는데 눈알처럼 박힌 루비는 핏빛 광 채를 발하고 있었다. 거기서 물결처럼 퍼지는 악마의 힘이 행성 으로 독물이라도 흘려보낼 기세였다.

타라는 별 문양 안으로 들어가지 않으려고 주의하면서 왕홀을 향해 엔디게를 휘둘렀다. 모두 초조한 얼굴로 타라를 에워싸고 있었지만, 아무런 변화도 일어나지 않았다.

"뭐야, 작동하지 않잖아!" 타라는 투덜거렸다.

"잠깐, 잘 봐!" 칼이 속삭였다.

빨간 소포르 꽃 속에서 빛이 흥겨운 불꽃처럼 일어나는가 싶더니 빨간색의 강렬한 광선으로 돌변해서 왕홀을 후려쳤다. 루비 눈알이 빛을 잃고 시커멓게 변했다. 여기까지 오는 데 겪어야 했던 일들을 생각해서라도 스펙터클한 장면을 기대하고 있던 타라는 약간 실망했다.

"고모, 드라고쉬 선생님, 능력이 돌아왔는지 빨리 확인해 보세요!"

드라고쉬 선생님은 가만히 있었지만 여제는 기꺼이 응했다. 두 손을 들던 여제는 번쩍거리는 보랏빛 불꽃을 보고 기뻐했다.

"돌아왔어!"

"그럼 지금부터 우리 둘이서 왕홀을 파괴하는 거예요!"

여제는 깜짝 놀라는 얼굴을 했다.

"하지만…… 그건 불가능해! 우리의 마법으로는 악마의 힘을 지닌 사물을 파괴할 수 없어."

"타라의 마법으로는 돼요!" 칼이 끼어들었다. "타라, 능력을 보여 줘!"

"고모는 가능한 한 차가운 얼음 광선을 날리세요." 타라는 고모에게 지시를 내렸다. "실루르 옥좌에 써먹었던 방법이거든요. 그럼 저는 가장 뜨거운 불의 광선을 날릴게요. 왕홀은 틀림없이 견디지 못할 거예요."

여제는 약간 의심스러운 표정이었다. 손에서 강렬한 빛이 이글거리자 그녀는 주문을 읊었다.

"글라쿠스의 이름으로 내 앞에 있는 왕홀은 냉동이 될지어다!"

마법의 불꽃이 얼음 광선으로 변해서 뜨겁지도 차갑지도 않은 왕홀을 후려쳤다. 여제는 오무아의 최고 마구스들 중에서 가장 강력했다. '마법의 여제'라는 칭호를 괜히 가지고 있는 것이 아니었다. 이어서 타라가 불의 광선을 날렸고…… 잠시 후 왕홀이 신음했다.

왕홀이 꿈틀거리자, 여제는 정말 대단한 아이야, 하는 눈길로 타라를 쳐다본 다음, 입술을 질끈 깨물면서 마법의 강도를 높였다. 왕홀은 여제의 광선을 맞고 얼어붙는 것 같더니 타라의 광선을 맞자 불길에 휩싸였다. 냉기와 열기의 극심한 온도 차이를 견딜 수 없는 왕홀은 경련을 일으키다…… 펑! 폭발했다.

그런데 문제가 생겼다. 핵폭탄이 터지는 것 같은 엄청난 소리와 더불어 천장에 뻥 뚫린 구멍으로 이상한 잿빛의 하늘이 보이고 있었으니……. 그들은 질겁한 얼굴로 서로를 바라봤다.

"빨리 도망치는 것이 상책이에요." 칼이 말했다. "폭발 소리에 놈들이 알아챘을 거예요."

바로 그 순간 칼의 말에 맞장구를 치듯 복도가 소란스러웠다.

"빨리, 타라! 오른쪽 벽을 허물어!" 여제가 외쳤다.

타라는 즉시 실행했다. 두꺼운 벽이 무너지면서 공간이동의 문이 드러났는데 보초 둘이 쓰러져 있었다. 그들은 문 한복판으로 뛰어들었다. 칼이 이동의 왕홀을 집어들고 태피스트리에 갖다대려는 순간 타라가 외쳤다.

"칼, 잠깐! 자르와 마라를 기다려야 해! 그리고 산도르를 구출해야지!"

바로 그때 쌍둥이들이 문간에 나타났는데 그 뒤로 마지스터가 아이들의 어깨를 움켜잡고 있었다. 타라는 즉시 아이들과 마지스터를 가르는 방패를 만들었다. 그러자 마지스터가 공격했고, 겁에 질린 쌍둥이들이 후닥닥 물러섰지만 타라의 방패는 잘 버티고 있었다. 격분한 마지스터의 고함소리를 듣고 들이닥친 상그라브들이 일제히 타라를 공격했다. 죽을 힘을 다해 싸우는 타라의 이마에 땀이 맺혀 있었다.

"오래 버틸 수 없어요!" 타라는 이를 악물고 말했다. "도망쳐요! 나는 여기 남아서 내 동생들을 보호해야 해요."

"그건 안 된다!"

여제는 일고의 가치도 없다는 듯 칼에게서 빼앗은 이동의 왕홀을 태피스트리에 대고 외쳤다.

"팅가푸르의 황궁으로!"

그들은 무지갯빛 속에 휩싸였다. 그리고 타라가 마지막으로 본 것은 배신당하는 얼굴로 바라보던 마라의 슬픈 눈빛이었다.

224

팅가푸르에 도착했을 때 타라는 너무 화가 나서 여제에게 달려들 뻔했다. 어리둥절해서 쳐다보는 경비병들 앞에서 타라는 소리쳤다.

"나는 아이들을 데리러 돌아가겠어요! 마라가 없었으면 우리는 탈출할 수 없었다고요!"

"내가 구출했을 것이다." 여제는 침착하게 응수하면서 부리나케 달려온 각료들에게 인사했다. "그리고 결정은 내가 내리는 것이지 네가 아니다. 나는 너를 구하기 위해 내 동생인 황제를 저버렸어. 거기 있었으면 너는 힘 한번 제대로 써보지도 못하고 죽거나 붙잡혔을 거야. 그리고 그건 아무 가치가 없는 희생이야. 지금 바로 갈까? 마지스터가 어디 있는지 장소를 알면 당장 말해. 내가 군대를 이끌고 당장 따라갈 테니까. 어떡할래? 아무런 대책도 세우지 않은 채 개죽음을 당하러 달려갈까?"

모두 맞는 말이 아닌가? 반박할 여지가 없는 고모의 말에 타라는 무슨 말을 하려다가…… 입을 다물었다.

"마지스터가 우리와 싸울 생각이면 몇 시간 내에 공격해올 것이다. 자, 그럼 15분 후에 회의실에서 만나자."

그렇게 말하고 나서 여제는 타라에게 대답할 시간도 주지 않고 사라졌다.

타라는 눈물범벅이 되어 뛰어오는 어머니를 보는 순간 다시 분노가 치밀었다. 그러나 궁인들 앞에서 할 얘기가 아니었다. 쌍둥이들을 지켜 주지 못한 가책과 배신한 어머니에 대한 실망 때문에 타라는 셀레나의 포옹을 건성으로 받았다.

셀레나는 걸어가면서 질문을 퍼부었고, 칼이 그간에 있었던 일을 얘기했다. 일단 거처에 들어가자 타라는 어머니 앞에 딱 버티고 서서 눈을 뚫어져라 쳐다봤다. 마지스터가 거짓말한 것이기를 간절히 바라면서 타라는 넌지시 읊었다.

"*인생은 대중 앞에서 연기하다 고독 속에서 끝나는 부조리한 연극과 같은 것!*"

타라는 이 문장을 들려주면 아메모루스 주문이 풀리면서 어머니의 얼굴이 변할 것이라고 기대했지만 아무런 변화가 없었다. 어머니의 기억상실을 풀어주는 문장은 따로 있는 것이 분명했다. 셀레나는 어리둥절해서 딸을 쳐다봤다.

"타라, 왜 그런 말을 하니?"

"이 말을 듣고 기억나는 거 없어요?"

셀레나는 걱정스러운 표정으로 이마를 찌푸렸다.

"내가 뭘 기억해야 하는데?"

타라는 더는 말할 수 없어서 털썩 주저앉았다. 타라는 칼에게 신호를 보냈고, 칼이 바통을 이어받았다. 좀 전에 쌍둥이들에 대해서는 일부러 한마디도 하지 않았던 칼이 조심스럽게 말을 꺼냈다.

"덩컨 부인, 부인에게 타라 이외의 아들과 딸이 있었다는 것을 알았습니다. 자르와 마라, 그 쌍둥이들이……."

셀레나는 무슨 말인지 전혀 알아듣지 못했다.

"너희들 지금 무슨 말을 하는 거니?"

"마지스터가 자르와 마라는 두 사람 사이의 자식들이라고 고백했어요. 따라서 그 쌍둥이들은 내 이부동생들이라고요!" 타라는 가슴을 짓누르는 죄책감과 불안을 떨쳐버리고 싶은 마음에 쏘아붙이듯 말했다.

셀레나는 하얗게 질린 얼굴로 벌떡 일어났다.

"나와…… 그의 자식? 말도 안 돼! 거짓말이야!"

칼이 조심스럽게 끼어들었다.

"처음에 아이들을 봤을 때부터 이목구비가 너무 비슷해서 이상하다는 생각이 들었어요. 정말 부인을 많이 닮았어요."

마치 다리가 부러진 것처럼 셀레나가 휘청거리자 안락의자가 득달같이 달려왔다. 그녀는 떨리는 손으로 이마를 짚었다.

"난 그 애들에 대한 기억이 없어. 어떻게 내가 내 자식을 몰라볼 수가 있단 말이니? 아니, 존재 자체까지 잊어버릴 수가 있단 말이니? 마지스터, 그 작자가 나를 이렇게 만들어놓다니!"

타라는 괴로워하는 어머니를 보면서 가슴이 아팠다. 그러나 지금으로서는 아무것도 해줄 수 없었다.

"나는 회의에 참석해야 해요. 같이 갈래요?" 타라는 어머니를 안아주고 나서 말했다.

셀레나는 고개를 저었다.

"아니, 난 생각 좀 할게. 먼저 가렴. 난 나중에 갈게."

타라와 칼은 드라고쉬 선생님, 스너피와 함께 회의실로 향했고, 왔다는 소식을 듣고 정신 없이 달려오는 파프니르, 무아노, 로빈, 파브리스와 하마터면 충돌할 뻔했다. 친구들은 쌍둥이들에 대한 얘기를 전해듣고 자기 일처럼 가슴 아파했다. 로빈은 듬직한 팔로 타라를 감싸주었고, 파프니르는 자기가 거기 있었다면 문제의 인간을 도끼로 작살냈을 것이라면서 분개했다. 무아노는 다정하게 미소를 지어 보이는 파브리스의 손을 잡는 것으로 만족했다. 타라는 다정한 친구들을 보면서 안도의 한숨을 내쉬었다. 위기에 처한 어려운 상황 속에서도 두 친구가 사랑을 확인하고 다정한 커플이 되었다는 것이 타라에게는 그나마 위안이 되었다. 사라지는 모습을 구경만 하고 있어야 했던 로빈이 그때의 충격에서 벗어나지 못한 얼굴로 너무 다정한 미소를 보내는 바람에 타라는 당황하면서 얼굴이 빨개졌다.

회의실에 들어섰을 때, 타라는 이미 전시 태세에 들어가 있음을 알았다. 용들이 약속한 지원군이 아직 도착하지 않았다는 것에 여제는 몹시 불안해하는 얼굴이었지만, 셈 선생님과 샤름의 표정은 태평했다. 오무아 제국은 신속하고 침착하게 전쟁 준비를 했다. 거대한 탕즈 강이 관통하는 오무아의 평원에 인간과 비인간으로 구성된 군대를 정렬했고, 마법으로 함정과 견고한 보루도 충분히 만들었다.

모든 준비를 끝내자마자 정찰대가 적군이 들어왔다는 소식을 보내왔다. 악마들은 독을 품고 들어오는 썩은 밀물처럼 도시를 조금씩 포위해 들어오고 있었다. 페가수스에 올라탄 타라와 벨에 올라탄 리스베스는 구보로 한 바퀴를 빙 돌면서 전사들의 사기를 북돋았다. 저토록 아름다운데, 한 사람은 아직 어리고, 또 한 사람은 한창 젊은 나이인데 죽기라도 한다면…….

마지스터의 군대는 수적으로 훨씬 우세했다. 침만 떨어져도 그 밑의 풀밭이 새까맣게 타버리는 가공할 핏빛 말에 올라탄 상그라브가 일시적 휴전을 알리는 파란 깃발을 처들고 방어선까지 전속력으로 달려와서 고함쳤다.

"항복을 권고한다! 복종하면 목숨을 살려줄 것이다. 거부하면 이 도시는 쑥대밭이 되고, 너희들은 악마의 식사시중을 드는 노예가 될 것이다!"

엘프 군단 뒤에 집결한 인간 병사들이 잠깐 술렁거렸지만 아무도 꿈쩍하지 않았다. 오무아의 군사는 여제의 답변을 듣고 있다가 그대로 합창했다.

"마지스터는 트라둑의 똥보다 못한 놈이다! 너희들은 뼈저린 응징을 받게 될 것이다. 악마들에게 림보로 돌아가는 편이 나을 것이라고 말하라. 여기서는 오직 죽음과 절망에 부딪칠 것이니!"

상그라브는 침을 탁 뱉었다.

"그렇다면 죽음이다!"

그렇게 말하고 나서 상그라브는 악마 군단을 향해 내달렸다. 데미데루스는 잿빛 시간으로 아직 돌아가지 않고 자신의 직계 후손들 옆에서 괴물들을 관찰하고 있었다. 데미데루스는 미심쩍은 듯 고개를 갸우뚱하면서 무아노에게 말했다.

"아무래도 이해가 안 되는구나. 도저히 있을 수 없는 일이야!"

위험을 무릅쓰고 너무 무리하게 정탐하던 정찰대가 포위되었고, 엘프 군단은 내친 김에 용맹하게 공격에 들어갔다가 전멸했다. 전사들이 분개하면서 돌진 채비를 할 때 무엇인가가 태양을 가렸다. 미친 새 떼가 날아오듯 화려하게 등장한 용들이 하늘에서 포효했다. 마침내 원군이 도착한 것이었다. 셈 선생님과 샤름에게 이륙할 겨를도 주지 않고 용들은 곧장 악마 군단을 향해 돌격했다. 악마와 용이 뒤범벅이 되어 싸우는데 마법 광선에는 마법 광선으로, 갈퀴발톱에는 갈퀴발톱으로 맞서는 생각보다 질서정연한 싸움이었다. 그러나 강력하고 엄청난 능력에도 불구하고 용이 악마에게 밀리고 있는 것이 분명했다. 여제는 군대에 만반의 준비를 하고 대기하라는 명을 내린 상태였다. 전사들은 동맹군의 상황을 살피고 있다가 결정적인 순간에 돌격해야 했다. 그 순간 무아노는 숨이 멎을 뻔했다. 야수의 눈이 인간이나 엘프의 눈으로는 볼 수 없는 것을 보았던 것이다. 바로 저거였어! 똑같은 상황이 반복되고 있잖아! 공격 신호를 위해 나팔이 금속 뺨을 부풀리고 있을 때, 무아노는 질풍처럼 빠르게 사령관의 텐트로 뛰어들었다.

"모두 멈춰요! 함정이에요! 악마들을 건드리면 안 돼요! 용들을 불러들이세요, 빨리요!"

여제가 못마땅한 얼굴로 무아노를 볼 때, 타라가 나팔수에게 명을 내렸다.

"공격 중지 신호를 보내라, 당장!"

쩌렁쩌렁한 나팔 소리에 페가수스들이 우뚝 멈춰 섰다. 전사들도 놀라운 자제력으로 용들을 저버리고 뒤로 물러났다.

"글로리아 공주, 공주의 판단이 아주 정확한 것이기를 정말 바란다." 여제는 거의 비장한 얼굴로 말했다.

"악마들은 진짜 저기 있는 것이 아니에요. 몇 놈밖에 없어요. 아무리 많아 봐야 상그라브들이 불러낸 백 명 정도에 불과해요. 그러니까 나머지는 전부 일루전, 즉 환영이라고요! 제 말을 믿으세요! 판타스무스 주문이에요. 가공할 정도로 강력한 것이지만 환영일 뿐이니까 대처할 방법은 있어요. 엘프들이 공격하면 용처럼 죽게 될 거예요. 받은 공격을 되돌려주는 것이 판타스무스 주문의 속성이거든요! 게다가 공격자의 마법을 흡수해서 환영이 유형화한다는 것이 문제예요. 다시 말해서 진짜 악마가 아닌 것들은 상대를 죽이고 빼앗은 마법으로 유형화한 것에 지나지 않아요!"

여제는 미심쩍은 얼굴이었다.

"그걸 어떻게 확신하지?"

"제가 똑똑히 봤으니까요! 야수의 눈은 인간의 눈보다 훨씬 날카롭습니다. 선전 포고를 하면서 마지스터가 보냈던 크리스털 볼에서도 이미 저는 비정상적인 것을 포착하고 있었어요. 그리고 오늘은 데미데루스 옆에서 용들의 공격을 관찰하고 있다가 싸우는 놈과 상대의 마법을 빼앗는 놈의 차이점을 식별할 수 있었죠."

"글로리아 공주, 이 일은 공주의 말에 나의 제국을 걸어야 하는 중대사야. 따라서 그것으로는 충분하지 않다. 환영을 어떻게 꿰뚫어볼 수 있지?"

그 말이 타라의 뇌를 후비고 들어왔다.

"아, 맞다! 바로 그거였어!" 타라가 외치는 소리에 모두의 시선이 쏠렸다. "좀비를 죽인 것은 '안티매직'이 아니라 마지스터였어요! 여자 뱀파이어가 비마 조직 뒤에 숨어서 살인을 교사했던 거예요. 젠릴 장군이 상그라브 군대가 가짜라는 것을 단번에 알아볼 것이기 때문이었죠. 좀비는 환영을 꿰뚫어볼 수 있으니까요. 그래서 마지스터는 좀비를 제거한 것이었어요. 그리고 하필이면 왜 좀비가 살해되었는지 의문을 갖지 않도록 비마들에게 책임의 화살이 돌아가게 꾸몄던 것이고요."

그때 갑자기 "전진!" 하는 소리가 쩌렁쩌렁 울렸다.

그 소리에 모두 텐트 밖으로 뛰어나갔다. 마지스터가 오무아 사람들의 공격을 유도하기 위해 수를 쓴 것이었다. 두 번째 악마 군단이 전진하고 있었다.

반신반의하는 표정으로 괴물 군단을 살펴보던 여제는 후계자의 말을 믿기로 결정했다. 그 결정은 모두의 목숨을 내걸고 하는 모험이었다.

"아무도 움직이지 말라!" 여제는 군대에 명했다. "저것은 함정이다. 판타스무스 주문에 걸려 있다! 용들에게 알려라! 싸움을 중단하라고!"

도시를 향해 전진하는 악마 군단을 보면서 천상의 군단은 초인적인 용기로 물러서지 않고 있었다. 소름끼치게 생긴 괴물들이 엘프 군단에 달려들었는데…… 어이없게도 물처럼 통과했다. 한순간에 환영은 사라지고 평원은 텅 비어 있었다. 아니, 정확하게 말하면 용들이 뿜어내는 불길을 피하려고 안간힘을 쓰면서 촉수를 덜덜 떠는 악마 백 명과 당황한 상그라브 백 명밖에 없었다.

타라는 온몸에 마법의 힘이 가득 채워지기를 기다렸다가 새파래진 눈으로 공중부양을 했다. 타라는 1초도 걸리지 않아서 마지스터를 찾아냈다. 화가 나서 얼굴이 일그러진 마지스터는 수하의 장교들, 자르와 마라와 함께 있었다. 타라는 쌍둥이들이 무사한 것을 보고 안심하다가 자칫 집중력을 잃을 뻔했다. 그러나 타라는 얼른 정신을 차리고 마지스터 바로 앞으로 불의 광선을 날렸다. 콰광!

"당신이 나한테 무슨 짓을 했는지 모르지는 않겠지? 내가 아버지의 원수를 갚겠다!"

마지스터는 상그라브들을 갈가리 찢어발기고도 남을 엘프 군단을 이끌고 거대한 새처럼 날아오는 타라를 보면서 역부족이라는 것을 깨달았다. 그는 타라의 마법이 더 강력하다는 것을 알고 있었다. 부하들이 죽거나 말거나 마지스터는 트란스미투스 주문을 작동했고 분노와 절망이 반반씩 섞인 괴성을 지르며 사라졌다. 마라는 따라가려고 하는 자르를 못 가게 붙잡았다. 타라가 땅에 내려서고 엘프들이 아직 떠나지 못한 상그라브들을 공격하자, 자르는 포기했다.

타라가 달려가서 어깨를 감싸려고 하자 마라는 신음소리를 냈다.

"마라? 왜 그래, 다쳤니? 난 너희들이……."

"괜찮아. 여제가 너희들을 구출했다고 말했더니 도망치는 걸 막지 않았다고 나를 회초리로 때렸어. 난 네가 우리를 버렸다고 생각했는데……."

"버린 거 맞아." 자르는 냉기가 묻어나는 목소리로 말했다. "그런데 또 아버지를 따라가지 못하게 막았으니 이제 우리는 진짜 큰일났단 말야."

타라는 그 말에 아무런 대꾸도 하지 않고 레파루스 주문으로 마라를 치료했다.

"나하고 같이 가자. 내가 우리 어머니에게 데려갈게. 절대로 너희들을 내치지 않으실 거야."

두 아이는 서로를 쳐다보다가 얼른 타라 옆에 섰다.

승리를 하고 돌아온 그들은 열광적인 환영을 받았다. 그중에서도 무아노는 영광스런 영웅으로 대접받았다. 무아노는 뛰어난 관찰력으로 엄청난 인명 피해, 그것도 오무아를 위해 충성을 다하는 용들의 희생을 막지 않았던가. 파브리스는 무아노가 자랑스러워서 환호성이라도 지르고 싶은 것을 가까스로 참고 있는 얼굴이었다.

그들은 승리의 기쁨 속에서 마침내 타라의 옛 거처로 들어갔다. 셀레나와 메델루스, 그리고 스너피도 따라왔다. 쌍둥이들이 달려와 안기자 꿈에도 생각 못하고 있던 셀레나는 약간 당황하는 얼굴이었다.

경비병이 크리스털 볼을 들고 들어왔다.

"어제께서 사막의 감시카메라에 찍힌 비디오 판독 결과를 알려 드리라고 하셨습니다. 카무플루스 주문을 분석하다가 범인의 이미지를 확보했습니다."

타라는 소름이 쫙 돋았다. 그 사고를 까맣게 잊고 있었다니!

칼이 더 조바심을 쳤다.

"그거 나한테 주세요!"

칼이 크리스털 볼을 전광판어 접속하자 이미지가 나타났다.

크리스털 볼이 줌 렌즈로 영상 조절을 하면서 빠른 속도로 사막의 출구를 향해 넘어가고 있었다. 한순간 화면이 정지되었고, 실루엣이 보였다. 타라는 숨을 죽이고 있는 어머니를 느꼈다. 이미지가 점점 명확해지자, 메델루스가 일어났다. 타라는 당장에라도 마법을 작동할 기세로 메델루스에게서 눈을 떼지 않고 있었다. 그가 범인이라는 것이 거의 확실해지고 있지만 그래도 신중을 기할 필요는 있었다.

그러나 메델루스는 도망치려는 것이 아니라 너무 궁금해서 화면 앞으로 다가서는 것이었다.

이제 이미지는 아주 또렷해졌다. 그것은…… 엘레아노라의 얼굴이었다.

29
엘레아노라

*

칼은 비명에 가까운 소리를 내질렀다.

"아냐!"

칼은 비디오 앞에 무릎을 꿇었다.

"그럴 리가 없어, 엘레아노라가 아냐! 오, 제발!"

무아노도 어이가 없는 얼굴을 했다.

"파시 가문이잖아? 파시 가문의 사람은 절대로 살인 같은 것은 하지 않아."

"엘레아노라는 파시 가문 사람이 아냐."

로빈은 엘레아노라가 입고 있는 옷을 가리키고 있었다.

"내가 보기에 저건 면허 받은 도둑의 복장이랑 너무 비슷해. 액

세서리도 그렇고 저 동작 좀 봐! 여자로 바꿔놓은 칼이라고 하면 딱 좋겠어."

로빈의 말이 맞았다. 엘레아노라는 고양이처럼 날렵하고 유연하게 움직이고 있었다. 허리띠에 주렁주렁 달아맨 단도며 갈고리, 몇 가지 연장도 파시 가문과는 도무지 어울리지 않는 물건들이었다.

칼은 가슴을 쥐어뜯으면서 괴로워하고 있었다. 놀란 친구들이 다가오자 칼은 얼굴을 들고 눈물을 닦았다.

"내가 아주 흥미진진한 도둑 모험담을 들려줘도 그렇게 시큰둥하더니 이제야 이유를 알겠어. 자기도 도둑이었으니!"

"비디오 테이프로 보니까 틀림없는 도둑이네. 우리가 감쪽같이 속았어!" 무아노가 인정했다. "근데 엘레아노라가 왜 타라를 죽이려고 하지?"

타라는 잘 알지도 못하는 소녀가 왜 자기를 죽이려고 했는지 이유가 너무 궁금해서 직접 물어보기로 마음먹었다.

멜루덴리파쉬랄리반디르가 배신한 뒤로 에프리트를 모두 추방했기 때문에 그 거대한 궁전에서 누군가를 찾는 것이 그리 쉬운 일은 아니었다. 친위대원들의 도움으로 엘레아노라를 찾아냈는데 소녀는 궁전 안에 숨어서 새로운 테러 준비를 하고 있었다.

칼은 자기만 타라와 함께 방에 들어가겠다고 했지만, 스너피는 고향으로 떠나기 전에 후계자에게 해야 할 아주 중요한 이야기가 있다면서 꼭 타라 옆에 있어야 한다고 주장했다.

로빈은 타라와 칼이 자꾸 단짝이 되는 것 같아서 내키지 않았지만 굴복했다. 대신 이상한 소리가 나면 즉시 뛰어들어갈 수 있도록 문 밖에 있기로 합의했다.

갈랑과 로빈은 엘레아노라가 도망칠 경우를 대비하여 문 앞에서 보초를 섰다. 잠시 후 셀레나와 메델루스, 파프니르, 파브리스, 무아노, 마니투와 산디아르까지 합류하면서 1개 소대가 보초를 서는 모양새가 되었다. 타라와 함께 납치되지 않았던 것을 왕따 당한 것으로 여기는지 계속 화가 나 있는 그르룰이 쌍둥이들을 지키고 있었다.

칼과 타라, 스너피가 방에 들어가자, 엘레아노라는 고양이처럼 민첩하게 돌아서서 차갑게 쏘아봤다.

"마마께서 무슨 일로 오셨습니까?"

"왜 나를 죽이려고 했지?" 엘레아노라에게 틈을 주지 않으려고 즉시 마법을 작동한 타라의 손에서 파란 빛이 번쩍였다.

갈색머리 소녀는 잠시 당황했지만 이내 침착해졌다.

"나는 아무 짓도 안 했습니다."

"거짓말하지 마!"

칼이 경멸조로 소리치면서 크리스털 볼을 침대 위로 던졌다.

"전광판에 접속해서 그 장면을 설명해봐."

엘레아노라는 잠시 머뭇거리다 크리스털 볼을 집어들고 전광판에 연결했다. 소파 위의 대형 화면에 도끼로 벌레를 내리찍는 파프니르의 모습이 보이자 엘레아노라는 안도하는 것 같았다. 그러나 자신의 얼굴이 보이는 순간 어깨를 축 늘어뜨렸다.

"이래도?" 칼이 물었다.

엘레아노라가 서슬 퍼런 눈빛으로 휙 돌아보는 바람에 칼은 흠칫 물러섰다.

"거듭 단언하는데 나는 후계자를 죽이려고 하지 않았어."

"확실한 증거가 있는데도?" 칼이 소리를 버럭 질렀다.

"진실을 말하고 있는 거야." 사태를 깨달은 타라가 말했다. "엘레아노라가 노린 것은 내가 아니라 너였어!'

너무 놀란 칼의 입에서는 아무 말도 나오지 않았다.

그러자 엘레아노라가 허리를 굽히면서 말했다.

"역시 이 얼간이보다는 훨씬 예리하십니다, 마마. 칼리반 달 살란은 내 사촌 브란디스를 죽였어요. 따라서 칼리반은 살아 있을 가치가 없는 인간입니다. 여제께서 감옥에 넣었으나 탈옥했고, 결국은 특별사면을 받았지요. 내 사촌의 혼령이 사형을 선고했는데도 불구하고 말입니다! 그래서 나는 사촌을 대신하여 정의의 심판을 내리기로 결심했죠. 이런 썩어빠진 놈을 살게 놔두느니 차라리 내가 죽는 편이 나으니까요."

칼과 타라는 눈길을 주고받았다. 물론 칼은 무죄였지만, 견해에 따라서는 그 흉측한 삼촌을 제거하기 위해 여제가 꾸민 책략에서 비롯된 모든 일이 얼마든지 부당한 처사로 보일 수 있었다.

이 혼란을 틈타서 엘레아노라는 옷 속에서 무언가를 꺼냈다.

"마마에게는 미안합니다."

엘레아노라는 갈고리 두 개를 빙빙 돌리다 슝슝, 그들을 향해 날렸는데 어찌나 빠른지 대응할 겨를이 없었다. 그러나 스너피는 자신을 살려준 후계자가 위험하다는 것을 알고 무작정 타라 앞을 가로막았고…… 갈고리는 그대로 스너피의 심장에 꽂혔다.

칼은 고통의 비명을 질렀다. 엘레아노라의 움직임을 읽은 칼이 가까스로 피하기는 했지만 갈고리는 어깨에 꽂혀 있었다. 주저앉는 칼을 보면서 실패했다는 것을 깨달은 엘레아노라는 트란스미투스 주문을 작동해서 사라졌다. 타라는 스너피에게 달려가서 얼른 갈고리를 뽑았지만 상처가 보통 심각한 것이 아니었다. 타라는 딸꾹질을 억누르며 레파루스 주문을 읊었다. 상처는 순순히 아물었지만, 스너피는 숨이 넘어갈 듯 헐떡거리고 있었다.

그때 문이 열려서 타라는 소스라치게 놀랐다. 활을 둘러맨 로빈에 이어 셀레나와 메델루스가 불쑥 들어왔다.

칼에게 달려간 셀레나가 레파루스 주문을 읊으려고 하자 칼이 막았다.

"안 돼요. 독 묻은 갈고리였어요. 피를 흘려야 독이 빠져요. 나는 이런 종류의 독에 면역이 되어 있어서 괜찮을 거예요. 몇 분 지나면 레파루스 주문으로 치료할 수 있어요."

칼이 하는 말을 들으면서 가슴이 철렁한 타라는 아랫입술을 깨물었다.

"난 레파루스 주문으로 빨리 샘을 치료해야 한다는 생각밖에 없었어. 치명상을 입은 상태였거든. 칼, 내가 한 치료 때문에 스너피가 죽는 건 아니겠지?"

칼은 오만상을 찌푸리면서 몸을 일으켰다.

"나 때문이야. 전부 다 내 잘못이야. 그런 애인지도 모르고 사랑에 빠진 내가 문제지. 하마터면 너를 죽일 뻔했어. 그리고 스너피도 죽게 생겼고. 정말 미안해!"

칼이 하는 이상한 말을 들으면서 예민해진 로빈은 눈썹을 찡그렸지만 잠자코 있었다.

스너피가 경련을 일으키다 눈을 떴다.

"이짱해." 스너피는 헛소리를 하고 있었다. "쭈워, 떠워, 아니 쭈워."

타라의 뺨을 타고 눈물이 주르륵 흘러내렸다.

"정말 미안해. 너를 데리고 들어오지 말았어야 했는데! 레파루스 주문을 쓰지 말았어야 했는데……. 나를 살리겠다고 내 앞을 가로막지만 않았다면……!"

스너피는 한 발을 들어서 타라의 뺨을 쓰다듬었다.

"쯔너피가 후계자를 위해 쭉는다는 것은 영꽝이야."

"하지만 난 네가 죽는 걸 원치 않아!"

궁전의 통역 주문이 스너피가 모국어로 말할 수 있게 작동하기 시작했다. 숨이 가빠져서 간간이 끊어지긴 했지만 스너피의 말은 유창하고 정확해졌다.

"꼭 해야 할…… 아주 중요한…… 얘기가 있어. 장다리가 아니, 마지스터가 했던 말인데…… 전해야 할지…… 망설였어. 그러나 이젠 알아. 말해야 한다는 것을. 비밀을 폭로해야 한다는 것을!"

타라는 스너피에게 몸을 숙였고, 다른 사람들도 불안한 얼굴로 가까이 다가섰다.

"샘, 무슨 얘기인데?"

스너피의 목소리는 금방이라도 꺼질 것처럼 작아졌다.

"쌍둥이들!"

"그건 이제 비밀이 아냐. 그 아이들이 누군지 우리 모두 알고 있어!"

"그게…… 아냐. 마지스터에게 납치될 당시 타라의 어머니는 이미 임신 2주였어! 따라서 자르와 마라는 너의 친동생들이야. 셀레나와 단비우의 아들과 딸이라고!"

30
에필로그

*

그 말에 셀레나가 벌떡 일어났는데 그 눈빛이 희망으로 반짝이고 있었다.

"단비우의 자식들이라고? 마지스터의 자식들이 아니라?"

"네." 스너피가 대답했다. "부인이 그 아이들을 키우셨어요. 아이들이 5살이라는 어린 나이에 마법 능력을 보이자, 마지스터는 앞잡이로 이용하기 위해 악마의 마법을 감염시켰어요. 그러나 그게 실수였지요. 마지스터는 아이들을 이용하여 악마의 힘을 지닌 사물을 훔치려고 했어요. 그러나 아이들이 악마의 마법에 감염되어 있었기 때문에 심판관들과 지킴이들은 아이들을 알아보지 못했지요. 그래서 아이들에게서 악마의 마법을 제거한 뒤

아주 깨끗이 지워지기를 바라면서 5년을 기다렸어요. 그러나 그 잔재 때문에 아이들은 위험한 아니, 치명적인 장난을 치고도 눈 하나 깜짝하지 않았지요. 그러자 마지스터는 아이들의 정체가 발각될까 봐 노발대발했어요."

타라의 가슴을 짓누르고 있던 돌덩이가 한순간에 사라졌다.

"내 친동생들이라니!"

안도하는 빛이 역력한 셀레나는 다리가 후들거려서 자리에 앉아야 했다.

"그런데 난 아무것도 기억나지 않아! 어떻게 이럴……?"

"마지스터는 부인이 아이들에게 미치는 영향이 너무 긍정적이라고 했어요. 그래서 마지스터는 부인에게 민투스보다 훨씬 강력한 기억상실 주문 아메모루스를 걸었던 거예요. 아이들에게도 똑같은 주문을 걸어놨고요. 아이들은 마지스터가 아버지인 줄 믿고 있어요."

스너피의 폭로는 도저히 상상도 할 수 없었던 일이라서 타라와 셀레나는 아연실색했다.

스너피는 신음소리를 냈고, 목소리는 더 힘이 없었다.

"이제…… 이제 또 한 가지 중요한 말을 해야 해. 마지스터, 마지스터가 누구인지 알아!"

타라의 눈이 휘둥그레졌다.

"뭐라고?"

"아스토펠 밭에 넘어졌을 때 후각을 잃었어. 하지만 마침내 후각이 돌아왔거든. 그리고 그 잘다리의 냄새를 맡았어. 그는 바로……."

스너피의 숨이 멎었다. 스너프는 말을 하려고 안간힘을 다했지만…… 갑자기 머리가 푹 기울어지더니 반짝거리던 두 눈이 빛을 잃었다.

타라는 하염없이 눈물을 흘렸고, 셀레나는 스너피를 품에 안고 오열했다. 스너피는 끝내 비밀을 말하지 못한 채 숨졌다.

모두 슬픔에 잠겨 있을 때 밖에서 요란한 소리가 들렸다. 주방에 있는 공간이동의 문 앞에 최그 마구스들과 황제, 엘프 군단이 잠든 상태로 돌아와 있었다. 산도르 황제의 어깨에 단검이 꽂혀 있었다. 샤먼이 달려와 칼을 뽑았고, 진찰한 결과 황제는 의식을 잃은 것뿐이었다. 피를 많이 흘리긴 했지만 다행히 생명에는 지장이 없는 상태였다.

단검에 쪽지가 매달려 있었다. 타라 앞으로 보낸 것이었다.

그것은 잠시 연기되었을 뿐이다. 곧 다시 만나자! 상그라브들의 보스 마지스터.

그들이 깨어났지만 모두 기억상실 주문에 걸려 있었고, 황제만 노발대발한 마지스터가 자신의 어깨에 단검을 꽂았다는 것을 기억했다. 여제도 타라도 그 이상한 메시지의 뜻을 정확하게 파악하지 못하고 있었다.

그러나 그 메시지 때문에 분위기가 어두워지지는 않았다. 위기를 잘 넘기고 멋지게 승리한 날을 기념하기 위한 축제일까지 선포되었다. 마지스터가 참패했다는 소식은 삽시간에 아더월드의 모든 나라로 퍼졌다. 타라는 상그라브들이 재기하기는 힘들 것이라고 확신했다.

타라는 여제의 거처에서 고모 리스베스와 핫 초콜릿을 마시면서 말했다.

"제가 이해할 수 없는 것은 그자의 논리예요. 설사 오무아가 항복해서 마지스터가 권력을 잡았더라도 국민은 그에게 군대가 없다는 것을 금방 알아챘을 거예요. 그러면 국민이 반역을 일으키지 않았을까요?"

여제가 일어섰는데 그 뒤에 마리안나 후임으로 시녀장이 된 브리안나가 서 있었다. 그녀는 웬만한 보디가드 못지 않은 근육질 체격에 키가 큰 금발이었다.

"네가 아직 우리 국민을 모르는구나. 그들은 절대로 반역을 일으키지 않아. 오무아 사람들은 정부에 이의를 제기하는 법이 없단다."

타라는 어이가 없었다.

"이의를 제기하지 않아요? 왜 그런 법을 만들어놨어요?"

"우리 세계에서는 지구에서 일어나는 그런 정치 문제는 존재하지 않는다는 것을 잊지 말거라. 여기는 진실의 입들이 있어서 부당한 일이 일어나지 않게 미리 방지할 수 있고, 마법으로 많은 것을 만들 수 있는 세계야. 우리는 천성이 관대해서 여기서는 돈이 없어도 얼마든지 살아갈 수 있어. 따라서 정부의 수뇌가 바뀌는 것을 중대사로 생각하지 않아. 국민은 마지스터를 환영했을 것이다."

타라는 반신반의하는 얼굴로 고개를 끄덕였다. 어쨌든 상그라브들의 보스가 궤변을 늘어놓으면서 눈속임하는 수를 썼다가 패배했다는 사실이 중요했다.

얽히고 설킨 사건의 진위를 가려서 음모자들을 잡아들이는 데 며칠이 걸렸다. 타라는 텔레크리스털에 출연하여 담화문을 발표했다. 타라는 마지스터가 자신의 목적을 달성하기 위해 '안티매직' 조직에 잠입하여 비마들을 선동한 배후인물이었으며, 마지스터의 심복인 여자 뱀파이어 셀렌바가 테러를 지휘한 행동대원이었다고 폭로했다. 그러나 타라는 여자 뱀파이어가 그 기회에 셀레나를 제거하려고 했던 일은 밝히지 않았다. 그것은 다음에 마지스터와 대적할 때에 사용할 비밀 병기로 남겨둬야 했기 때문이다. 타라는 마지스터가 그토록 믿는 심복이 명을 어기고 자신이 남몰래 사랑하는 셀레나를 죽이려고 했다는 것을 알면 어떻게 나올지 궁금했다.

마법사들을 원치 않는다고 주장했던 비마들은 그제야 철저하게 농락 당하고 속았다는 것을 깨닫고 노발대발하면서 상그라브들을 향해 차마 입에 담지 못할 욕설을 퍼부었다.

산디아르는 여제와 타라에게 악마의 공격에서부터 마리안나의 죽음에 이르기까지 모든 사건을 꾸몄던 마지스터의 공범은 정부의 고위층 마구스라는 추측을 내놓았다. 여제는 산디아르에게 수사를 맡기면서 반드시 이 모든 음모를 꾸민 범인의 신병을 확보하라고 지시했다. 타라는 좋은 생각이 있었지만 잠자코 있었다. 의혹이 확인되면 그때 나서도 늦지 않을 것이라고 생각하면서 타라는 산디아르가 누구의 영향도 받지 않고 직접 범인을 찾아내기를 바랐다.

대대적인 범인 수색작전으로 인한 공포의 일주일이 지나자, 여제는 질서 유지를 위해서는 악마가 절실히 필요하다는 것을 깨닫고 추방했던 에프리트들을 다시 불러들였다. 오랜 세월 동안 황실을 지켜왔던 보디가드 멜은 다른 에프리트로 교체되었고, 반지에는 반드시 새 주인을 위한 보호주문을 읊어야 한다는 규정이 추가되었다. 최고 마구스들은 권력 찬탈을 시도했던 멜에게 1000년 동안 림보로 추방하는 선고를 내렸고, 아울러 몇 가지 금기사항을 준수한다는 조건으로 아더월드를 자유롭게 활보할 수 있는 특권도 박탈했다.

불의의 사고로 사망한 이들, 특히 스너피의 장례 문제도 신경을 써야 했다. 오무아 정부는 스너피의 장례식을 성대하게 치르기로 결정했다. 타라의 목숨을 구한 국가 영웅이기 때문에 스너피의 장례는 오무아의 황족에게만 지내주는 소멸식으로 치러졌다. 스너피의 영혼은 감동적인 의식을 행한 공원에 영면하게 되는 것이었다. 그리고 샘 덕분에 스너피들은 어디를 가나 더 이상 도둑이 아니라 영웅으로 환영받게 되었다. 스너피들은 샘에게 감사하는 뜻으로 그의 냄새를 자기들의 메시아 반열에 올렸다. 그리고 그의 냄새를 신전에서 보존하고 길이길이 숭배하기로 했다.

타라의 유전자가 조작되었을지 모른다는 의혹을 품은 뒤부터 계속 불안한 로빈은 회의를 소집했다. 로빈이 최근에 관찰했던 것들을 공개했을 때 셈 선생님과 이사벨라 덩컨 부인이 어찌나 불편해하는지 정말 뜻밖이었다. 불안해서일까, 아니면 죄의식 때문일까? 후계자의 유전자가 조작되었을지도 모른다는 것을 알고 여제는 몹시 걱정하면서 정밀검사를 실시하고 철저하게 조사하라는 명을 내렸다. 한편 타라는 걱정거리가 많았다. 우선 셀레나와 메델루스의 결혼문제를 매듭지어야 했다. 충격에서 벗어나지 못한 셀레나는 마지스터에게서 완전히 자유로워질 때까지는 당분간 메델루스와 결혼하지 않겠다고 선언했다. 의붓아버지 문제로 머리가 아프던 타라는 어머니의 재혼이 일단 연기되었기 때문에 마음이 한결 가벼워졌다. 그러나 여자 뱀파이어가 마지스터와 어머니에 대해 했던 말이 머리에서 떠나지 않았다. 셀레나를 억류하고 있던 그 오랜 세월 동안 무슨 일이 있었을까? 마지스터가 기억상실을 풀어주는 문장을 읊었을 때 쌍둥이들은 왜 과거를 기억하는 것이 아니라 마지스터가 아버지라는 것만 기억하는 것일까? 어머니의 기억상실을 풀어주는 문장은 무엇일까? 그런데 셀레나의 기억상실을 풀어줘야 하는 것일까?

셀레나가 메델루스와 행복하게 지내면서 정신적, 육체적 상처를 서서히 치유하고 있는 것 같아서 타라는 어머니의 행복을 깨트리고 싶지 않았다. 그리고 어머니는 많은 것을 잊고 있는데 기억을 되살리게 해서 상처를 건드릴 필요는 없을 것 같았다.

타라는 자르와 마라를 궁정에 공식적으로 소개하는 자리에서 쌍둥이들에게 제국의 합법적인 왕자와 공주에 걸맞은 교육을 시키기로 결정되자 아주 기뻐했다.

그러나 자르와 마라는 그 사실을 모르고 있었다. 후계자가 남매에게 신분을 발설하는 자는 달팽이로 둔갑시켜서 버터와 마늘을 곁들인 요리로 만들어버릴 것이라고 불호령을 내렸기 때문이었다. 그 위협은 결실을 이루었다. 초대를 받은 쌍둥이들은 용맹한 로빈, 재치가 넘치는 칼, 영리한 무아노, 용들로 구성된 수행원단을 거느리고 행사장으로 향했다.

자르와 마라를 위해 마련한 의식은 성대했다. 무늬가 전혀 없는 흰색 마법복을 입은 쌍둥이들이 타라가 유모 겸 보디가드로 내어준 그르룰을 거느리고 전진하자, 2열 종대를 이룬 친위대가 머리 위로 검을 세운 채 호위했다. 패밀리어들도 다양한 울음소리로 그들을 맞이했다. 팡파르가 울려 퍼지자, 영문을 모르는 자르와 마라는 너무 놀라 말문이 막힌 얼굴을 하고 있었다.

갈랑은 타라 뒤에서 화려한 닫집처럼 날개를 펼쳐 주고 있었고, 타라는 장난기 있는 미소를 머금은 채 고모 옆에서 얌전히 기다리고 있었다. 여제는 조카딸이 꾸민 술책의 결과를 흥미롭다는 듯 지켜보고 있었다.

거대한 접견실이 대만원이었다. 쌍둥이들이 전진할수록 트럼펫과 금관악기 소리, 다양한 종족의 숨소리 외에는 어떤 속삭임도 들리지 않았다. 시간이 좀 오래 걸렸다. 접견실이 워낙 넓기도 하지만 아이들이 옥좌에 가까워질수록 공포에 사로잡혀서 걸음이 느려지고 있어서였다. 이상한 생각이 드는지 아이들이 타라를 의심하는 눈치가 역력했다.

그제야 타라가 일어나서 두 팔을 벌리고 위엄 있는 어조로 거창하게 말문을 열었다.

"여제 폐하, 황제 폐하, 여러 나라에서 오신 친애하는 대통령, 수상, 대사, 종교 지도자 여러분, 오무아의 국민과 아더월드의 국민 여러분! 귀를 기울여 주십시오! 우리는 오늘 우리 제국과 우리가 가장 사랑하는 여제를 구한 이들의 공덕을 찬양하기 위해 이 자리에 모였습니다(마니투가 작성해준 것이라서 타라도 다분히 과장된 글이라고 생각하고 있었다). 오늘 우리는 이 자리에서 우리를 위해 목숨을 내걸고 싸운 용맹한 용 마법사들, 충성스러운 칼리반 달 살란, 파프니르, 로빈 망질, 파브리스 드 브주아 지롱, 스너피 샘, 글로리아 다빌 공주를 열렬하게 환영하고자 합니다. 또 동시에 믿을 수 없는 놀라운 소식, 우리 황실을 기쁘게 하는 뜻밖의 가족을 축하하는 자리이기도 합니다."

타라가 손짓을 하자, 자르와 마라의 마법복에 백 개의 금빛 눈을 가진 주홍빛 공작이 나타났다. 타라는 일어나서 크리스털 전광판 앞에 몰려와 있을 군중도 들을 수 있게 목소리를 더 높였다.

"오무아 국민이여, 내 남동생 자르와 여동생 마라를 소개합니다. 이들은 제국의 왕자와 공주이고, 오무아의 황제였던 단비우와 그의 아내인 랑코비트의 셀레나의 아들과 딸입니다!"

기쁨의 환호성 속에서 타라는 알 수 없는 허탈감을 느꼈다. 파랗게 질린 쌍둥이들은 모래사장에 올라온 물고기처럼 입을 벌린 채 가쁜 숨을 몰아쉬고 있었다. 타라는 기쁨의 눈물을 글썽이는 어머니와 고모의 눈길과 마주치면서 벅찬 감동을 느꼈다. 그러나 행복과 슬픔이 교차하고 있었다. 이제는 오무아의 미래가 전적으로 자신에게만 달려 있지 않게 되었기 때문에 타라는 앞으로 해야 할 일을 차분히 구상하고 있었다.

축제는 며칠간 계속되었다. 아직 얼떨떨한 자르와 마라는 어머니를 졸졸 따라다녔다. 타라는 심사숙고하면서 계획을 세우고 있었다.

되찾은 후계자들을 축하하는 축제가 끝난 다음날, 로빈은 마음을 고백하기로 굳게 마음먹고 아침에 타라를 찾아갔다. 타라는 여제의 명으로 오전 중에 유전자 검사를 받을 예정이었고, 로빈은 동행해 준다는 구실로 단둘이 있는 기회를 잡았다.

로빈은 이번에는 무슨 일이 있어도 눈을 똑바로 쳐다보면서 사랑을 고백하리라 다짐하고 있었다. 자기보다 훨씬 용기가 없다고 생각하던 파브리스가 무아노에게 마음을 고백했는데 못할 것이 뭐란 말인가! 그러나 로빈이 응접실에 들어갔을 때 타라가 보이지 않았다. 깜짝 놀란 로빈은 방마다 찾아다녔다. 욕실 양탄자가 약간 젖어 있다는 것은 타라가 몇 시간 전에 샤워를 했다는 것인데……. 로빈은 눈살을 찌푸렸다. 한밤중에 샤워를?

복도로 나온 로빈은 에프리트를 불러서 타라의 위치를 파악하라고 지시했다. 에프리트가 성과 없이 돌아오자 로빈은 점점 초조해졌다. 로빈은 황급히 여제의 방으로 달려갔다. 소식을 들은 여제의 얼굴이 하얗게 질렸다. 그들은 궁전을 샅샅이 뒤졌지만 타라는 어디에도 없었다. 게다가 산디아르까지 와서 두 번째 드라크마저 도난당했다는 보고를 했다. 셀레나, 이사벨라, 셈, 샤름, 칼, 무아노, 마니투, 파브리스, 파프니르, 모든 궁인이 나서서 팅가푸르를 발칵 뒤집었지만 타라를 찾을 수 없었다.

후계자가 온데간데없이 사라진 것이었다.

『타라 덩컨』 4권 「드래곤의 배반」에서 계속⋯⋯

작품 해설

　『타라 덩컨』의 작가 소피 오두인 마미코니안은 축복받은 작가임이 틀림없다. 그녀의 명함에는 'HRH 소피 오두인 마미코니안, 아르메니아 왕위 계승을 요구하는 공주'라는 문구와 함께 태양과 마주보는 청록색의 사자 두 마리, 아르메니아 왕가를 상징하는 활과 화살을 가진 독수리 문양과 'semper puri(늘 순수하게)'라는 라틴어 명구가 보인다.

　아르메니아의 왕자 마미코니안(러시아 궁정의 정신과의사이자 니콜라스 차레비치의 주치의)과 러시아의 공주 안나 다비도프의 증손녀로 아르메니아 왕가의 혈통을 잇는 소피 오두인 마미코니안은 「렉스프레스」와 「르 주르날 뒤 메드생」 문학 담당 기자와의 인터뷰를 통해 이렇게 말했다.

"우리 집안은 아주 유서 깊은 아르메니아 가문 중 하나입니다. 『타라 덩컨』은 작가를 15명이나 배출한 가문의 유산이라고 할 수 있습니다. 나의 할아버지와 증조할아버지는 유명한 영화감독이었고, 특히 프랑스에 살고 있는 삼촌 프랑시스 베베르는 작가이자 영화감독으로 나를 스필버그에게 소개해, 그가 『타라 덩컨』의 판권을 사는 데 결정적인 역할을 한 분이에요."

『타라 덩컨과 아더월드의 마법사』는 기상천외한 마법 소재들과 거기에 얽히는 모험들이, 작가가 15년간의 습작을 거쳐 만들어 낸 아더월드라는 마법 세계를 무대로 펼쳐지는 방대한 규모의 판타지 소설이다.

주인공 타라 덩컨은 악의 힘에 의해 살해된 부모의 운명을 피하게 하려는 할머니 때문에 자신에게 마법 능력이 있다는 것도 모른 채 평범한 삶을 살아가지만, 어느 날 실수로 친구를 공중으로 날려 보내면서 숨겨진 능력이 있음을 깨닫게 된다. 그러던 어느 날 자신의 능력을 이용하려는 악당 마지스터(그는 타라 부모님을 살해한 원수이다)의 공격을 받은 타라 덩컨은 개로 변해버린 증조할아버지와 함께 마법과 모험이 숨쉬는 아더월드로 여행을 떠난다.

열두 살 때부터 용과 뱀파이어에 관한 글을 쓰기 시작했던 소피 오두인 마미코니안은 열네 살 때 공상과학소설에 빠져들어

15,000여 권의 SF 작품을 읽은 득서광으로, 결혼 후 첫 딸 디안을 낳고 무료한 시간을 보내던 중 셰익스피어의『한여름 밤의 꿈』을 읽다가, 작품에 등장하는 오베론, 타이테니아, 퍽이 다른 세상에서 왔다면, 그들이 마법의 세계에서 우리의 지구에 도착한 것이라면, 마법이 지구에 미치는 영향과 지구가 아더월드에 미치는 영향은 어떨까, 라는 생각을 하게 되었다. 그것이 바로『타라 덩컨』의 시작으로 새로운 마법의 세계에 영감을 얻은 작가는 하루가 26시간이고 1년이 454일에 7계절이 존재하고, 랑코비트 왕국, 오무아 제국, 난쟁이들의 나라 히플리아, 거인들의 나라 간디스, 트롤들이 사는 크랑카르, 뱀파이어들이 사는 크라살비, 엘프들의 나라 셀렌다 등 수많은 종족의 나라들이 존재하는 거대한 마법 행성 '아더월드' 를 만들어 낸다.

하지만 부모 없이 자란 마법사 어린이가 주인공이라는 기본 설정으로 인해『타라 덩컨』은 '해리 포터의 여동생' 혹은 '치마 입은 해리 포터' 라는 등『해리 포터』와 비교되는 숙명에서 벗어날 수 없었다. 그러나 살아 움직이며 기분에 따라 색깔을 바꾸는 궁전을 비롯하여, 자기만의 색깔을 찾아가는 등장인물들, 마법사들이 교감을 나누는 '패밀리어' 라는 동반자, 가공의 괴물, 기발한 식물들을 통해서 새로운 세상에 대한 관심과 열정을 가지게 하는 발상은『타라 덩컨』만의 매력을 분명히 보여준다.

또한 '셈나샤오비로다인트라쉬부' 라는 국적 불명의 이름과 컴퓨터 키보드 위에서 손가락이 흘러가는 대로 만들어낸 것 같은 단어들은 독자들에게 생경한 단어들을 보는 즐거움을 주려는 작가의 바람으로, 해괴한 단어들을 바꾸자는 출판사의 의견을 단호하게 거절한 그녀의 고집이 느껴진다.

사실 소피 오두인 마미코니안은 『타라 덩컨』을 1987년부터 쓰기 시작했지만 『해리 포터』가 세상에 나오면서 많은 요소를 변경해야 했다. 『해리 포터』 때문에 줄거리 확장을 비롯해 구성도 완전히 수정했고, 이미 설정해 두었던 마법 학교를 삭제하는 등, 15년에 걸쳐 작품의 모든 장면을 수정했다.

원하는 결과를 얻을 때까지 한 가지 줄거리를 수도 없이 변경했던 작가의 노력 덕분인지 『타라 덩컨―아더월드와 마법사들』은 출간 당시 4만 부 판매, 6주간 일반도서부분 베스트셀러 1위라는 경이적인 기록을 세웠고, 미국, 독일, 이탈리아, 스페인, 일본 등 여러 나라의 언어로도 출간되었다.

강력한 마법 능력을 가졌지만 평범한 소녀로서의 삶을 꿈꾸는 타라 덩컨과 강한 우정으로 뭉쳐진 칼, 로빈, 무아노, 파브리스, 파프니르의 멋진 활약을 담은 『타라 덩컨』 시리즈는, 프랑스에서 제2권 『타라 덩컨―비밀의 책』, 제3권 『타라 덩컨―저주받은 왕홀』이 출간되었고, 2013년까지 1년에 한 권씩 독자들을 찾아갈 예정이다.

아더월드의 용어 해설

🐾 **아더월드**_ 아더월드는 지구 표면적의 1.5배에 이르는 마법 행성으로 태양 주위를 자전하며, 하루 26시간, 1년 454일, 14달, 7 계절(카일로스, 보탄트, 트레보, 파이초, 플루초, 모인초, 살탄)로 이루어져 있다. 위성으로는 두 개의 달 마딕스와 타딕스가 아더 월드의 주위를 돌고 있으며, 춘·추분에 조수간만의 차가 몹시 크다.

아더월드의 산들은 지구의 산보다 훨씬 더 높으며, 채굴되는 광물은 대체로 마법의 폭발성이 있어서 추출하는 것이 상당히 위 험하다. 지구(육지29%, 바다 71%)보다 바다가 차지하는 비율은 적으며(아더월드 : 육지 45%, 바다 55%), 그중 두 개의 바다는 민물이다.

아더월드를 지배하는 마법은 동물상과 식물상과 마찬가지로 기후에도 영향을 미친다. 그로 인해 계절은 예측하기가 아주 힘들다.(아더월드에서는 한여름에도 폭설이 내려 1미터나 되는 눈에 덮일 수 있다!)

아더월드에는 인간, 난쟁이, 거인, 트롤, 뱀파이어, 땅신령, 꼬마도깨비, 엘프, 유니콘, 키마이라, 타트리스, 용 등 수많은 종족들이 살고 있다.

✸ 아더월드의 나라들과 종족

✦ **간디스_** 거인들의 나라로 수도는 제오폴. 세력 있는 그로아르 가문이 통치하며 흑장미 섬과 황무지 늪이 있다. 문장은 '주문방지' 돌로 쌓은 벽에 아더월드의 태양이 올라앉은 형상이다.

✦ **드란보우글리스펜쉬르_** 용들의 왕 샨도우바릴로우바쉬부가 통치하는 행성. 지능이 높은 거대한 파충류인 용은 마법 능력을 타고나서 어떤 형상으로든 변신할 수 있으며, 대체로 인간으로 변신해 있다. 마법사들 편에 서서 림보의 악마들과 싸우고 있

다. 세계의 영토를 점령하기 위해 악마들과 대립하면서 용들은
지구의 마법사들과 충돌하는 순간까지는 알려져 있는 모든 세계
를 정복했었다. 끊임없이 악마들과 싸워야 하는 용들은 지구인
마법사들과 전쟁을 벌인 뒤에 동맹을 맺는 것이 유리하다는 결론
을 내렸다. 지구를 지배하겠다는 계획은 포기했지만, 마법사들
이 지구를 지배하는 것도 인정할 수 없는 용들은 지구의 마법사
들에게 아더월드에서 더 많은 마법사들을 양성하고 훈련시키자
고 제안했다. 수년 동안 용들을 경계하면서 고심한 끝에 지구의
마법사들은 결국 그 제안을 받아들이고 아더월드에 정착하였다.

🐉 **랑코비트_** 인간이 지배하는 가장 큰 왕국으로 수도는 트라
비아. 왕국의 문장은 은빛 초승달 아래 금빛 뿔의 하얀 유니콘이
다. 왕 베어와 왕비 티타니아가 통치하고 있으며, 타라와 어머니
셀레나의 조국이다.

🐉 **림보_** 악마의 세계로 악마들의 영역. 림보는 서클이라고 불
리는 여러 세계로 나뉘어져 있으며, 서클에 따라 악마들의 능력
과 학식이 차이 난다. 제1, 2, 3 서클의 악마들은 거칠고 아주 위
험하다. 제4, 5, 6 서클의 악마들은 마법사들과 정해진 조건에서
서로 도움을 주고받는다(마법사는 필요한 것을 악마에게서 얻을

수 있으며 악마의 경우도 마찬가지다). 제7 서클은 마왕이 군림하는 서클이다.

림보에 사는 악마들은 저주받은 태양이 제공하는 악마의 에너지를 먹고산다. 다른 세계로 가기 위해 림보를 나갈 경우엔 생명력이 강한 존재의 살과 정신을 먹어야 한다.

전 세계를 침략하던 중 갑자기 나타난 용들과의 전쟁에서 패배한 뒤로 악마들은 림보에 갇히게 되었고, 마법사나 마법 능력이 있는 존재의 긴급 요청이 있어야만 다른 행성으로 갈 수 있게 됐다. 악마들은 이런 활동범위 제한이 견디기 힘들어서 끊임없이 해방될 방법을 모색한다.

🐾 **멘탈리르_** 보우 대륙 동쪽의 광활한 평원이며 유니콘들과 켄타우로스들의 나라. 유니콘은 생김새와 크기가 말과 같고, 이마에 나선형 뿔이 하나 있으며 발굽은 갈라져 있고 털은 흰빛이다. 지능이 떨어지는 유니콘도 간혹 있지만, 대부분은 영리하며 그 지능은 용들의 지능에 견줄 수 있다. 유니콘의 이 특성을 어떤 종족의 지능이나 동물의 지능으로 분류하기는 힘들다.

켄타우로스는 반은 남자나 여자의 형상, 반은 말의 형상을 하고 있는데 두 종류가 있다. 상반신은 인간, 하반신은 말의 형상을 한 켄타우로스와 상반신은 말, 하반신은 인간의 형상을 한 켄타우로스. 켄타우로스가 어떤 마법에 걸려 있는 것인지는 알 수 없으나 소금이나 향유 같은 생필품을 얻기 위해서가 아니면 다른 종족들과 섞이기를 싫어하는 까다로운 종족이다. 사납고 거칠어서 영역을 침범하는 이방인들을 발견하면 가차없이 화살을 쏘아댄다. 켄타우로스의 샤먼 부족은 평원에서 하얗고 파란 맹독성 개구리 플로프들을 잡아 그 등을 핥는 것으로 미래를 점친다고 전해진다. '찌르레기 대전'이 벌어지는 동안 켄타우로스들이 엘프들에게 몰살되었다는 것은 이 방법이 100퍼센트 믿을 만한 것은 아닌 듯하다.

산티보르_ 텔레파시 능력이 있는 식물성 존재인 진실의 입들이 사는 얼음 행성.

살테렌스_ 살테렌스들의 나라로 수도는 살라. 나라의 문장은 파란색의 투명한 소금을 물고 곧추서 있는 커다란 벌레.

왕은 없고 위대한 카샤라고 불리는 족장과 재상 일파봉이 통치하며 여러 부족으로 나뉘어져 있다. 노예제도를 주장하는 종족으로 사자와 표범의 잡종인 두 발 동물이다. 침투할 수 없는 사막에서 숨어 지내다 마법의 소금광산을 약탈한다.

🌙 셀렌다 엘프들의 나라로 수도는 세보른. 문장은 대각선으로 시위를 메운 두 개의 활 위로 보이는 은빛 보름달.

엘프들은 마법사들과 마찬가지로 마법에 재능이 있다. 겉모습은 인간이며 뾰족한 귀와 고양이의 눈처럼 동공이 수직으로 움직이는 크리스털 눈, 은발이 특징이다. 아더월드의 숲과 평원에서 살며 가공할 만한 사냥꾼이다. 엘프들은 전투와 싸움, 상대를 유인하는 온갖 종류의 게임을 좋아하기 때문에 그들의 에너지를 적절히 이용하기 위해 경찰국이나 안기부에 고용된다. 하지만 엘프들이 옥수수나 마법의 귀리를 경작하기 시작하면 아더월드의 종족들은 불안해한다. 그건 엘프들이 전쟁을 시작할 거란 뜻이기 때문이다. 실제로 전시에는 사냥할 겨를이 없기 때문에 엘프들은 곡식을 재배하고 가축을 기르며, 일단 전쟁이 끝나면 예전의 생활로 돌아간다. 또 다른 특성으로 아이들이 걸어다닐 수 있을 때까지 수컷 엘프들은 배에 달린 육아낭 같은 작은 주머니에 아기를 넣고 다닌다. 여자 엘프는 남편을 다섯 명 이상은 가질 수 없다. 엘프는 거의 죽지 않기 때문에 아이들이 별로 없다. 하프엘프 로빈은 혼혈이라는 이유로 엘프들에게 따돌림을 받고 있다.

🌙 스몰컨트리 땅신령, 꼬마도깨비 파보, 요정, 고블린의 나라. 수도는 스몰. 문장은 원 안에 도안한 꽃, 새, 거미. 땅신령은 파란

색, 꼬마도깨비는 초록색, 고블린은 회색, 요정은 여러 가지 색.

땅신령들은 작달막하고 단단한 체구에 털은 오렌지색이다. 돌을 먹고살며, 난쟁이들과 마찬가지로 광부들이다. 그들의 털가죽은 고성능 가스 탐지기이다. 털이 곤두서면 별 탈이 없지만, 털이 내려앉는 순간부터 땅신령은 광산에 가스가 있다는 걸 알아채고 도망치기 때문이다. 또한 알 수 없는 이유로 인해 땅신령들만 '진실의 입'들과 교감할 수 있다.

스몰컨트리의 익살꾼들인 꼬마도깨비 파보들은 키디코이라는 막대사탕을 만들어낸 이들이다. 착시 현상을 일으키거나 일시적으로 보이지 않게 할 수도 있으며 금을 좋아해 비밀주머니에 숨겨둔다. 그 주머니를 찾아낸 자는 두 가지 소원을 빌 수 있고, 귀한 금을 회수하려면 반드시 그 소원을 들어줘야 한다. 하지만 꼬마도깨비들은 반대로 해석하는 데 선수여서 예측불허의 결과가 나올 수 있으므로 소원을 비는 것에는 항상 위험이 따른다.

오무아 인간이 지배하는 가장 큰 제국으로 수도는 팅가푸르. 제국의 문장은 100개의 금빛 눈을 가진 주홍빛 공작이다. 타라의 고모인 여제 리스베스틸랑넴 탈 바르미 압 산타 압 마루와 삼촌인 황제 산도르 탈 바르미 압 마르치 압 브레비스가 통치하고 있다. 제국을 설립한 최고 마구스 데미데루스의 후손들이다.

🦅 **크라살비** 뱀파이어들의 나라로 수도는 우를라. 나라의 문장은 천문관측 위에 무한을 상징하는 누운 8자와 별이 올라앉은 형상이다.

뱀파이어는 총명하고, 인내심이 많으며 학식이 깊다. 수명이 아주 길고, 수학과 천문학에 몰두하며, 대부분의 시간을 명상하는 데 보내면서 삶의 의미를 추구한다.

아더월드의 뱀파이어는 동물의 피를 먹고살기 때문에 가축을 키운다. 브르르르아아아, 모오오오우우우, 지구에서 수입한 말, 염소, 양 등. 하지만 몇몇 피는 금지되어 있다. 유니콘이나 인간의 피를 먹으면 미치게 되며, 수명이 절반으로 줄기 때문이다. 반면에 뱀파이어에게 물리면 독이 퍼지게 되며, 뱀파이어에게 물린 인간은 그들의 노예가 된다. 게다가 독성 피가 전이되면 뱀파이어가 되는데 이 경우의 뱀파이어는 파괴적이고 악독하기 때문에, 저주에 희생된 뱀파이어는 동족은 물론 아더월드의 모든 종족에게 쫓겨다닌다.

🦅 **크랑카르** 트롤들의 나라로 수도는 크리아. 나라의 문장은 나무꼭대기에 몽둥이가 걸려 있는 형상이다. 트롤은 거대한 몸집에 납작한 이빨이 있는 초록빛 털북숭이로 채식주의지만, 고기를 흡수할 경우 식인귀가 될 수 있다. 먹고살기 위해 나무를 마구

죽이며(이것이 엘프들의 울화를 치밀게 한다), 쉽게 자제력을 잃어버리는 성향이 있어서 한 번 성질이 나면 닥치는 대로 짓뭉개버리기 때문에 평판이 나쁘다.

🐾 **타트란_** 타트리스, 카홈보움, 타츠보움의 나라로 수도는 시티빌. 문장은 양피지 위에 놓인 직각자, 컴퍼스, 크리스털 볼.

타트리스는 머리가 둘인 특성을 가지고 있다. 관리 능력이 뛰어난 데다 신체적 특성 덕분에 행정관이나 정부 고위층에서 일하고 있다. 타트리스들은 오로지 일을 중요하게 여기면서 헛된 꿈을 꾸지 않는 현실주의자들이다. 타트리스들은 꼬마도깨비 파보들이 즐겨 놀리는 대상 중 하나며, 이 장난꾸러기들은 유머가 결핍된 종족이라는 소리를 듣지 않기 위해 수세기 동안 끈질기게 타트리스 종족을 웃기려고 애쓰고 있다. 게다가 파보들은 웃기는 데 성공한 자들 중에서 1등에게는 상까지 수여하고 있다.

카홈보움은 빨간 눈과 촉수들이 있는 노란색 덩어리 모습을 하고 있으며 주로 도서관 사서로 일한다. 타츠보움은 촉수로 놀라운 멜로디를 연주하는 음악가들이다.

🐾 **히믈리아_** 난쟁이들의 나라로 수도는 미나트. 대장장이 씨족이 통치하고 있다. 나라의 문장은 지하 광산의 전쟁용 모루와

쇠망치.

키와 몸통 폭의 길이가 똑같은 단단한 체구가 난쟁이들의 신체적 특징이다. 아더월드의 광부, 대장장이로 활동하고 있으며, 뛰어난 금속 가공업자, 보석 세공인도 거의 난쟁이들이다. 성격이 몹시 까다로운 것으로 알려져 있으며, 마법을 싫어하며 아주 길고 복잡한 노래를 즐겨 부른다.

✸ 아더월드의 동물상과 식물상 및 속담

🐛 **간다리** 대황에 가까운 식물이며, 꿀처럼 단맛이 난다.

🐛 **갬볼** 마법에 흔히 사용되는 파란 이빨의 설치류 동물. 그 살과 피에 마법이 침투하지 못할 정도로 땅을 깊이 파고 들어간다. 건조시키면 딱딱해졌다가 가루처럼 변하며, '갬볼 가루'는 마법을 실행하기 힘들게 만든다. 몇몇 마법사들은 갬볼 가루를 식용하기도 하는데 그것은 그 가루가 환각 증세를 일으키기 때문이다. 갬볼 가루 복용은 아더월드에서 엄격하게 금지되어 있으며 위반할 경우 엄중한 처벌을 받는다.

🐾**글로우톤_** 털북숭이 동물. 길게 늘어나는 특성이 있어서 목을 조르는 밧줄로 사용한다.

🐾**글루릅스_** 머리가 아주 갸름한 초록색과 갈색의 도마뱀으로 호수와 늪에서 서식한다. 식욕이 왕성하며, 물 속에서 숨을 쉬지 않고 몇 시간을 견딜 수 있어서 목을 축이러 오는 순진한 동물을 잡아먹는다. 물가의 은신처에 굴을 파 놓고 살며, 호수 바닥의 구멍 속에 먹이를 숨겨 놓는다.

🐾**드래코-티라노사우루스_** 뱀과 공룡의 잡종. 용의 사촌이지만 지능은 많이 떨어지며, 날개가 작아서 날지 못한다. 가공할 만한 포식동물로, 움직이는 것뿐만 아니라 움직이지 않는 것조차 닥치는 대로 잡아먹는다. 오무아 제국의 따뜻하고 습한 숲에서 살며, 이 지역은 관광 개발이 불가능하다.

🐾**디스쿠타리움_** 지구와 아더월드, 드란부글리스펜쉬르, 악마들의 림보와 관련된 모든 책, 영화, 예술작품에 관한 정보를 조회할 수 있다. 디스쿠타리움에서 나오는 목소리는 어떤 질문에도 못 하는 답변이 거의 없다.

마누릴_ 마누릴의 하얀 싹은 즙이 많아서 아더월드 사람들이 즐겨 음식에 곁들여 먹는다.

모오오오우우우_ 뿔은 없고 머리가 둘 달린 고라니. 머리 하나가 먹을 때 다른 하나는 포식동물들을 감시한다. 이동할 때는 게처럼 옆으로 걷는다.

므르모움_ 나무들이 숲 모양으로 거대한 군락을 이루고 있어서 따기가 아주 힘든 과일이다. 므르모움나무는 접근하는 것이 있으면 괴상한 소리를 내면서 땅 속으로 파고들기 때문에 붙여진 이름이다. 아더월드에서 산책을 하다 보면 므르모움나무 숲이 통째로 사라지고 벌판만 남는 아주 놀라운 광경을 목격할 수 있다.

미암_ 크기가 복숭아만한 빨간 체리.

보디 드라이어_ 바람의 원소를 이용한 무형물로 욕실에서 주로 사용한다.

발분_ 거대한 고래로 붉은 색이며 지구의 고래보다 두 배로

크다. 발분은 잊지 못할 멜로디의 노래를 부르며, 젖이 아주 풍부하다. 발분의 젖으로 만든 버터와 크림은 영양가가 높은 인기 식품이어서 물에 사는 트리톤과 사이렌들과 육지에 사는 거주자들 사이에 무역 교류의 대상이 되고 있다. 노래를 아주 잘 부를 때 '발분처럼 노래부른다.' 는 말로 칭찬한다.

🐾 **발로르키데** 꽃이 아주 화려한 기생식물. 이름은 개화하기 전의 노란빛과 초록빛의 봉우리에서 따온 것이다. 성장속도가 아주 빨라서 몇 계절 만에 나무 한 그루를 죽일 수 있으며, 뿌리로 이동해서 그 다음 나무를 공격한다. 그래서 아더월드의 나무들은 발로르키데들이 들러붙지 못하게 부식시키는 물질을 분비하는 것으로 생존경쟁을 벌이고 있다.

🐾 **베에에** 아름다운 흰 털 옷. 마법 행성의 변화무쌍한 계절에 대한 적응력이 뛰어나서 몇 시간 만에 털이 빠지거나 털을 자라게 할 수 있다. 그래서 털 깎는 시기에 사육자들이 그 특성을 이용해서 날씨가 갑자기 더워졌다고 하면 베에에들은 즉시 털을 홀랑 벗어버린다. 아더월드에서 '베에에처럼 순진하다.' 는 표현을 쓰는 것은 여기서 유래한 것이다.

272

🐦 **벤드룩_** 림보의 여러 우상 중 하나인 벤드룩은 생김새가 어찌나 흉측한지 다른 우상들조차 그 끔찍한 모습에 두려움을 느낄 정도다. 벤드룩은 내장이 몸 밖으로 나와 있어서 먹을 때 소화되는 과정을 구경할 수 있다.

🐦 **보벨_** 앵무새와 유사한 아더월드의 화려한 새.

🐦 **불사르딘_** 공격을 받으면 몸이 팽창하는 특성을 가진 일종의 정어리. 껍질은 칼이 들어가지 않을 정도로 아주 질기다. 그래서 아더월드에서 파괴되지 않는 것을 보면 '불사르딘 같다.'고 말한다.

🐦 **브르르르아아아_** 거인들의 나라 간디스에서 생산하는 엄청나게 큰 소. 털은 숱이 아주 많아서 거인들이 그 털가죽으로 옷을 지어 입는다. 몹시 공격적이어서 움직이는 것이 있으면 뭐든 덤벼든다. 제 그림자를 쫓다가 녹초가 된 브르르르아아아를 보게 된 것은 그 때문이다. 흔히 고집불통인 사람을 '브르르르아아아 같다.'고 표현한다.

🐦 **브르리르_** 흰빛과 금빛이 어우러진 고양이과 동물로 다리가

여섯 개. 특히 브르리르를 사랑하는 오무아 제국의 여제는 이 동물들이 궁전에 갇혀 있다는 생각을 하지 않도록 주문을 걸어 놨다. 그래서 브르리르들에게는 가구와 침대의자가 나무와 편안한 바위로 보인다. 브르리르에게는 궁인들이 안 보이며, 궁인들이 쓰다듬어 주면 바람에 털이 살랑살랑 흩날리는 것이라고 생각한다.

🐾 **브릴** 브릴의 싹 요리는 아더월드에서 아주 인기가 높다. 브릴은 히플리아에 있는 마법의 산골짜기에서 자라며 난쟁이들이 그 싹을 수확해서 아더월드의 상인들에게 비싼 값으로 판다. 게다가 히플리아에서는 브릴을 잡초로 여겨 먹지 않기 때문에 난쟁이들은 이 불로소득에 즐거운 비명을 지른다.

🐾 **블루룹스** 갈색 가죽배낭 같은 모습으로 흙 속에 숨어 있다가 접근하는 곤충을 잡아먹는 식물. 어린 블루룹스들이 흰개미처럼 어미 블루룹스에게 물과 먹이를 공급하며, 다 크면 둥지를 떠나 다른 데에 뿌리를 내리고 흙 속으로 파고들어간다. 아더월드에서는 궁지에서 헤어날 기회가 전혀 없을 때를 가리켜 '블루룹스 둥지에서 헤맨다.'고 표현한다.

🐾 **블를** 대부분 물 속에서 생활하다 번식기에 물 밖으로 나오는

날개 돋친 물고기. 색이 아름다워서 수영장 장식용으로 쓰인다.

🦎 **블리르_** 금빛 자두. 지구의 자두와 아주 흡사하며 더 달콤하다.

🦎 **비마_** 비마법사를 축약한 것으로 비마는 마법 능력이 없는 인간들을 가리킨다.

🦎 **비즈즈즈_** 빨간색과 노란색의 커다란 벌. 지구의 벌들과는 달리 비즈즈즈는 독침이 없다. 독극물을 분비해서 잡아먹으려고 달려드는 포식동물을 독살하는 것이 비즈즈즈의 방어수단이다. 비즈즈즈들이 아더월드의 마법 꽃에서 생산하는 꿀은 그 어떤 꿀에도 비길 데 없는 맛이다. 아더월드에서는 '비즈즈즈 꿀처럼 달콤하다.' 는 표현을 자주 사용한다.

🦎 **빠그락-땅콩_** 땅콩이 벌어질 때 나는 독특한 소리 때문에 붙여진 이름이다. 이 땅콩에서 짜내는 기름은 향이 좋아서 아더월드의 유명한 주방장이나 숙련된 가정 주부들이 주로 애용한다.

🦎 **빨간 바나나_** 색깔을 제외하고는 지구의 바나나와 똑같다.

뿌익_ 이 장소에서 저 장소로 자신의 몸을 물리적으로 전송할 수 있는 꼬리가 둘 달린 빨간 쥐. 천적은 똑같은 능력을 지닌 초록색 귀의 오렌지색 뚱보 고양이 므르르르이다.

사카트_ 맹독성의 공격적인 빨갛고 노란 곤충으로 아더월드에서 특히 좋아하는 꿀을 생산한다. 미식가들인 난쟁이들만 사카트의 애벌레를 먹을 수 있다. 다른 종족이 먹었을 경우에는 애벌레의 딱지가 인간이나 엘프의 소화액에 용해되지 않기 때문에 뱃속에서 벌떼를 분봉할 위험이 있다.

샤면_ 아더월드에서 의사 역할을 하는 치료사. 마법사는 누구나 상처를 낫게 하는 레파루스 주문을 사용할 수 있기 때문에 돌볼 병자가 그리 많지는 않다.

샤트릭스_ 일종의 하이에나. 검은색이며, 독이 든 이빨을 사용하는 아주 공격적인 동물로 밤에만 사냥한다. 길들일 수 있어서 오무아 제국에서 샤트릭스들을 문지기로 이용한다.

소포르_ 향기로운 꽃들이 탐스러운 식물. 최면작용을 하는 꽃가루로 곤충과 동물을 함정이 빠트린다. 곤충이나 동물이 잠들면 꽃가루를 뿌려서 번식을 도와주는 매개체로 삼는다. 소포르 주변에서 육식동물이 보이는 것은 그 때문이다.

스너피_ 생김새는 여우 같지만 두 발로 걸어다니며 누더기를 걸치고 옆구리에 배낭을 매고 다닌다. 닭이나 스파슌을 훔치기 때문에 아더월드의 농부들이 아주 싫어한다. 제 몸을 복제하는 특성이 있어서 감옥에 갇혀도 탈옥할 수 있다.

스쿠프_ 아더월드의 기술로 생산되는 날개 달린 작은 카메라. 스쿠프는 지능을 가지고 있어서 촬영한 영상을 크리스털리스트에게 전송한다.

스트리둘_ 지구의 메뚜기에 해당된다. 몹시 파괴적이어서 구름처럼 떼를 지어 이동할 때는 삽시간에 농작물을 휩쓸어버린다. 스트리둘은 아주 풍부한 점액을 생산하기 때문에 마법에 널리 사용된다.

스파슈니어_ 닭장처럼 스파슌을 가두어두는 집.

스파슌_ 금빛의 자이언트 칠면조인데 시종일관 울음소리를 내면서 거드럭거리고 다니는 통에 사냥하기가 아주 수월하다. 흔히 '스파슌처럼 어리석다.' 또는 '스파슌처럼 거드름피운다.' 고 표현한다.

🐾 **스팔렌디탈** 일종의 전갈이며 스몰컨트리가 원산지다. 땅신령들은 스팔렌디탈을 길들여서 말처럼 타고 다니며, 가죽이 아주 질기기 때문에 유용하게 사용한다. 새를 좋아하는(미각적 의미에서) 땅신령들은 스몰컨트리의 서식동물을 절멸시킴으로써 곤충과 다른 동물에게 생태적 지위를 열어주었다. 천적들에게서 해방된 스팔렌디탈들은 위험 없이 자라면서 그 개체 수는 점점 더 늘어났다. 땅신령들 때문에 스몰컨트리는 결과적으로 자이언트 전갈, 자이언트 거미, 자이언트 다족류에게 점령되었다.

🐾 **슬루릅** 멘탈리르 평원이 원산지인 식물이며 그 즙은 신기하게도 후추를 친 쇠고기의 깊은 맛이 난다. 고기 맛이 나는 것은 초식동물인 유니콘 떼의 공격을 피하기 위해서다. 하지만 이 독특한 맛을 발견한 아더월드 사람들이 슬루릅 즙으로 요리하는 습관이 생겼다.

🐾 **아스트로펠** 며칠 동안 후각을 마비시키는 속성을 가진 장

밋빛 작은 꽃. 아스트로펠은 초식동물을 피하기 위해 후각으로 포식동물들을 탐지하는 능력이 발달되어 있다.

🐾 **에프리트_** 지각단층을 둘러싼 전쟁이 일어났을 때 인간들 편에 서서 악마들과 싸웠던 악마 종족. 감사의 뜻으로 데미데루스는 마법사의 호출을 받는 에프리트에게 아더월드로 오는 것을 허락했다. 아더월드에 온 에프리트들은 자기들의 능력을 인간을 돕는 데 사용하기로 결정했고, 대부분 하인, 전령, 경찰로 일하고 있다.

🐾 **원소_** 불, 물, 흙, 공기 등 여러 종류의 원소가 존재한다. 성질이 포악한 불의 원소를 제외하고 원소들은 대체로 다정하며 일상생활에서 아더월드 사람들을 도와준다.

🐾 **자이언트 거미_** 스팔렌디탈과 마찬가지로 스몰컨트리가 원산지이다. 땅신령들이 말처럼 타고 다니며, 그 거미줄은 아주 질긴 것으로 유명하다. 여덟 개의 발과 여덟 개의 눈, 전갈처럼 독침이 있는 꼬리가 달려 있는 것이 특징이다. 아주 영리하며, 잡아먹기 전에 먹이에게 수수께끼를 내는 것이 취미이다.

🐌 **젤리소르_** 림보에서 숭배하는 신. 입김이 어찌나 센지 향기가 나는 천으로 주둥이, 아가리, 얼굴을 가려야만 신전으로 들어갈 수 있다. 악취 때문에 젤리소르의 신전에서는 파리도 살 수 없다. 다른 신들과 회의가 있을 때는 실내공기를 고려하여 송곳니를 깨끗이 닦고 들어가야 하며, 젤리소르 옆에서는 담배를 피울 수 없다.

🐌 **주르스탈_** 텔레크리스털이 방송하는 아더월드의 뉴스이며, 마법사와 비마는 크리스털 볼과 크리스털 전광판으로 받아본다.

🐌 **진실의 입_** 아더월드에서 가까운 얼음 행성 산티보르 원산의 식물성 존재. 텔레파시 능력이 있어서 어떤 거짓말도 탐지할 수 있다. 말을 못하기 때문에 진실의 입들의 생각을 읽어낼 수 있는 파란 땅신령을 통해 의사소통한다.

🐌 **진흙먹보_** 간디스의 황무지 늪에 사는 털북숭이 동물이며 진흙에 들어 있는 영양소와 곤충, 수련을 먹고산다. 진흙먹보들의 원시족은 아더월드의 다른 거주자들과 거의 접촉이 없다.

🐌 **친파프_** 콜라, 사과, 오렌지 맛이 나고, 콜라처럼 거품이 나

며, 상쾌하게 해주고 활력을 주는 청량 음료이다.

🦎 **카멜린_** 이름은 환경에 따라 색이 변하는 특성에서 유래하는 희귀종 식물. 멘탈리르 평원에서는 파란색이고, 살테렌스 사막에서는 금빛이나 흰색이다. 꺾거나 옷감으로 짜도 그 특성은 유지되기 때문에 활용 가치가 높다.

🦎 **칵스_** 근육을 풀어주는 효능이 있는 약초로 달여 마시며, 잠자기 직전에만 복용하라고 되어 있다. 근육에 영향을 준다고 하여 아더월드에서는 '몰몰'이라고도 부른다. '이런 칵스 같은 놈!'이라고 말하면 아주 흐늘흐늘한 사람을 가리킨다.

🦎 **칸타루프_** 공격적인 식충 식물이며, 주로 곤충과 설치류 동물을 잡아먹는다. 꽃잎의 색은 다양하지만 항상 눈에 거슬리는 빛깔이며, 날카로운 가시를 사용하여 마치 작살로 찍듯이 먹이를 잡는다. 크기는 큰 개만해서 꺾기가 힘들고, 아더월드의 특선 요리에 들어가는 재료로 사용한다.

🦎 **칼로르나_** 숲에 피는 매혹적인 꽃. 달콤한 장밋빛과 흰빛 꽃잎으로 아더월드의 초식동물과 모든 동물에게 특선요리를 만들

어준다. 멸종을 피하기 위해서 칼로르나는 세 개의 꽃잎을 포식 동물의 접근을 감지할 수 있는 탐지기로 만들었다. 커다란 눈 모양의 이 꽃잎들 덕분에 칼로르나는 재빨리 모습을 감출 수 있다. 그런데 불행히도 호기심이 많은 칼로르나는 그 꽃잎들을 세우고 있다가 포식동물을 제때에 피하지 못하는 경우가 종종 있다. 호기심이 많은 사람을 보고 '칼로르나 같다.'고 말하는 것은 바로 그 때문이다.

🦎 **켈트릴**_ 가볍고 아주 단단해서 갑옷과 보호대를 만드는 데 사용하는 은빛 금속. 난쟁이들이 만들어서 엘프와 인간에게 아주 비싼 값으로 판다.

🦎 **크라크덴트**_ 트롤의 나라 크랑카르 원산의 장밋빛 털북숭이 동물. 앞뒤가 분간되지 않지만 세 배 크기로 늘어나는 입을 갖고 있어 무엇이든 거의 한 입에 덥석 집어삼키므로 상당히 위험하다. 아더월드를 방문한 많은 관광객들이 "어머 어쩌면 이렇게 귀여울까!" 하고 감탄하다가 목숨을 잃었다.

🦎 **크라켄**_ 시커먼 발들이 위협적인 자이언트 문어. 엄청난 크기 때문에 아더월드의 바다에서 발견되지만, 민물에서도 살 수

있다. 뱃사람들에게는 위험한 존재로 널리 알려져 있다.

🐾 **크레크레크레** 레몬빛 털의 설치류 동물로 생김새는 토끼와 비슷하다. 빛깔이 화려한 아더월드의 환경을 이용해서 포식동물들을 아주 쉽게 피한다. 살은 맛이 없는데도 굶주린 여행가나 사냥꾼이 먹기도 한다. 아더월드에서는 크레크레크레를 사로잡아서 사육한다.

🐾 **크로쉬엥_** 셀테렌스 종족, 사막의 재칼. 크로쉬엥은 무리를 지어 사냥한다.

🐾 **크로아_** 두 가지 색의 개구리. 크로아는 글루릅스들의 주식이며, 신경을 거스르는 독특한 울음소리 때문에 쉽게 찾을 수 있다.

🐾 **크로크-르캥_** 아더월드의 바다 포식동물인 일종의 상어. 날카로운 이빨을 무기로 주저치 않고 크라켄을 공격한다. 크로크-르캥은 아더월드의 바다에서 크라켄과 함께 뱃사람들에게 위협적인 존재들이다.

🐾 **크루이크크크_** 빨간 상아가 돋친 파란색 잡식성 포유류 동

물. 성질이 포악한 것으로 알려져 있으며, 살이 맛있어서 사육한다. 야생 크루이크크크 떼는 삽시간에 밭을 황폐하게 만들어 놓는다. 그래서 아더월드의 농부들은 곡물을 지키기 위해서 크루이크크크 퇴치 주문을 사용한다.

🐾 **크룬칠_** 하트 모양의 식물이며 잎을 식용한다. 크룬칠 잎만 있으면 다른 음식을 먹지 않아도 생존할 수 있어서 '여행자의 식물' 이라고 불린다.

🐾 **키디코이_** 장난꾸러기 꼬마도깨비 파보들이 창안한 막대사탕. 겉을 빨아먹으면 속에서 예언 글귀가 나타난다. 이 예언은 항상 실현되지만 그 순간에는 당사자가 이해하지 못하는 경우가 대부분이다. 모든 국가의 최고 마법사들은 그 기능을 이해하기 위해 신비한 키디코이를 연구하그 있지만 성과를 얻지 못했다. 파보들이 그 비밀을 잘 지키고 있기 때문이다.

🐾 **타로데르_** 자는 동물의 살 속에 유충을 넣어서 번식하는 벌레. 타로데르에게 물리면 통증이 심하므로, 유충이 몸 속으로 퍼지기 전에 즉시 소독해야 한다.

🐾 **타오르미스_** 얼굴이 개미처럼 생긴 쥐인데 깨물면 굉장히 아프다. 개미집 하나가 이동할 때 숲 전체가 쑥대밭이 될 수 있다. 타오르미스는 아더월드의 동물이 좋아하는 꿀을 생산하지만, 그 꿀을 얻으려면 목숨을 걸어야 한다.

🐾 **타춤_** 노란색 꽃이며, 그 꽃가루는 아더월드의 후추로 사용된다. 자극성이 아주 강해서 타춤의 냄새를 맡으면 어떤 상태의 코든 뻥 뚫린다.

🐾 **타트롤_** 지구와 아더월드는 측량 단위가 서로 다르다. 타트롤은 킬로미터, 바트롤은 미터에 해당한다.

🐾 **트라둑_** 살코기와 털가죽을 얻기 위해 켄타우로스들이 키우는 동물. 악취를 풍기는 특성이 있어서 포식동물들로부터 자신을 보호한다. 그러나 트라둑의 냄새를 맡지 않기 위해 콧구멍을 막을 수 있는 늑대 크르르렉은 예외다. 아더월드에서 '병든 트라둑 같은 악취가 난다.' 라는 표현은 모욕으로 받아들여진다.

🐾 **트리크로크_** 표적을 정확하게 찾는 마법의 무기이다.

🐛 **트실_** 살테렌스 사막의 벌레. 모래 속에 숨어서 동물이 지나가기를 기다리다 동물에 들러붙어서 살갗이든 딱딱한 껍질이든 뚫어버린다. 그 알들은 혈관을 침투해서 숙주의 몸 속에 퍼진다. 100시간이 지나면 알들이 부화하며, 새로 태어난 트실들이 숙주의 몸을 먹는다. 아더월드에서는 트실로 인한 죽음이 가장 끔찍한 죽음 중 하나다. 이런 이유르 살테렌스 사막을 여행하는 사람은 거의 없다. 보통 트실에 대한 해독제는 존재하는 반면에 금빛 트실에 대한 해독제는 없어서 공격을 받으면 죽음을 면할 길이 없다.

🐛 **페가수스_** 날개 돋친 말. 지능은 개의 지능에 가깝다. 발굽은 없지만 갈퀴발톱이 있어서 어디든 쉽게 올라앉을 수 있다. 키가 무려 200미터에 이르고 몸통의 원주가 50미터에 이르는 자이언트 강철나무 꼭대기에 둥지를 친다.

🐛 **플로프_** 맹독성의 하얗고 파란 개구리로 멘탈리르의 평원에서 볼 수 있다.

🐛 **흡혈파리_** 물리면 통증이 몹시 심하다.

소피 오두인 마미코니안 인터뷰

「렉스프레스」와 「르 주르날 뒤 메드생」 문학 담당 기자와의 인터뷰에 응한 작가 소피 오두인

마미코니안의 진솔한 답변을 통해서 작가와 타라 덩컨 시리즈의 모든 것을 알아본다.

타라 덩컨의 성격은 어떤가요?

타라는 고집스럽지만 조숙함을 보이는 소녀입니다. 어른들을 믿지 않죠. 타라는 늘 진실과 거짓을 가려내야 한다는 걸 깨닫습니다. 역설적으로 나의 주인공은 마법을 아주 싫어해요. 그 반감이 스토리를 이끌고 있지요. 알지 못할 미스터리와 싸워야 하는 타라는 뭔가가 자신을 노리고 있는 걸 알지만 가능한 한 평범한 소녀의 삶을 살고 싶어하지요.

이 자리에서 밝히자면 타라는 사실 나의 사랑스런 두 딸(15세 디안과 12세 마린)의 성격을 합해서 만들어낸 캐릭터입니다. 내 아이들이 다른 세상을 발견했을 때 일어날 법한 일에 대해 쓴 것이니까요.

🎋 주인공의 이름인 '타라 덩컨'은 무용가 '이사도라 덩컨'과 관계가 있습니까?

네, 그 훌륭한 무용가에게 경의를 표하는 겁니다. 그 이름을 선택한 것은 중산모자에 가죽신을 신은 그 당당한 스타 이사도라 덩컨을 아주 좋아하기 때문입니다.

🎋 부모 없이 자란 고아, 아주 강력한 능력을 가진 마법사, 어린 나이 등 『타라 덩컨』이 『해리 포터』와 너무 흡사하다고 생각하지 않으십니까?

우선 나는 내 작품이 『해리 포터』에 비교되는 것이 기쁩니다. 부모 없이 자란 마법사 어린이가 주인공이라는 기본 요소는 같아요. 문학은 모든 걸 다 지어내지는 않습니다. 나는 롤링과 직업이 같고, 우리는 음유시인의 후손들이며 이야기꾼이니까요.

『타라 덩컨』의 세계는 『해리 포터』의 세계보다 훨씬 방대하고 복잡하고 흥미로운 세계입니다. 더구나 나는 조앤 롤링의 주인공을 모방하려고 하지 않았습니다. 이 작품을 1987년에 썼으니까요.

당시 한 출판사가 전 3권으로 출간하고 싶어했기 때문에 나는 거절했습니다. 그러다 『해리 포터』가 세상에 나오면서 나는 많은 요소를 변경해야 했지요. 『해리 포터』 때문에 줄거리 확장을 비롯해 틀도 완전히 변경했고, 무엇보다도 이미 설정했던 마법 학교를 삭제했습니다.

나는 이 작품의 모든 장면을 수정하는 데 15년이 걸렸습니다. 물론 그 만큼 공들여 손질할 시간이 있었다는 뜻도 되지요.

내 머릿속에는 이미 모든 것이 들어 있고, 출판사와는 이미 제5권까지 계약을 끝낸 상태입니다.

일단 글을 쓰기 시작하면 나는 하루에 10페이지씩 기관총을 쏘듯 키보드를 두들겨대지요. 2013년 5월에 제10권을 위한 최후의 마침표를 찍기 위해서.

🐾 '셈나샤오비로다인트라쉬부'처럼 발음하기 힘든 독특한 이름들을 많이 사용하고 있는데 독자들이 곤혹스러워하지 않을까요?

등장인물의 이름과 지명을 창조하는 일은 사실 아주 즐거운 작업이었습니다. 셈나샤오비로다인트라쉬부는 마다가스카르를 여행할 때 원주민들의 이름이 아주 길다는 데서 착안했습니다.

팅가푸르의 경우는 아시아를 여행하면서 오색찬란하게 빛나는 뾰족뾰족한 지붕의 건물들을 보고 영감을 얻었고요. 랑코비트는 프랑스의 인상적인 성들과 벽을 멋지게 장식한 마을들을 섞어놓은 겁니다.

동식물과 종족의 이름들은 신화에서 영감을 얻었고, 컴퓨터 키보드에 내 손가락이 흘러가는 대로 만들어낸 것들입니다.

내가 만들면서 즐거워했던 것만큼 독자들도 생소하지만 우스꽝스러운 이름들을 읽으면서 즐겁기를 바랍니다.

나는 독자들에게 갇혀 있지 않은, 틀에 박히지 않은, 다시 말해서 '국적 불명' 의 풍부한 어휘를 주고 싶은 겁니다. 그래서 출판사에서 해괴한 낱말들을 바꾸자고 제안했을 때, 나는 단호하게 거절했습니다.

편안하고 쉬운 이름을 주지 않는 점에서 나는 내 독자들에게 너그럽지 못한 작가라고 해야겠지요.

🐌 아르메니아의 공주라는 당신의 혈통이 이 작품에 어떤 영향을 주었나요?

이 소설 속의 동양적인 것은 모두 나의 아르메니아와 페르시아 혈통과 관련이 있습니다.

나는 아르메니아와 페르시아의 설화와 전설에 항상 매료되었지요. 대부분의 설화나 전설에는 위기에 빠진 공주의 목숨을 구해 주기 위해 왕자 또는 흑기사가 나타나기 마련이지요. 하지만 사우디아라비아의 설화는 아주 가혹해요. 반드시 구해 주지는 않으니까요. 그런 신화의 세계가 내게 영향을 주었지요.

내가 태어나게 한 등장인물들 중 누군가를 죽여야 할 상황이면 나는 죽이기도 합니다. 그 점이 이따금 독자들을 놀라게 할 겁니다.

🐎 마지막으로 공식의례나 궁전의 묘사가 사실적인데 작가 자신의 개인적인 신분과 관계가 있습니까?

소설에서 등장하는 공식의례에 대한 묘사는 몇몇 궁정의 예의범절에서 착상을 얻었습니다. 내 경우 『타라 덩컨』은 가문의 조상들로부터 받은 유산이라고 생각해요. 우리 집안에는 15명이나 되는 작가가 있기 때문이죠. 1933년부터 프랑스에서 살고 있는 영화감독이자 작가인 프랑시스 베베르(『바보들의 식사』)는 삼촌이고, 피에르 질 베베르(『튤립 팡팡』)는 할아버지, 트리스탕 베르나르(『막다른 골목』)가 증조할아버지이십니다.

나의 혈통이 내 마음을 움직였다는 걸 고백하지 않을 수가 없군요.

랑코비트의 덩컨 가문 족보

-5014년 파이초 25일(아더월드력)을 기준으로 작성-

마니투 덩컨 & 마젠티 발 아르젠몽 레틸라
(4850 DA~∞)　　(4849 DA~4928 DA)

메넬라스 트리 브란릴 & 이사벨라 덩컨
(4805 DA~)　　　　　(4910 DA~)

레벤탈 덩컨 & 테일러 압 잔
(4901 DA~4998 DA) (4876 DA~)

셀레나 덩컨 브란릴 & 단비우 탈 바르미
(4977 DA~)　　　　　(4973 DA~5002 DA)

배반자(라고 불리는) 바리우스 덩컨
(4952 DA~)

타라틸랑넴 탈 바르미 압 산타 압 마루 탈 덩컨
(1991 DT/5000 DA~)

DA = 아더월드력
DT = 지구력

오무아 제국의 탈 바르미 압 산타 압 마루 가문 족보

-5014년 파이초 25일(아더월드력)을 기준으로 작성-

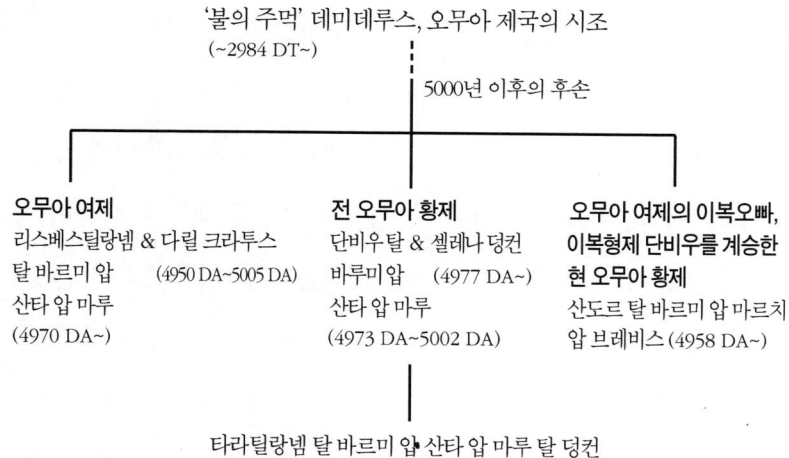

'불의 주먹' 데미데루스, 오무아 제국의 시조
(~2984 DT~)

5000년 이후의 후손

오무아 여제
리스베스틸랑넴 & 다릴 크라투스
탈 바르미 압   (4950 DA~5005 DA)
산타 압 마루
(4970 DA~)

전 오무아 황제
단비우탈 & 셀레나 덩컨
바루미압   (4977 DA~)
산타 압 마루
(4973 DA~5002 DA)

**오무아 여제의 이복오빠,
이복형제 단비우를 계승한
현 오무아 황제**
산도르 탈 바르미 압 마르치
압 브레비스 (4958 DA~)

타라틸랑넴 탈 바르미 압 산타 압 마루 탈 덩컨
(1991 DT/5000 DA~)

DA = 아더월드력
DT = 지구력

타라 덩컨에 쏟아진 세계 언론의 찬사!

기발한 아이디어, 서스펜스, 유머, 판타지로 넘치는 소피 오두인 마미코니안의 작품은 분명 마법 같은 매력을 발휘한다. 홍행의 귀재 스티븐 스필버그도 지대한 곤심을 갖고 영화 제작을 신중하게 검토하는 중이다. 타라는 초인적인 능력을 가진 괴짜 소녀지만 타라를 탄생시킨 작가 역시 평범한 인물은 아니다. 작가 자신이 바로 아르메니아의 왕위 계승자로 추대되는 공주이기 때문이다.

－마취 드 파리

한 번쯤 생각의 힘만으로 사물을 들어올리는 꿈을 꿔보지 않은 사람이 있을까? 마법사가 되기를 꿈꿔보지 않은 사람이 있을까?

현실을 벗어나 다른 세상으로 도망치는 꿈을 꿔보지 않은 사람이 있을까? 평범한 소녀가 아니라 마법사라는 사실을 막 알게 된 타라 덩컨과 함께 그 꿈이 이뤄진다.

― 르 몽드

아르메니아의 왕위 계승자 소피 오두인 마미코니안이 창조해낸 타라 덩컨, 상상을 초월하는 매혹적인 아더월드를 탐험하러 떠나다. 책을 펼치는 순간 신나는 마법의 세계에 빠져서 책을 손에서 놓으려면 강력한 주문이 필요할 것이다.

― 렉스프레스

타라 덩컨은 치마 두른 해리 포터가 아니다. 어린 독자들만 매료시키는 것이 아닌 놀라운 책에 소피 오두인 마미코니안은 상상 세계의 영역을 확장했다.

― 르 쿠리에

어린이들의 영상 세계(텔레비전, 영화)를 참조하면서 많은 공상 소설에서 빌려온 수많은 요소를 뒤섞어놓은 듯한 타라 덩컨 시리즈는 어린 독자들에게 이보다 더 유쾌하고, 재미있는 기쁨을 줄 수 없을 것이다.

― 피가로

사건의 변화가 많고 유머러스하고 흥미로운 이야기들로 가득 찬 호감이 가는 작품이다. 첫 독자였던 두 딸들과 환상적인 커플이 되어 작가는 아더월드라는 마법 세계의 지도와 독특한 어휘와 함께 상상을 초월하는 세계를 펼쳐놓았다.

—라 리브르

이 소설 십여 페이지에서 영화 3편을 찍을 수 있을 거라고 한 어느 감독의 말이 결코 지나친 과장은 아닐 듯하다. 10권 시리즈의 제1권은 어린 독자들을 서스펜스와 판타지, 유머, 우정이 마음을 사로잡는 공상의 세계로 유혹한다.

—프랑스 수아르

운명의 장난인가? 해리 포터의 누이동생의 이야기를 읽는 것 같다. 하지만 프랑스 문화 속에서 성장한 작가는 닫힌 공간에 특권을 주는 영국의 완곡 어법보다는 미국 문학의 과장법과 광활한 공간에 매료되어 있다.

—벨기에 리브르

마법사이자 모험가인 열두 살 소녀, 타라 덩컨. 해리 포터와 반지의 제왕이 뒤섞인 듯한 손에 땀을 쥐게 하는 흥미진진한 소설, 이건 이제 시작일 뿐이다.

—스위스 라 리베르테